爱情是两个灵魂的邂逅

不爱我，别伤我

Bu ai wo
Bie shang wo

童童 作品

台海出版社

图书在版编目（CIP）数据

不爱我，别伤我 / 童童著. —北京：台海出版社，2016. 4

ISBN 978 - 7 - 5168 - 0933 - 4

Ⅰ. ①复… Ⅱ. ①萧… Ⅲ. ①长篇小说 - 中国 - 当代 Ⅳ. ①I247. 5

中国版本图书馆 CIP 数据核字(2016)第 068150 号

不爱我，别伤我

著　　者：童　童

责任编辑：刘　峰　　装帧设计：天下书装

版式设计：天下书装　　责任印制：蔡　旭

出版发行：台海出版社

地　　址：北京市朝阳区劲松南路 1 号　邮政编码：100021

电　　话：010 - 64041652(发行，邮购)

传　　真：010 - 84045799(总编室)

网　　址：www. taimeng. org. cn/thcbs/default. htm

E - mail：thcbs@ 126. com

经　　销：全国各地新华书店

印　　刷：北京柯蓝博泰印务有限公司

本书如有破损、缺页、装订错误，请与本社联系调换

开　　本：880 × 1230　1/32

字　　数：200 千字　　印　　张：8

版　　次：2016 年 6 月第 1 版　　印　　次：2016 年 6 月第 1 次印刷

书　　号：ISBN 978 - 7 - 5168 - 0933 - 4

定　　价：28. 00 元

目录 CONTENTS

第一章

唐小爱坐在图书馆最偏僻的角落里，翻着书页。

学校的元旦假期即将结束，繁重的学习开始冲刺阶段，可是，唐小爱不知道为什么，仍然有些走神。

包里的手机震动起来，唐小爱将书放回原位，低着头往外走去。她知道是谁给她打的电话，绿嘉国际购物网皇冠内衣店的经理——她是那家内衣店的网上内衣模特。

因为家庭贫困，唐小爱从踏入这座艺术氛围浓郁的学院开始，就四处寻找兼职，半工半读，还要供养弟弟上学。

她在大二的寒假，误打误撞被刚刚起步的绿嘉国际购物网某家店主看中，聘为网店的内衣模特，生性保守羞涩的她原本不想接下这份工作，可是因为诱人的兼职工资，加上店家承诺不会露脸，唐小爱才成为了这家店的第一个内衣模特。

短短一年时间，内衣网店越做越大，荣升为五皇冠，成为绿嘉国际购物网内衣店的龙头老大，她的业余时间也都贡献给这家网店，挣取足够养家糊口的生活费，直到元旦，绿嘉国际的总部举行盛大的年会，她万分幸运地被内衣店的负责人邀请去现场感受气氛。

从成为内衣模特开始，她就以为自己是幸运的。唐小爱低头快步走出图书馆，在转弯的时候，撞上了一个男生，差点跌倒。

“对不起。”温和的声音传过来，沈墨急忙伸手扶住唐小爱。

听到熟悉的声音，唐小爱的心一紧，头低得更厉害，急忙后退一步，匆匆走开。

沈墨微微皱眉，他已经观察她几天，每天图书馆开门的时候，她就走了进来，坐在角落里发呆。

假期对唐小爱来说尤为重要，因为她可以利用假期去做更多的兼职，赚取学费和生活费。这几天她太反常，唐小爱的朋友并不多，沈墨想了解一个内向沉静的女生发生了什么意外，是一件困难的事。

唐小爱在冷冽的寒风中拿出手机，终于做下了艰难的决定——放弃这份许多女孩梦寐以求的兼职工作。

“唐小爱，你多少天没出现了？公司的模特都忙死了，你倒好，假期无影无踪，连电话都不接，你是不是不想干了？”一接通电话，那边就劈头盖脸地骂道：“这份工作从来不缺模特，你要是不想做了，大把女孩排队等着……”

唐小爱低着头，紧紧攥着手机，一声不吭地听着。

她刚才碰到沈墨了……班长沈墨，也是学校的学生会主席，不知有多少女生明爱暗恋的优秀男生。她也暗恋沈墨，会偶尔抽空偷偷看他打球，会选修他选修的课程……

可是那又怎样？她是一个安静保守的女生，从没奢望过能得到沈墨的青睐，只是淡淡地喜欢着他，远远地看着他，不去靠近。

“唐小爱，要不是因为你平时乖巧听话，我根本不会再接你的电话，会直接解雇你，知不知道？”主管终于骂完了，也消了些火气。

他对唐小爱算是特别照顾了，现在公司里的全职内衣模特有四五个，可他还是格外照顾这个容易害羞的年轻女生。

因为唐小爱与其他内衣模特不同，她只是想通过劳动得到报酬，会听话地让公司安排一切，对公司唯一的要求就是网上放的内衣照片，脸部全要换掉或者用遮挡物遮挡……她是个特别的女孩，在这个浮躁的社会里静默安定，让愿意接触她的人都能感觉到静定的温暖。

裹在厚实羽绒服里的年轻身体，藏着令人惊叹的漂亮线条，可是唐小爱从来都穿着保守宽松的衣服，并不引以为傲。她的梦想是出售自己的思想，而不是出售身体的线条。

唐小爱在学校里是众人眼中不可理喻的“读书狂”，穿着保守旧式的衣服，在花枝招展的艺术系女生中寒酸普通，根本不会有男生对一个只会埋头读书考试的女生感兴趣。

唐小爱也喜欢这样低调安静的生活，她不想有一天，自己暴露在外的身材被同学指点，更不想让刚刚进入大学的弟弟知道这一切。

“谢谢李主管，我想……辞职。”唐小爱艰难地吐出那两个字，从此，她再不能轻松地赚取生活费，又回到周末帮别人发传单的生活。

“你说什么？”李主管没有听清楚，或者以为自己听错了。

对一个贫困家庭的女生来说，这么优厚的兼职报酬，她竟然不要？而且他对这个小女生一向不薄，绿嘉国际年会上，他没有推荐其他模特去现场，而是带着年轻稚嫩的她去参加这场盛大的宴会……

难道说，她在年会上傍上了富豪，所以，不屑于做内衣模特？难怪那天晚上怎么都没有找到她，真是人不可貌相，原本以为她清纯如同一朵白莲，没想到竟然和那群俗艳的女人一样！

“我……不会再去工作，谢谢李主管这一年来的照顾，如果以后有机会，我会报答您的。”唐小爱深吸了口气，说道。不等对方说话，她就立刻挂断电话，冰冷的风扫过满是泪水的脸……

刚刚下了飞机的俊美男人，坐在保姆车里，墨镜挡住了一半的脸，他打着电话，安排着什么。

宾利保姆车一路飞驰，来到市区最繁闹的路口，在等红绿灯的时候，钟御卿随意往外一瞥，看到了路边抱着传单正给来往行人发放的年轻女孩。

她扎着长长的马尾，露出光洁饱满的额头，有一双异常明澈的丹凤眼和清秀纯净的脸。

不会错，她在来来往往的人群中，那样显眼，即便穿着厚实臃肿的衣服……

钟御卿挂断了电话，车窗缓缓滑下，他饶有兴趣地看着发放传单的女孩。

这个女孩是绝对女性化的存在，让男人有征服欲，也能满足男人的欲望。

唐小爱突然感觉到一道炽热的目光，她下意识地往那边看去，保姆车的中间车窗滑了下来，戴着墨镜的脸闯入她的视线，她怔怔地看着那个男人，虽然看不到他的双眼，可依旧打了个冷噤。

“小爱，看那漂亮的车……”

“那个墨镜型男是在看我们吗？”身边一起发传单的同学好友，立刻凑过来，激动地说道。

绿灯亮起，保姆车徐徐前行，唐小爱看见那个男人的唇角似乎微微扬起。

钟御卿慵懒地坐在车里，拨出一个电话。

秦峻宁接到电话时，正在马来西亚拍外景。他是新锐导演，每天面对着俊男美女，可脾气并不好。

“卡！卡！卡！你们刚才没有走位吗？Miko，你走到这里的时候，要看着A机，不是B机！”秦峻宁深吸了口气，扔掉台本，伸手拿起响个不停的手机，看见上面的号码，脸色才缓和一点。

“什么时候回国？”钟御卿很了解好友的动向，懒洋洋地问道。

“如果那群笨蛋放机灵点，一遍全过的话，我今天晚上就能回来！”秦峻宁被新人气死了，拍条广告，居然折腾了半天也没通过一个镜头。

“唔，回来后给我留意一个人……”钟御卿无视他的牢骚，径自说道。

“让我留意？男的女的？”秦峻宁好奇起来，钟御卿请他留意的人，言下之意就是要进入演艺圈。

“我会让助手把资料传给你，你看着雕琢一下。”钟御卿淡淡说道。

那如莲花般绽放的少女，并没有什么身份背景，钟御卿让助手收集了唐小爱的资料，看了之后更觉得，她那么好的身材和底子，不如让她有一份自己的事业，让她去为人生拼搏，拥有真正的财富。

“没问题，你交代的事，我绝对会办得漂亮。”秦峻宁咧开嘴笑了起来，很好奇到底是什么人，能让钟御卿格外关照。

唐小爱坐在画板前，认真地描摹那张俊雅的面容。今天的模特是沈墨，所以绘画室里挤满了女生，平日这节课根本不会有这么多的人。

唐小爱最大的爱好是设计和绘画。她一直希望能够通过这所全国有名的艺术学院，来圆自己的梦想。可是，现在的她，总是想到那个可怕的夜晚，想到自己破碎的身体……

唐小爱描着沈墨的眼睛，他始终保持着一种姿势，眼神温和地落在她的前方，柔和温暖的视线，触手可及。

她曾经想过，在毕业的时候，对他表白自己的心，不管结果是接受还是拒绝，她都为这段美好的暗恋画上圆满的句号。可是现在，唐小爱觉得自己连暗恋一个人的资格都没有了。

一滴眼泪莫名落下，打在唐小爱攥着画笔的手上，她说过自己不要再为这件事流泪，以后继续走自己的人生，平静安然接受所有的命运，可是，有时候还是无法控制眼泪这种液体。尤其是画着暗恋了三年的男生面容，她更控制不住情绪。

画室里全是女生兴奋的低语声，没有人听到眼泪砸落的声音……

只有坐在阳光下的沈墨，听到某种心碎的声音。

唐小爱突然站起身，从画室悄悄地走出去。

画室里挤满了女生，都在注意着沈墨，没有人注意到唐小爱，除了沈墨。

她在学校里，是安静到让人容易忽视的女生。即便年年都会拿到奖学金，还有各类比赛的大奖，可在艺术学校里，没有人会关注一个书呆子和考试狂。

尤其是这里的女生们，每一个都是天之骄女，若没有傲人的家世，必定有着傲人的容貌。

像唐小爱这种从不会装扮自己，低调而安静的女生，除了同宿舍的三个女生，几乎没人注意到她的存在。

她知道，自己无法和那群围在沈墨身边的蝴蝶般的大胆女生相比，可新年那一夜，命运送给她的特殊礼物，让她更不敢对沈墨开口表达自己的内心。

那个画架孤零零地在阳光下，拉出长长的影子。

沈墨折回了画室里，伸手取下那张画纸，上面细腻地勾出他的面部线条，每一根眉毛，每一个细小的纹路，都没有错过，却只画到眼睛，下面染上了泪痕……他仔细将画纸收好，如同珍宝。

传真上，印着一个女生的标准证件照，眉清目秀，五官端正，有着小鹿般清澈安静的眼神。

唐小爱，女，汉族，21 岁，明美艺术学院大三学生。爱好：设计，绘画，音乐。

性格：安静内向。

身高：166cm

三围：88，65,89

家庭……

秦峻宁收到那张传真，凭借他毒辣的眼神，一眼就能看出这个女孩是否适合娱乐圈。长相底子确实不错，尤其是身材……

她居然当过内衣模特？秦峻宁看着她的简历，摸着下巴笑了起来，给钟御卿打过去电话："这女生是……"

秦峻宁知道钟御卿从不会多浪费时间在女人身上，所以才好奇这个女生和好友的关系。

而且，唐小爱的家庭极为普通，住在离城市几十公里外的一个不知名的小镇上，根本没有任何背景。

"跟我没有任何关系。"钟御卿的声音很冷硬，他正在忙。

"唔，那就好，她的外形条件还可以，可是性格不太适合娱乐圈，只要不是你的心肝宝贝，那我也好下重手调教……"秦峻宁毫不客气地说道，他可不喜欢没爆发力没可塑性的苗子。

"就这样，我还有点事，以后再谈。"钟御卿不等那边说完，挂断了电话。

"喂？"秦峻宁皱了皱眉头，将手机扔到一边，拿起那张简历继续看着。

果然是简单到不能简单的人，从幼儿园到高中，唐小爱和所有努力上进的学生一样，因为成绩优异，年年都是学习委员，是小镇唯一考取这所艺术学院的学生。在大学，她的成绩也依旧门门优秀，年年都拿奖学金，可是依旧低调得如同一团空气，在一群花枝招展的艺术学校女生里，像一朵小小的不起眼的花朵。

唐小爱又找到了一份对她来说很舒适惬意的兼职——在咖啡馆弹钢琴，每个小时都能得到比发一天传单都要多的报酬。

手机响了起来，唐小爱接起电话，是她的弟弟唐文正，他刚刚踏入大学三个月，和她在一个城市。

“姐，周末我去找你。”唐文正很爱姐姐，没有她，就没有今天的自己。

“周末我要做兼职，没时间……”

“没关系，我等你结束。”唐文正打断姐姐的话说道。

他上的是理工大学，也找了份家教在兼职，元旦那几天太忙，一直没时间和姐姐见面，这个周末难得有空。

“好吧，周末晚上一起吃饭。”唐小爱说完，呆呆地坐在空荡荡的教室里，看着外面的风景。她在努力忘记那夜的事情，想让生活回到原来的轨道，虽然这样很难，可是她相信自己会慢慢做到。

对她来说，没有什么困难无法度过，即便在妈妈病重的时刻，面对高昂的医疗费和一贫如洗的家庭，她也靠自己单薄的双肩撑了过来。

现在弟弟也长大懂事，考上最好的理科学府，妈妈的病情得到控制，爸爸的赌博恶习也收敛很多，一切都在往好的方向发展……

只要不停往前走，任何阴影魔障都能丢得远远的。

“咦，你怎么还不去吃饭？”熟悉的声音传过来，带着一丝讶异。

现在到了午饭时间，同学们都在往食堂涌去，唐小爱依旧坐在教室里，看着枯燥无味的哲学书。

沈墨装作不经意回来拿书，看见坐在桌边托着腮安静的女生。她非常内向安静，和艺术学院高调鲜艳的女生们相比，反差极大，从不会主动出风头，也不喜欢参加任何的娱乐活动，将所有的业余时间，都放在了图书馆和兼职打工上。所以，除了上课期间能够看到她，其他的时间，几乎找不到她的影子，所以想让人关注都不可能。

可偏偏沈墨注意到了。有一类人，天生机敏聪慧，能够看到别人看没有看到的美丽。

“啊？”唐小爱转过头，看见沈墨，突然有些慌张起来，空气似乎变得很稀薄，让她的呼吸困难。

“正好，一起去食堂吧。”沈墨似乎是不经意地说道，却不容拒绝。

“我……”唐小爱手心里全是汗，她虽然性格安静，却不是个胆怯的人，初中时在全国比赛上领奖发言从容大方，不会怯场，可只有在沈墨面前，紧张得说不出话来。

“走吧，晚了就不好找位子。”沈墨说完，转过身先往外走去。

唐小爱收好书，觉得今天的阳光太过明媚，刺得她睁不开眼。

竟然被沈墨邀请一起吃饭，这是学校里许多女生梦寐以求的事情吧？可是唐小爱并没有期望中的喜悦和兴奋，或许她就是冷淡安静的人，或许，是因为从元旦之后，一切都变了，她没有资格再去追求真爱。

“明天有一场篮球联谊赛，你喜欢看篮球赛吗？”沈墨故意放慢脚步，等到两人的距离稍微拉近点，问道。

他在暗示地邀请。

可是唐小爱似乎不解风情，依旧安静地走着，看着自己的影子，不知道在想些什么。

“嗯……好像你每个周末都很忙。”沈墨抿了抿唇，有些挫败感，他从没有这么失败地搭讪过女孩。

他每次都是被追逐的对象，他在众多女生的包围中，习惯了她们的热情。

“是。”唐小爱终于说了一个字。

“其实可以参加学校的啦啦队，你……挺好的。”沈墨继续放慢脚步，等着她和自己肩并肩地走。

从刚刚踏入这所学校，大一新生进行魔鬼式军训时，很多娇娇女在烈日下晕倒，唯独她，像一株坚韧的小草，沉默地站到最后，沈墨就注意到她了。

然后是新生的自我介绍，她在这个班级，考入的成绩是第一名，在自我介绍里，却只有短短的一句话——唐小爱，很高兴能够进入这里，与你们一起学习。

最后让他刮目相看的是大一的联谊晚会，辅导员要求所有的学生必须拿出参赛曲目，她坐在钢琴边弹奏的那曲《卡农》。

与那安静的表面相反，音乐爆发出浓烈慑人的气场，他作为选择曲目的负责人，在音乐中几乎颤抖起来，看见了她那隐藏极深的含蓄的美丽。

可惜，她第二天因为兼职做洗碗工，将手指划伤，无法上台演奏……

如今已经进入大三，转眼就快毕业，明年的这时候，大家各奔东西找工作，她也不知会到哪里去……

沈墨原本想等着她和其他女生一样，悄悄递给自己一封情书，或者在某个角落将他堵住，向他表白，可是……唐小爱似乎根本就没有注意到他的存在。

在她的眼中，或许他还不如一份兼职重要。

“主席大人，明天的篮球赛可要加油。”

唐小爱还没说话，沈墨周围就围上了几个女生，叽叽喳喳说着话。唐小爱立刻后退一步，不着痕迹地拉开距离，看着沈墨在她们的簇拥下往前走去。

瞧，他身边的女生多么漂亮，又会穿衣打扮，不是系花就是校花级的人物，身上那漂亮的大衣，恐怕比一学期的学费还要贵……

沈墨走了几步，应付着身边的女生，回头一看，唐小爱已经转身往相反方向走去。他不觉苦笑起来，这个女生看似安静柔婉，可那么难以接近，仿佛要将所有人都拒绝在她的世界外。

环境幽雅的咖啡馆里，柔和悦耳的钢琴声缓缓倾泻，令人全身放松。

坐在钢琴边的女生，衣着普通却整洁干净，披散着长发，修长细软的手指在黑白键上轻快跳跃。她的神情恬静，微微闭着眼睛，白净的脸上有一丝沉醉，仿佛在音乐里遨游。如果一定要找个词来形容她，那只有一个字——净，或者静。

干干净净的轮廓，干干净净的五官，干干净净的眼神，干干净净的气质，干干净净的动作。

安安静静的表情，安安静静的眉眼，安安静静的存在，没有任何侵略性的温润柔静，像一朵静静绽放的莲花。

秦峻宁搅着咖啡，眼里含笑看着弹钢琴的女生，不得不说，钟御卿是个有眼光的男人，他不该怀疑好友的品位。

从照片上看唐小爱的五官只是端正，可她坐在钢琴边，整个人都散发着安静柔和的光芒，眼眸流转间灵气逼人，如果换套衣服，稍微来个造型，她绝对是块耀眼的美玉。

秦峻宁并不着急上去搭话，他喜欢她弹钢琴时的模样，让习惯了快节奏生活的他，难得放松享受音乐和咖啡的美好。

唐小爱按下最后一个音符，站起身，她今天要早点回去，因为和弟弟约好了晚上一起吃饭。秦峻宁也站起身，准备上去搭讪。

这时，有一个人比他先起身，快步追上唐小爱，在出门的时候，突然拉住了她的手。

秦峻宁皱起了眉头，调查上没有说唐小爱有男友啊，他签新人，不允许对方和异性确定男女关系，这对以后的发展和宣传不利。

唐小爱也吓了一跳，因为那个人居然是沈墨。

她没想到沈墨会在这里，他周末应该在篮球场上才对。

"你……"唐小爱被他拉住手，白净的脸上立刻变得通红，她面对暗恋的男生十分羞涩，又变成了小镇上保守的姑娘。

沈墨不仅是她暗恋的对象，还是她的初恋。她在大学之前，只会拼命学习，每天埋在书海里，希望能够考上最好的学校，以后让家里过上舒服的日子。所以，她根本不会多看一眼身边的男生，加上小镇的风气原本就保守纯洁，于是便将初恋留给了大学。

"我刚好在这里喝咖啡……"沈墨见她惊吓的模样，赶紧收回了手，她似乎和古代人一样，总是和男生离得远远的。

"真巧。"唐小爱也缩回手，低下头，她可以直视任何人的眼睛，偏偏不敢看沈墨的双眼。

"嗯……上次说一起去食堂吃饭，你怎么一声不吭走了？"沈墨看了眼她的包，很绅士地替她拿。

"啊，因为……我忘了一本书在教室里……"唐小爱不会说谎，编了个很烂的借口，沉静的脸上一片慌乱。

"那今天晚上一起吃饭吧，这么巧遇到……我请你。"沈墨在元旦那几天，一直想约她，却发现她整天躲在图书馆里，眼圈经常红红的，让他不由担心，是不是内向的她出了什么事，又不告诉任何人。

"不……不用了，谢谢，我今天要去见弟弟。"唐小爱没想到自己竟然这么快就拒绝了，她曾经梦到过沈墨对她伸出双手，请她在盛大的晚会上跳舞，而她毫不犹豫地接受了。可是梦就是梦，现实是现实……

“你弟弟也在这座城市？”沈墨有些好奇地问道：“是亲弟弟？”

“嗯，是亲人。”唐小爱瞥见咖啡馆的玻璃上映照的自己，那样普通的自己。

“我从来没听你说过……事实上，你好像很少和别人聊天交流，大学这么多年，我们说过的话，没有超过五十句。”沈墨笑了起来，他的笑容很温暖，令很多女生着迷。

“我不太喜欢说话。”唐小爱也微微一笑，放松了很多，说道。

她刚刚来到大学时，也试图和周围人交流，可是后来她发现，那些女生的口中都是品牌和男生，她根本插不上嘴。

加上只要休息日，她不是在外面做兼职就是在图书馆充电，渐渐地没时间和同学们聊天。

而且，这座艺术学院的学费很昂贵，在这里的学生全都是天之骄子，百分之九十九的同学是有钱人，而她，就是那百分之一的需要扶贫的学生。

有钱人的孩子，不会知道小镇女生要背负的那些生活重量。沈墨也是有钱人家的孩子，听说这座学校的院长就是他的亲戚，而他的父亲是高官，也许可以称他为官二代，加上他阳光俊朗的外形，一入学就成了学校的风云人物。所以，唐小爱更觉得他只是自己暗恋的梦。

秦峻宁抿着咖啡，看着外面走过去的两个年轻男女，他看见唐小爱笑了，那微微的一扬唇，仿佛所有的花都开了。现在，他很好奇钟御卿是怎么认识这个女生……

钟御卿不会把宝贵的时间浪费在女人身上，可是这一次却例外，张口闭口就是那个女人！

“秦峻宁，你如果觉得那个女人不适合演艺圈，从此你不用再浪费时间在她的身上，也不要浪费我的时间！”钟御卿深吸了口气，泡在按摩浴缸里，他年底最忙碌，不想听到工作以外的事情。

“NO，NO，NO！ 难道你听不出我的意思吗？ 我很喜欢这根苗子，非常有可塑性，但是，你为什么不告诉我她有男朋友？”秦峻宁翻着剧本，闲闲地问道。

“这种事情，你问我的助手。”钟御卿有些恼火，心情很差地挂断电话。

助手派人调查她的资料，鬼知道她有几个男友！

刚刚挂断电话，铃声又响了起来。 钟御卿接起电话：“OK，从现在开始，她和你没有任何关系，只当我从来没说过这件事，谢谢。”

说完，钟御卿就要挂断电话，秦峻宁的声音传了过来：“唔，我是想说公司的事情。”

听到他谈正事，钟御卿这才勉强压下怒火，沉默地听着那边的话。

秦峻宁现在是导演，可他有自己的公司，里面还有钟御卿的股份，导演只是副业和兴趣而已，秦峻宁主要是做影视唱片公司。

“公司要注入新鲜的血液，我签了不少新人，”秦峻宁不满地说道，“你推荐的人底子很不错，居然弹一手好钢琴，可她必须和现在的男朋友分手……”

秦峻宁直接去棒打鸳鸯，先诱唐小爱签下合同再说。 只是那个男生有些棘手……据他的调查，沈墨的父亲是高官，而他妈妈也是某企业老总，他爷爷是军区的领导……

如果是个普通的孩子，倒也好处理，可是官二代比富二代要棘手多了。

现在只能从唐小爱身上下手，将她“骗”到娱乐圈。

唐小爱在图书馆里寻找着自己需要的书。 当她抽开一本书时，看见对面男生的脸，猛然愣住。

“嗨，好巧。”沈墨对她微微一笑，露出整齐洁白的牙齿。

唐小爱微红着脸，点了点头，立刻抱着书走到角落的位子上，低头看了起来。

他们最近越来越“巧”，经常自习时遇到，在食堂也会偶尔坐在一起，因为沈墨经常出现在她的身边，渐渐的，流言蜚语开始传了出来，搅乱了唐小爱平静的生活。

她也从室友的口中听说，沈墨曾经最爱往篮球场上跑，后来喜欢往图书馆里跑，沈墨以前从来不吃食堂的饭，后来慢慢也喜欢去食堂用餐……她们说，原来这些细微的改变，都是因为毫不起眼的她。

唐小爱只是一笑而过，因为她又听说沈墨的家庭背景比众人议论的还要强大，沈墨以后会多么多么的前途无量……她就知道，两个人的差距越来越大，她和沈墨不可能有交集，只说两个家庭，就有云泥之别。

唐小爱刻意躲避沈墨，想与他拉开距离。

但是对沈墨来说，唐小爱的刻意疏远，让他感觉这个女生的特殊。越来越忍不住出现在她的眼前，与沉默寡言的她说话，想窥探她封闭隐藏的内心。

唐小爱听到身边椅子轻轻挪动的声音，沈墨坐在了她的旁边，翻着一本罗马史，她的心又开始慌乱。

从外表上看，唐小爱平静的表情总是将她的内心掩藏得很好，除了会脸红之外，她的喜怒很少会形于色，这一点根本不像是小镇的女孩，而像个内心强大的成功人士。

也许是因为从小就要面对很多讲演和比赛，唐小爱的心态训练得非常好，也正是因为这样从容镇定的心态，让她面对各种比赛，哪怕是国际上的比赛，也不会因为紧张出现失误。

可是现在，唐小爱立刻站起身，离开沈墨，将书放回原位，匆匆往外走去。

还从来没有女生躲避他像是躲避瘟疫，沈墨抿紧了唇，真是越来越有趣了。

今天的阳光不太好，风很阴冷，唐小爱戴着帽子，围着围巾，将脸挡得严严实实，快步走着，突然听到来来往往的学生们在议论着自己。

她曾经如同空气般存在这所学校里，而现在，仿佛这团空气被注入了颜色，装进漂亮的玻璃瓶，所有人都在议论着她。而且，他们好像刚刚发现，每年的奖学金，这个女生必拿。

"……她就住在508宿舍，平时穿得好土，呐，就像前面那个人，听说啊，身上所有的衣物加起来，都不会超过两百块，全是在夜摊上买的地摊货。"

"甚至袜子上还有补丁哦，真不知道是哪个年代的人！"

"别看她穿得不好，可她每个周末和没课的时候，都会出去陪不同的男人……"

"难怪什么活动都看不到她，原来因为忙呀？穿着补丁的袜子，会不会让人反胃？"

"外表老实，骨子里狐媚得很，不然你以为怎么能吸引我们学生会主席的眼神啊！"

一阵阵哄笑中，言论越来越不堪，唐小爱抱着书大步走着，脸上依旧平静，她从小就受过很多白眼，因为她的赌鬼爸爸，她经常会被要债人欺负责骂，甚至要帮他们洗衣做饭来偿还一点点债务。唐小爱的内心，有着不符合年龄的强大和坚强。

她知道防人之口甚于防川，流言止于智者，她从不会去徒劳解释什么，她只想做好自己。

只要有一天自己变得足够强大，就不会有人再敢对她指指点点。

“唐小爱！”身后传来好听的男声。

所有正在议论她的人，猛然闭嘴，来来往往的学生变得异常安静。

沈墨飞快追上她，伸手攥住她的胳膊，挡在她的面前，微微喘息着。

唐小爱平静地看着他那双漂亮的润湿的双眼，发现自己终于能够这样看着他的眼睛。

“我……很喜欢你，做我女朋友。”沈墨放弃了迂回战术，已经关注了她三年，他喜欢这样安静如水的女生。让人的心里很踏实，仿佛娶了她，这辈子都是安定和美的。

周围的空气似乎静止，所有学生都停下脚步，紧张地竖着耳朵睁着眼睛看着这一幕。

他们没听错吧，阳光帅气又温柔的学生会主席，竟然对那么平凡的女孩表白，难道不该是唐小爱先追求他吗？

或者，这个成绩优异出众的女生，用了什么欲擒故纵的妖术，俘虏了她们心中完美的白马王子？

“对不起，我们并不适合。”唐小爱在几秒后，突然移开眼睛，清晰地拒绝了。

拒绝的那瞬间，心里那个完美的梦破碎一地，她是个有自知之明的人，心中早就知道两个人有着云泥之别，他们不可能在一起。

即便现在能够相爱，很快就会面临毕业，她能成为一个官二代的妻子？她那好赌的父亲，病魔缠身的母亲，还有父亲的口碑……

与其绝望爱一场，还不如现在就拒绝，她从小就是个理智而现实的人，不会用任何借口去纵容自己的冲动。

“为……为什么不适合？不试试怎么知道不适合？”被女生一再拒绝，沈墨这辈子也没碰到过，他有些难以接受这种拒绝，尤其在众目睽睽之下。

“不适合就是不适合。”唐小爱低下头，看见他的那双全球限量版的篮球鞋，越发感觉遥不可及。

沈墨抿了抿形状漂亮的唇，突然将唐小爱的围巾扯开，把她下巴捏住抬起，不由分说地吻住她湿润红艳的唇。

所有人都惊呆了，包括唐小爱。

秦峻宁坐在车里，看着远处拥吻的男女，脸上挂着意味不明的笑容。

“秦大导演，那就是……就是我们这里最受欢迎的男生，只是不知道他有没有意向成为演员，这孩子的外形条件确实不错……”教导主任陪着秦峻宁，本想推荐一下自己的侄女，看看能不能让她顺利进军演艺圈，可没想到秦峻宁似乎对沈墨有兴趣，于是立刻做顺水人情，“至于女生，我刚才给你推荐的肖钰，和沈墨演过话剧，绝对郎才女貌……”

秦峻宁漫不经心地微笑，侧身对助手耳语几句。

唐小爱这一次没有喝醉，可她却比醉了还要晕眩，她几乎站不稳，被沈墨紧紧搂在怀中，喘不过气来。

“现在是不是合适了点？”没想到她的气味这样清甜，唇这样的软，让人欲罢不能。

沈墨看着她通红的脸，亮晶晶的眼神里带着极强的占有欲望，依旧紧紧抱着她，低声问道。

唐小爱急促地喘息着，不知道应该怎样回答，她的心忽高忽低飞翔着，在一片迷雾中找不到方向。

“对不起，唐小姐，我们老板想见见你。”助手小高走到唐小爱的面前，礼貌地说道。

唐小爱不知道自己是怎么挣脱沈墨的怀抱，直到她一头扎进高级轿车里，心脏还在飞快跳动着，快得有点疼。

教导主任站在树边，看着黑色的轿车渐渐消失，摇了摇头，没想到鼎鼎大名的新生代导演秦峻宁，看中的竟然是个衣着朴素的女孩。不过，能让沈墨当众拥吻的女生，应该来头不小吧？

沈墨收紧手指，温润的眼神瞬间变得冰冷，那辆车不是寻常人能坐得起的，里面到底坐着什么来头的人？家世贫困简单的唐小爱，怎么会和上层社会的人认识？

“看，我就说吧，那是个狐狸精，早就被人包养了……”

“开的是名车耶，美国限量版的名车，至少得好几百万吧……”

周围的议论声传过来，沈墨突然转过头，看向多嘴的女生，立刻，四周又变得安静下来。

“……谢谢。”唐小爱接过陌生男人递过来的纸巾，扭过头，不想被人看到眼里的泪水。

她最近情绪本就不好，现在更觉得自己是没有幸福和未来的人。

“唐小姐，有人说过，你哭起来很美丽吗？”秦峻宁饶有兴趣地看着她小半张侧脸，虽然她极力想将哭泣的脸藏起来，可依旧让他看到了那份女人专属的柔美。

这个女孩有着非常舒服的气质，是一种低调的古典雅致，像古代女子，让人有一种归属感。尤其哭起来，更是柔弱得像春水一潭，让男人恨不得溺死其中。

可惜，那些所谓的搞艺术的男生们，一个个太没眼光，竟发现不了身边隐藏的美丽。

“我很讨厌哭。”唐小爱用力稳定着带着鼻音的声音，擦去脸上的泪，心脏还在抽痛。

她从小就不喜欢哭，因为哭的时候，挨到的拳头和白眼会更多。

“可你刚才哭得很厉害，要不要我借肩膀给你？”秦峻宁露出一丝无害的笑容，问道。

“不，谢谢。”唐小爱很难过，原本送给暗恋男生那甜蜜的初吻，应该是世界上最幸福的瞬间，她却想到了自己酒后失身的夜晚，那样尖锐的痛苦和幸福形成了鲜明的对比。

“为什么哭？ 刚才亲你的人，听说是这所学院最优秀的男生……你们闹矛盾了？”秦峻宁在试探，用一种诱拐的口吻。

“请问你找我有什么事？”唐小爱的心又被刺痛，她深吸了口气，转过脸，已经收住眼泪的那双眸有些红肿，带着楚楚可怜的色泽。

“唔，这是我的名片，上次在咖啡馆无意间看到你在弹钢琴，觉得你很适合一个角色，所以就找来了你的资料，想问问你有没有兴趣演戏。”秦峻宁见她不愿说，也立刻转开话题，他不想一开始就让唐小爱没好印象。

唐小爱接过那张名片，上面写着埃斯克罗传媒 CEO，秦峻宁。

“对不起，我没有演戏经验。”唐小爱不知道眼前的人是不是骗子，她的警惕性很高，也许是因为从小生活的经历，让她对外面的人都抱着一种距离感。

“没关系，公司可以送你们去培训深造。”秦峻宁看到她眼里的警惕，微笑着想让她放松，“而且，不试试怎么知道自己有没有天赋呢？”

“可是我并不喜欢这一行。”唐小爱再次打量眼前的男人，他很年轻，最多不超过三十岁，她听说过埃斯克罗传媒，可是这么年轻的 CEO，实在让人怀疑。

唐小爱将所有的业余时间都放在了兼职工作和学习上，她不喜欢看八卦，不喜欢任何对自己专业和未来没用的东西，所以，她不认识大名鼎鼎的秦峻宁。 如果她稍微留意一下娱乐八卦，就会认出眼前这个风流倜傥的男人，是著名的帅哥导演秦峻宁。

“别这么快拒绝，”秦峻宁笑着拍拍坐在副驾驶位置上的助手，从他手里拿过一份文件，“我们正在为李希逸找MV女主角，你应该听说李希逸吧？ 喏，就是那副广告牌上的男人。”

唐小爱顺着秦峻宁指的方向看过去，代言国际名牌的巨星，一双迷人的眼睛，眼神能电死人。

她对明星不感兴趣，不过每天还是被迫听到那些红得发紫的明星消息，知道这个人前两年是新晋小生，原本只是歌手，可近年一连接拍了数部名导的电影，立刻身价飞涨，大红大紫。

反正不管到哪里，都能听得音箱里放着他的歌曲，哪怕是去小超市买瓶水，也能听到这个人的声音。

“我们在为李希逸的下张专辑做热身宣传，你该知道最近在为他选择MV女主角，DL化妆品冠名的女主角选拔活动吧？”见她隐藏着疑惑和不信任的眼神，秦峻宁立刻又问道。

唐小爱抿紧了唇，天上不会掉馅饼，总觉得这件事有些蹊跷。

“只要当选他的女主角，将有十万元现金，还会签下DL的补水系列护肤广告，有专业制作人为女主角制作。”秦峻宁在用名和利来诱惑着身边的女生，“也就是说，你会从普通的学生，华丽蜕变为炙手可热的明星。”

“我会考虑一下。”唐小爱说完，对前面的司机说道，“麻烦在这里停，谢谢。”

乍看去，她是个很有礼貌的女生，礼貌得让人觉得难以接近。

“不直接去我们公司试镜？”秦峻宁微微皱起了眉，这个女生乖巧恬静的表面下，有一颗异常固执的心。 看来不趁早驯服她，以后即便签下她，也很难让她服从管教。

“如果我考虑好了，会和您联系。”唐小爱跳下车，依旧礼貌乖巧。

秦峻宁摸摸下巴，看着她抱着书，在人行道上快步行走，他得找到这个女孩的弱点，紧紧捏住她的弱处，就能控制住她的心。

只是这个看似安静乖巧的女生，内心似乎极为坚韧幽深，不太好掌控。

看她说话做事，都带着强烈的独立自主感觉，而且习惯对别人说“不”，想要她乖乖听公司的话，得多下点工夫。

第二章

咖啡馆里的光线柔和暧昧，红男绿女浅浅啜饮着咖啡，在浪漫的钢琴曲中，低低调笑，一对对看似幸福无比。

唐小爱穿着洗得发白的、旧旧的牛仔裤，上身是浅蓝色的毛衣，指尖在琴键上跳跃着，音乐仿佛拥有她安静的灵魂，也流淌着深邃的静谧。

咖啡馆的大门突然被推开，三个衣着时尚妆容亮丽的年轻女孩气势汹汹地闯进来。

左边的一位，随手拿起临近钢琴边客人的咖啡，往唐小爱身上泼去。

“沈墨也是你能靠近的人？”

而此时，窗外停着一辆线条漂亮的跑车，里面戴着墨镜的男人，唇边勾着若有若无的笑容，看着里面的场景，正在打电话。

“……确定她是个对你来说无足轻重的人？”秦峻宁笑着问道。

“秦峻宁，我不喜欢重复自己说过的话。”钟御卿翻阅着文件，深邃的眼里透露出一丝不耐烦。

“别生气嘛，晚上要不要出来喝一杯？”秦峻宁听到那边压低的声音，仿佛看见了好友身边积压的怒气，他立刻笑道，“给你介绍几个不错的小妞，要是你错过的话，她们一进娱乐圈，可就没现在这么清纯了。”

“不需要。”钟御卿很忙，忙得没时间找女人。

但是他突然攥住了签名笔，刚才秦峻宁说什么？什么进了娱乐圈就不“清纯”了？

“那好吧，不打搅你这个大忙人了，我要行动了哦。”秦峻宁看着咖啡馆里剑拔弩张的情景，笑着推开车门。

“等等。”钟御卿突然喊住他。

“唔，还有什么吩咐？”秦峻宁往咖啡店门口走去。

“我想让你照顾那个女孩的事业，明白吗？”钟御卿闭上眼睛，手指抵着太阳穴。许多年没有碰到这样清纯的人，所以他才会特别照顾。可是，如果那个有着纯净眼神的女孩，被娱乐圈这个大染缸玷污……

“哟，你不是说她是个无足轻重的人嘛，对你一点都不重要的人。”秦峻宁又笑了起来，有些促狭地问道。

钟御卿办公桌上的电话响了起来，他在下一秒将唐小爱那双清澈明净的眼神从脑中删掉，立刻又投进工作里。

秦峻宁耸耸肩，年底谁都很忙，偏偏他推掉了那些工作安排和采访，来观察一个小女生。

刚刚推开门，进去的三个女生都跑了出来，一脸的怨愤之色。而被泼了咖啡的唐小爱，已经到了后面的员工换衣室里。

都怪钟御卿，让他错过了刚才的好戏，没听到那个看似安静无争的女生是怎么反击的。

唐小爱脱去被咖啡浸湿的毛衣，用面巾纸擦着里面潮湿的衣服，刚才来的那三个人，中间的是柳茜，学生会团支书，一度传出她为沈墨做出各种出格事情的传闻。

只是沈墨在这几年里，身边的女生来来往往，他倒是万花丛中过，片叶不沾身，最多只是和哪个女生暧昧不清，却从没有正式承认过谁是他的女友，所以唐小爱是让他第一个吃子弹的人。

唐小爱擦净衣服，套起羽绒服，一转身，看见靠在门口的英俊男人。

唐小爱像是不认识秦峻宁了，拿起自己的包，像是没有看见他的存在，准备离开这里。

“考虑好了吗？”秦峻宁却挡在门口，没有避让的意思，问道。

“考虑好了，我没有兴趣。”唐小爱走到秦峻宁的面前，平静地看着他说道。

她不相信有这样的好事，她从小就是个被现实折磨得踏实沉稳的人，所以，唐小爱对这些从天而降的好事，一直抱着否认的态度，而且，她真的不喜欢娱乐圈。

因为在唐小爱的眼中，现在的娱乐圈处处都是潜规则，如果熬不出头，那便是浪费青春。如今弟弟已经很懂事，可以减轻她很大的负担，家里也没多少债务，她不用出卖自己的青春去换取金钱。

“你刚才……好像被欺负了。”秦峻宁见她如此坚定地拒绝，立刻把话题转走，他是个老狐狸，唐小爱虽然心思缜密，有着同龄人没有的稳重，但是在他面前还嫩得很。

“我要赶教授的课，请让路。”唐小爱越发觉得这个人很奇怪，如果说他真的是传媒公司的老总，怎么每天游来荡去跟闲汉一样？总之，离他远点比较安全，她不想再惹麻烦。

“我送你去学校。”秦峻宁很殷勤地说道。

如果被娱乐圈的人看到这一幕，一定会惊掉下巴，这还是他们那个脾气古怪的大导演吗？

如果她不是钟御卿拜托的人，可能秦峻宁会用点暴力手段……

“不，谢谢。”唐小爱立刻拒绝，她不喜欢和陌生人太近，他们很危险。

“知道你为什么会被欺负吗？”秦峻宁依旧挡在她面前，像是听不到她拒绝的话，又回到上一个话题上。

“先生，我没有被欺负。”唐小爱有些不悦起来，他真是个奇怪的人，刚才在监视她？所以看见了柳茜对自己泼咖啡？如果是这样，这个男人可能是个变态。

“因为你的家境没有她们好，因为你没有身份、地位、权力、金钱，所以……”

“再不让开，我就报警了。”唐小爱打断他的话，一向平静的脸色泄露了一丝愤怒。

他是什么人？凭什么来指点自己的人生？有钱人很了不起吗？这是哪门子优越感？仿佛他是上帝，而她是受苦受难的可怜人！她知道自己没有傲人的家世背景，可那又怎样？她一样会活得很好。

唐小爱是个说到做到的人，她看见秦峻宁没有避让的意向，立刻掏出手机，要拨打110。

她不想给咖啡店再添麻烦，刚才已经被店长责骂了几句，如果现在大喊大叫求救店员帮忙，只会更让他们反感。

“你可真是个雷厉风行的人。”秦峻宁伸手攥住她的手机，不让她拨出去。

“放手！”唐小爱脸色沉了下来，她不可能和这种奇怪的人有什么交集。

“如果我不放，你能怎么样？”秦峻宁觉得她虎着脸的模样很可爱，和平时的柔弱丝毫不同。

“我会……正当防卫。”唐小爱突然抬起腿，迅雷不及掩耳之势往他胯下踢去。

大学体育课教的女子防身术，学以致用。饶是秦峻宁反应极快，还是险些被她踢到，急忙侧身一让，唐小爱已经抽回身，飞快往外跑去。

“居然对我用女子防身术，我像色狼吗？”秦峻宁摸着下巴，自言自语。

唐小爱飞奔出咖啡馆，走到一条偏僻的小巷，心有余悸地往后看去，还好，那个变态男人没跟上来。

不过她的这份工作可能丢掉了，今天那几个女生来闹事，店长不愿意再出现这样的情况，惹得客人连连抱怨。

唐小爱看见前面有一群小孩吵吵闹闹，她走近那群孩子，发现一群衣着漂亮的孩子在欺负一个脏兮兮的小女孩。

刹那间，唐小爱仿佛看见了十五年前的自己，她也是这样被一群孩子围着嘲笑谩骂推打……

将那群孩子们轰走，唐小爱站在蹲在墙根边的小女孩面前。

她也曾这样无助害怕地无声哭泣，也曾怨恨这个世界的不公平……

她记得那样清楚，在自己五六岁时，被其他人欺负，跑回家对爸爸妈妈哭诉，换来的却是爸爸的拳头，让她没有本事还击就收起眼泪闭上嘴。

于是，当第二次被那群孩子欺负时，她就捡起路边的石头，奋力还击。当她昂头挺胸回到家后，迎来的是爸爸更重的拳头。因为她将小朋友打伤，他们的父母前来索要医疗费……

满脸泪水的小女孩，看着大姐姐从包里掏出一支棒棒糖，不敢伸手去接。

“为什么会被欺负？”唐小爱蹲下来，将棒棒糖送到她的面前，问道。

突然，她想到了那个奇怪的男人说的话。他也是这样问自己为什么会被欺负……

小女孩含泪的双眼，紧紧盯着棒棒糖。

“我知道了，一定是你长得太可爱，所以被他们嫉妒。”唐小爱弯起唇角，将小女孩拉起来，拍着她身上的尘土，说道。

小女孩怯怯地看了唐小爱一眼，眼神随即又移到棒棒糖上。

“你家在哪里？我送你回去好不好？”唐小爱将棒棒糖塞进她满是泥污的手中，攥紧小女孩另一只手，站起身。

小女孩还是不说话，迟疑地将棒棒糖塞进口中，然后指了指前面。

唐小爱立刻拉着她转过身，不料撞到一个人身上。

“对不起……”她的话还没说完，脸突然红了。

能让唐小爱红脸的人，只有沈墨。他什么时候来的？为什么一点都没注意到？

“你没事吧？”沈墨听说柳茜来咖啡馆的消息，所以立刻赶了过来。

他到的时候，恰好看见唐小爱冲出咖啡店，飞快拐进这条巷子里。

“我很好。”唐小爱避开他灼热的视线，自从上一次被当众亲吻之后，她就更加刻意地躲避着他。

“我差点担心死了。”沈墨拉起她另一只手，贴到自己的心口，“跟我在一起，我会照顾你。”

唐小爱想抽回手，他用什么来照顾自己？那雄厚的家世吗？如果做他女朋友，一切的问题都能迎刃而解，她不会迟疑。

“你无法照顾我。”唐小爱抽不回自己的手，她只能干涩地说道。

他的家庭不会容忍自己那样门不当户不对的家庭。

“你怎么知道我不能照顾你？ 不要再来这样的地方弹钢琴，我可以买下钢琴室送给你，你不用再受任何委屈……”沈墨早就了解到，她的家庭贫困，所以才拼命赚钱养家。

原本他只是对这个与众不同的女孩很关注，并没有想到自己会爱上她。 直到元旦那天，在图书馆看见她微红的双眸，才恍然大悟，原来一直默默的关注是因为爱。

然后沈墨才去彻底了解她的一切，越了解越想保护她，于是慢慢搭讪，想表达那份喜欢的心情。

“不，谢谢。”唐小爱这些年，说的最多的也许就是这三个字。

“别对我说‘谢谢’，我想成为你最亲密的人，可以依靠的人。”沈墨突然将她抵在墙上，呼吸急促地靠近她。

小女孩吓得手一松，往家的方向跑去。

唐小爱头皮发麻，浑身都紧张得开始颤抖，能够被暗恋已久的人喜欢，是一件多幸福的事，可是她却不敢爱。

那张俊秀的脸越来越近，鼻间的呼吸相互缠绕着，似乎无法分开。

唐小爱不由自主闭上了眼睛，不知是在躲避，还是妥协。

柔软微凉的唇，贴到她的唇角，轻柔的，如同蝴蝶的羽翼。

唐小爱几乎屏住了呼吸，如果说第一次被他吻太过意外，意外失去了所有的感觉，那这一次，她清醒地感觉到自己心跳的频率，和唇边柔软的感觉。

沈墨也极为紧张，虽然他和很多女生都传过暧昧的故事，可她是第一个让他想正式宣布为自己女友的人，所以格外珍惜。

唐小爱从没有被这样对待过，她只觉得心跳加速，血液上涌，像是被点了穴，无法动弹，僵硬地接受他的吻。

直到唐小爱快要缺氧晕倒，他才退开一点，唇滑到她的耳边，低哑着声音说道："你的反应好可爱，还没有和其他人接过吻吧？"

唐小爱胸口起伏着，迷迷糊糊中听到他这句话，如同被霹雳打中，突然清醒过来。

他以为自己是纯洁至极的女生，所以才勾起了好奇，想和她交往吧？

"沈墨，我不是你要的那种女生。"唐小爱立刻伸手推开他，狼狈地想逃走。

如果再这样多吻几次，她也许会永远沉迷下去。

"唐小爱，你在怕什么？ 你明明也很喜欢我，对吧？"沈墨昨天晚上做了一件有些卑鄙的事——将唐小爱的同宿舍女生收买，找到她的日记本，看到了那极为隐蔽的内心暗涌。 所以，如果这次再被拒绝，他都不能原谅自己。

"试试看，如果我们真的不适合，我保证不会纠缠你。"沈墨见她有些慌张地垂下眼睛，立刻攥紧她的手，急切地说道。

不知道对男人而言，是不是吃不到的总是最好的，所以对沈墨来说，她越是拒绝，越是特别。

"可是，我已经……"唐小爱是很喜欢他，她不是小龙女，更不是灭绝师太，在沈墨第一次表白时候，她的心一半疼痛一半欢喜。

初恋对她来说，是这二十年来最美丽的风景，所以，即便那时推开他，即便口不对心地拒绝他，但是心里的煎熬和挣扎，没有人能体会。

"不要找借口骗我，我知道你的生活很简单，我也知道你住在小镇上，但不能因为这样就不敢接受我的感情，没有什么门当户对，只有喜不喜欢。"沈墨打断她的话，深深地看着她羞涩紧张的脸，"小爱，你只要说，喜欢不喜欢我。"

唐小爱闭上眼睛，她的脑中又开始杂乱一团。

她是一个对目标明确的人，所以，从不会模棱两可地去做事情。

可是，唯独感情……是她第一次碰到，不知道该怎么把握的东西。

能不喜欢吗？默默暗恋了那么久，她被沈墨表白时，几乎吓傻了，从没有那么失态过，甚至躲进一个陌生人的车里大哭……

那眼泪不仅有难过，还有幸福。

可是怎么敢喜欢？他那么优秀，高高在上如同王子，而她，连灰姑娘都不是。又想起今天泼她咖啡的那几个女生，她们的冷言冷语在脑中回荡着，她凭什么得到沈墨的喜欢？

可是，她又凭什么不能得到他的喜欢？她害怕绝望的爱情，害怕越陷越深后再分离，可是，如果青春不去肆意疯狂一次，会不会有一天后悔？

“小爱，你只要说喜欢我，我们就在一起，不用想那么多的未来，我会给你未来。”沈墨见她良久闭目不语，他也有些紧张，因为只有这个沉静安然的女生，让他有不确定的感觉。

看不到她的心里究竟在想些什么，她和其他的女孩子不一样，也正是因为不一样，所以他才觉得特别。

“我……喜欢你。”唐小爱说出这句话时，微微颤抖，睁开的眼眸里蒙着淡淡的雾气，格外动人。

沈墨惊喜交加的脸上闪过笑容，立刻紧紧抱住她：“做我女朋友好吗？”

唐小爱在他滚烫的怀抱里，第一次感觉到冬天能这么火热。

她想起一首诗来：

原来所有的昨日

都是一种不可少的安排
都只为了好在此刻
让你温柔怜惜地拥我入怀

"好。"唐小爱又闭上了双眼，在他耳边低低说道。

她决定放开一切，追求一次自己的幸福，试着去接受喜欢的男人，无论结果……

"小李，通知营销部，十分钟后召开紧急会议。"钟御卿在合同上飞快签字，头也不抬地对一边的秘书说道。

这时候，手机又响了起来。钟御卿看见那个电话号码，几乎毫不迟疑地立刻摁断。

办公室安静了片刻之后，铃声又响了起来。

钟御卿深呼吸，几秒后终于接起电话，语气很平静："还有什么事？"

"唐小爱……"秦峻宁只说了三个字，那边立刻打断他。

"这样吧，等我结束会议，我们见次面。"钟御卿对和自己工作无关的人，丝毫不想浪费多余的时间，他希望今天晚上能够解决这一切。

第三天的晚上，在秦峻宁自己的酒吧里，蓝调音乐晃荡着酒精和迷醉。

钟御卿和秦峻宁坐在一个僻静的角落，似乎在争执着什么。

钟御卿开始后悔让秦峻宁帮忙照顾那个女生，因为秦峻宁到现在不仅没有行动，反而弄些乱七八糟的事情。

"她对娱乐圈不感兴趣，但是我让她丢掉了工作，看看她迫于生活，还能不能拒绝钱的诱惑？"秦峻宁笑眯眯地说道。

“她的事你不用再管了。”钟御卿决定改变主意。他在年底很忙很忙，不愿意和这个女人牵扯太多关系，就这么处理，以后两不相欠。

“也就是说……”秦峻宁端起酒杯。

“你不用再插手此事。”钟御卿被搅得很烦，说完，站起身准备离开。

“是不是以后你和她再没瓜葛？”秦峻宁将他扯回来，笑着问道。

“是。”钟御卿面对好友，有种想把他丢进地狱的冲动。

“太好了！”秦峻宁突然笑了起来，他一再试探钟御卿的底线，就是想看看，如果钟御卿确实对唐小爱没感觉，那他可以放心调教。

“我半夜一点的飞机。”钟御卿看了眼手表，也站起身，他要在上飞机之前，再开个电话会议。

“现在才十点，等完事了，我会亲自开车送你上飞机。”秦峻宁眼里全是狡猾的笑容，让他看上去像只狐狸。

钟御卿头也不回，只是扬起了左手，做了再见的姿势。

秦峻宁看着他消失在走廊，摸了摸下巴，又笑了起来。

外面的阳光很灿烂，唐小爱匆忙往学校里赶，她今天上午有节很重要的课，再不快点就赶不上了。

唐小爱刚走出酒吧后门不久，一辆黑色的轿车拦在她的面前。

唐小爱看见里面坐着的人，心脏噗通一声，沉到了最下面。她知道这一天会到来，只是没想到来得这么快。

轿车里坐着的，是个雍容华贵的中年太太——沈墨的妈妈。

她只和沈墨确定关系三天而已，就引出了家长出面，看来这段感情已经结束。

在徐徐而行的轿车里，沈墨的母亲周清婉从包里拿出一张卡，保养姣好的脸上没有任何表情："和沈墨断了关系，或者转学，离开这里。"

唐小爱抿了抿唇，她今天从酒吧出来的时候没有梳头，没有洗脸，可能在沈墨妈妈的眼中，她的模样很狼狈，根本配不上她那优秀的儿子。

"里面有三十万，对你这种小镇女孩来说，足够做个小生意。要是你想着傍大款，那就该知道，我家沈墨是什么档次的人，别想着攀高枝。"见她不伸手也不说话，周清婉冷笑着说道，"今天是我出面算你幸运，如果等沈墨爸爸出面，你知道会是什么下场？"

唐小爱的脸色原本就不好，听到这些话之后更加难看。

"别说我没有提醒你，沈墨那孩子心地善良什么都不懂，如果你把今天的事说给他听，好好想想你的父母还有你弟弟的大好未来。"周清婉知道对付这些涉世未深的小女孩用什么手段最好，威逼利诱只要用前两个就行了，她了解到唐小爱的家庭，知道她家里有个赌鬼父亲，还有病魔缠身的母亲，以及刚刚考入重点大学的弟弟。

"我知道该怎么做。"唐小爱的脸色越发惨白，当时她不敢同意沈墨的追求，就是担心这一天。

现在，短暂的三天甜蜜之后，爱情就被扼杀掉，她无法去怪谁。

"我喜欢听话懂事的小孩。"周清婉笑了起来，将银行卡递到她手里，"这是你的。"

"不……我会离开他，但是，我不要这个。"唐小爱需要钱，可她从小在爸爸身上就学到一个道理——君子爱财，取之有道。

因为爸爸太贪钱，为小利陷入赌博中，最后越来越不可自拔，差点毁了这个家庭。

她不能拿所谓的"分手费"，虽然三十万对她来说，已经是天文数字。

如果拿了这钱，那就意味着，她已经沦落为和那些卖肉的女人一样，而沈墨如果知道她拿了钱分手，她会更加难堪。

“我更喜欢聪明的孩子。”周清婉笑得很美丽，作为一个精明的企业家，她对金钱的概念很严苛，不会浪费几十万在一个没用的人身上。

所以，她就顺势收回了那张卡，动作依旧优雅。

唐小爱扶着额头从车上下来，脸色一片灰暗，她第一次逃课，坐在路边的休息椅上，眼里的泪水像是被寒冷的空气冻住，流不出来。

美好甜蜜的初恋故事，彻底结束。

手机又震动起来，唐小爱从口袋里掏出来，看见上面的名字，在眼眶里一直打转的泪水终于掉落下来，砸在屏幕的那个名字上：沈墨。没想到这么快，他们之间就结束了……三天的甜蜜回忆，也许要用很多年的悲伤来祭奠。

阳光撒在唐小爱的身上，可她却感觉不到一丝温暖。

她一动不动坐在街角，像是一块没有生命的石雕。

这时，一个穿着风衣戴着墨镜的短发男人，走到她身边，坐在长椅边，点燃一支烟，抽了起来。

“这个世界很不公平，如果你不能强大，就只能被比你强大的人踩在脚下。”秦峻宁当然知道这一切，他跟着她很久了。

唐小爱依旧低着头，长长的头发挡住了她的脸，看不到任何的表情，只能看见那牛仔裤上的深深泪痕。

“然后，只能无助地哭泣。”秦峻宁吐出一口烟圈，带着墨镜的模样很酷。

“你！”唐小爱转过头看着他。

“你本来和他就不是一路人，根本走不长远。”看见她气愤的眼神和红肿的双眼，还有脸上未干的泪痕，秦峻宁竟然有点心疼。也许是平时她总是一副安静淡然的表情，很少露出这么可怜的一面，现在满脸泪痕，我见犹怜。加上她哭起来实在太令人心动，仿佛荷花带着秋露，晶莹剔透。

唐小爱在新年的短短半个月里，谈了恋爱，又分了手，还遇到一个变态男人天天跟踪她……她真是倒霉死了！

“你如果再跟着我，我会报警！”唐小爱嫩生生的脸上闪着愤怒，攥着手机说道。

“能换套台词吗？经常说一句话，观众会审美疲劳。”秦峻宁吞吐着烟雾，满脸的不在乎。他发现唐小爱如果脸上有其他表情，五官立刻变得非常灵动可爱，可惜她总是一副安静的模样，难得生气。

唐小爱攥紧了手机，正准备拨打，突然家里打过电话来。她一看到家里的号码，慌忙接起。

“小爱，呜呜……”那边是妈妈哭泣的声音，上气不接下气，让唐小爱的心立刻紧张起来。

“妈，别哭，有什么话慢慢说。”唐小爱快步走到僻静的角落，柔声说道。

“你爸……你爸怎么不去死……”妈妈抽泣着说道，“又去赌……把什么都输光了，带着一堆欠条回来……咳咳，我们可怎么活啊……”

唐小爱又担心妈妈的身体，又担心爸爸的情况，立刻安慰道：“妈，你先别哭，爸爸欠谁的钱？我打电话去和他们说，一定会还上。”

每次都是这样，爸爸有时候忍不住赌瘾，跑出去输光欠债，都是唐小爱去联系债主，挣了钱还上。

但是这一次不一样，爸爸欠下的是赌场专门放债的高利贷……

唐小爱靠在墙上，双腿发软。她今天接连受到打击，现在只觉得眼前发黑，快要撑不住了。

秦峻宁眼疾手快地扶住她下滑的身体：“你没事吧？”

唐小爱扶着墙，浑身都是冷汗，她爸爸竟然欠了十六万的高利贷。

要知道小镇上的生活条件很低，就算平时爸爸喜欢赌钱，输赢最大也是几千，那已经是极限，几千块钱，她努力两个月还能还上，但是这十六万……还是欠下的高利贷！

唐小爱坐在路边的长椅上，手脚冰冷，已经无暇为失恋难受，她被最基本的物质生活逼到了绝境。

秦峻宁从一边的食品店里买一杯热牛奶，端到唐小爱的面前：“你的脸色很差，要不要去医院？”

唐小爱无力地摇摇头，连哭的力气都没有了。

“家里发生了什么事？ 说出来或许我能帮帮你。”秦峻宁坐在她身边，刚才这女生的脸色实在太难看，要是再逼下去，可能她会崩溃。

唐小爱依旧摇头，她不喜欢在陌生人面前流露自己的心。

“那……要不要借我肩膀一用？”秦峻宁看似体贴地问道。

唐小爱看了他一眼，这个自称要签她进入演艺圈的男人，为什么会一直跟着她？ 难道所谓的 CEO 和大导演，每天闲得发慌？

可这一刻，唐小爱觉得身边有个人真好，即便是个不安好心的奇怪男人。

“谢谢……外面很冷。”唐小爱并未靠上他送过来的肩膀，虽然看上去很宽厚有力。

“我们去吃点早茶。”秦峻宁立刻邀请，街角就有一家看上去很雅致的早茶店。

唐小爱不再拒绝，她现在急需一点温暖，来镇定自己快要崩溃的神经。

早茶店里的靠窗一角，落满了阳光，唐小爱不知在想些什么，安静而苍白的脸上，像是在做着某种艰难的决定。

“上次说的话，都是真的？”唐小爱急需一笔钱，这些高利贷的要账方式非常无赖，他们甚至会找到学校来闹，那样弟弟和她都会面临着更艰难的处境。

“当然，你考虑好了？”秦峻宁眼里闪过一丝愉快的微笑，他已经捏住了这个女孩的弱点。

“如果我签约，能不能先付十万现金？”唐小爱咬了咬唇，其他的钱，她再想办法借到。

“从程序上说，你的要求不合理。”秦峻宁见她已经踏入自己的套子里，不紧不慢地说道，“不过我可以给你开后门。”

“什么时候可以签？”唐小爱不知道他为什么要对自己这么好，但是她没有去问。

或许在这种投资人的眼中，自己只是一件值不值得投资的商品，他们会想方设法从自己身上捞出很多倍的钱。

“现在就可以。”秦峻宁笑意渐深，这个可能会成为自己摇钱树的小妞，终于彻底被套住了。

埃斯克罗传媒公司有着自己的办公大厦。

这里来来往往的人，全是衣着光鲜亮丽、浓妆淡抹的男女，相比之下，唐小爱就像个普通的学生，跟在风流俊俏的秦峻宁的身后，像是被拐卖的女生。

和她预料的一样，这种明星合同和卖身差不多，没有一点自由，必须全部服从公司安排，不可以私自接单，提成分配十分低，就算有广告可上，就算一个月可以接到一部戏，她只有辛苦费，衣食住行全部自己负责……

而且违约金简直就是天价，难怪现在艺人因为合同和东家打官司的越来越多。

像她这种刚刚签约的新人，所谓的待遇，还不如在内衣店里工作好。

可是内衣店不可能先付给她十万，她是一个穷学生，没办法在短时间里凑到这么多的钱。

“我还有一个要求，能不能……多预支十万，我需要二十万……”唐小爱想到与其问别人借钱，不如让自己多透支一点，反正欠下公司十万和二十万没什么区别。

“你是第一个没开始工作就要工资的人。”秦峻宁微笑，没有明确表示拒绝。

“我很需要这笔钱，对埃斯克罗传媒来说，这只是一笔小钱，我以后会还你。”唐小爱咬咬牙，说道。

“先签合同。”秦峻宁不置可否。

“先签一年行不行？”唐小爱看着合同，觉得自己像是个任人宰割的小鸡。

“一年？ 你要知道，有的新人三年都出不了道，一年你能替公司做什么？”秦峻宁一点点露出尖利的狼爪，脸上却仍然带着笑容，问道。

唐小爱低下头，合同幸好没有写陪酒陪客的款项，否则她真以为自己被卖到了夜店。

“来看看一年里，公司要在你身上花多少打造费，又能收回多少成本。”秦峻宁按了按桌侧，投影仪立刻投下一份计划书，“我们签约新人，自然是想让新人能够大红大紫，给公司带来经济效益，但是现在没人能认识你，无论你通过什么方式出现在公众的眼前，都需要成本和时间……”

“那先签两年。”唐小爱咬咬牙，这份合同签约六年，她不愿将最美好的六年青春浪费在里面。

“两年？唔，那时候你可能刚刚崭露头角，有点名气，然后我们的合同到期，公司把花重金培养起来的新人白白拱手送人？”秦峻宁微笑着问道。

“三年！如果不行，那就算了！”唐小爱对这样的霸王条约极为不满，可是她没有办法，生活的压力让她成了无梦的人。

“好吧，三年……不过三年的合同是这一份。”秦峻宁端详着唐小爱，如果他不答应，相信这个女生会转头就走。

从抽屉里取出另一份合同来，秦峻宁递给唐小爱。

三年的合同和六年的合同差不多，只是另外添加了一个极为苛刻的要求——三年后如果依旧从事娱乐这一行，必须和东家续约，不能另签其他公司，除非不做明星。

对唐小爱来说，她巴不得脱离这个圈子，所以立刻签下自己的名字，摁下手印。

三年后，无论她有没有存款，都要去做自己喜欢的事。

秦峻宁收好那份“卖身契”，对她伸出手，笑着说道：“欢迎新成员的加入，从今天开始，手机保持畅通状态，我会让人先安排简单的培训。”

“还有，不能住在学校宿舍里，必须接受公司统一调遣，下午就收拾好东西搬进员工宿舍……”秦峻宁此刻彻底露出獠牙，虽然面带笑容，语气却不容顶撞，“请遵守合同上的一切要求，从明天开始，随叫随到。”

“可是，你刚才答应我，在我上学期间，不会干涉我的学习和考试。”唐小爱敏锐地感觉到他的态度改变，立刻说道。

“唔，我是说尽量。”秦峻宁的笑容收起，露出他本来就阴晴不定的性格，“学业和事业谁更重要，你心里应该清楚。”

“对我来说，两者同等重要。”唐小爱微微皱起眉。

“NO，现在对你来说，公司的利益最重要。”秦俊宁晃了晃手中的那份合约，“唐小爱，你应该开始学会察言观色，讨好自己的老板，这会让你未来的路顺畅很多。”

唐小爱看着他挑起一抹坏坏的笑容，心脏微微一沉，她就知道这是个贼船，可还是别无选择地踏上了。

唐小爱看着公司派来的人帮她将衣物扔到后备箱里，她要搬到所谓的员工宿舍去。

宿舍里一共有四个女生，可实际上有三个在外面租房子住，偶尔才会回来。唐小爱的东西并不多，只有一箱子书，衣服很少。

长长的走廊里，有其他宿舍的女生远远看着她，指指点点小声议论着什么。

自从她和沈墨之间有了关联之后，就经常被这样指指点点，流言蜚语四起。

“快看……都说她被包养了，你们还不相信……”

“看看外面的保姆车，还有那个男保镖，啧啧……不知道傍上了什么有钱人……”

“那沈墨算什么？”

耳中传来不堪的言语，唐小爱沉默着往外走去，她无法去辩驳什么，尤其是对沈墨……

助手将东西都放到车上，发动车，往学校外开去。

这时候，突然横空窜出一个人，站在路中间，气喘吁吁地拦住这辆车。

唐小爱正低着头抚着手腕上的银链子，这是沈墨送给她的小礼物，没想到这么快就结束了一切。

一个急刹车，车子突然停下，唐小爱抬起头，看见沈墨双手撑在车头，血红的双眼紧紧盯着她的脸。

她的心一跳，沈墨不要命了？

随即，唐小爱的心酸痛起来，她被接二连三的打击弄得连失恋的痛都顾不上，现在看见心爱男生的脸，只觉得一切都变得无比灰暗。

沈墨接到女生宿舍一个陌生的电话，告诉他唐小爱回来了，所以他立刻疯狂地从足球场往这边飞奔，终于拦住了她所乘的车。

“给我下来！”沈墨不管车子鸣笛的声音，走到车门边，攥住把手，不容拒绝地命令。

“沈墨，别这样……”唐小爱没想到会在这里被拦截，眼看着外面围观的同学越来越多，她的心也被沈墨看得越来越慌。

“下来，快点。”一向温文尔雅的沈墨，在今天露出了霸道的一面，脸色阴沉地吼道。

“唐小姐，要不要报警？”司机小王扭过头问道。

现在没法强行开车，因为那个男人正紧紧攥着车门。

“不……不要。”唐小爱急忙说道。

“唐小爱，下来！”车窗玻璃被拍得很响，带着愤怒。

唐小爱咬了咬唇，对派来的助手用商量的口吻说道：“我有点私事要处理，你们先回去行吗？”

“这个……”助手有些苦恼地皱了皱眉，“要在晚上七点之前回来，公司可能有晚宴需要参加，不能迟到。”

唐小爱急忙点头：“请放心，我一定会赶回去。”

说完，车门的锁就被打开，沈墨拉开车门，一把将她扯下来。

唐小爱差点被他拽倒，她只能尽量保持着身体平衡，看着沈墨愤怒的眼睛。

沈墨看见她还敢这么平静地盯着自己，突然恼怒地将她按在车门上，唐小爱虽然吃痛，可依旧不肯叫出声。

“上午的事情，给我解释清楚。”沈墨提着她的衣领，似乎终于解了点气。

保姆车响起了喇叭声，沈墨终于攥着她的手腕，拉着她往女生宿舍走去。

围观的人群从没见过学生主席这副阴冷的模样，立刻让出一条通道，看着沈墨将唐小爱拽回女生宿舍里。

将她推进无人的宿舍里，沈墨从里面反锁住门，靠在门上紧紧盯着唐小爱。

他终于知道自己为什么会关注到她，因为那种安静而不被惊扰的态度，还有富家女身上所看不见的坚韧纯洁，让他从一开始就被吸引了。

可现在，他无比讨厌这样安静从容的唐小爱，他想让她露出其他表情，比如惊慌，比如不舍，比如哭泣……

“如果不解释清楚，永远都别想离开这里。”沈墨已经不是男生了，他今年二十二岁，准确地说，应该算个男人。

加上他平时在学生会里担任着重任，磨练得他更像个半成熟的男人。

“没有可解释的，我不能和你在一起。”唐小爱走到窗边，看到下面依旧围观着很多人，在指指点点、窃窃私语，她平静地说道。

“你被谁威胁了？”沈墨试图让自己冷静点，可是在冷静得接近冷漠的唐小爱面前，他快崩溃了。

“我骗了你，我其实早就有了另一个男人。”唐小爱说到这里时，声音有些颤抖，她不太擅长说谎。

“你胡说！我对你的生活了如指掌，你根本就在骗我！”沈墨冲到她身后，一把搂住她，他不能让这段新鲜的恋情这么结束，他喜欢这个时常安静不语的女生。她和那些莺莺燕燕们不同，从第一眼看到，他就确定。她让人有种天长地久的错觉。

“沈墨，你冷静点，我们坐下来好好谈谈行吗？”唐小爱现在已经陷入一团乱麻中，她的家庭负债累累，而沈墨的母亲又一再威胁，她不能再给自己添乱，必须快刀斩乱麻。

两个人坐在下铺的床上，唐小爱揉着头发，终于说道：“我并没有你想象的那么好，我喜欢钱……我需要钱，我害怕贫穷……”

“我也有钱，你想要什么我都能买给你！”沈墨打断她的话，攥住她的肩头，说道。

“可是……已经晚了，我是很喜欢你，但我从不敢幻想和你能有什么交集。”唐小爱发现说谎也不是那么难，她或许真有演戏天赋，“你表白的时候……一切都晚了……我是个贪心的坏女生，一边和那个人做着交易，一边又想得到最美的初恋……”

“你说谎！”沈墨暴躁地打断她的话，“你根本不是那种女生，你骗我……”

“沈墨，冷静点……你要做什么？”唐小爱突然被按倒在床上，她的心一惊，急忙挣扎起来，“沈墨，你不要乱来……”

沈墨双眼赤红地撕开她的衣服，不再回答她的话，堵住她受伤的唇。

“不要！”唐小爱毕竟是女生，又被这种姿势按倒在床上，不管怎么挣扎，对喜欢球类运动的沈墨来说，都被轻易控制住。

他不相信唐小爱是那种女生，她看上去清纯洁白如同一张白纸，在所有女生中，散发着独特的幽香。他要证明自己的眼光，他不会看错人。

只有此刻，唐小爱浑身如筛糠般发着抖，血液变得冰冷，连反抗和说话的力气也被抽走。

沈墨已经失去了理智，根本没察觉她的异样，已经撕开她的衣服，暗红的双眸紧紧盯着她洁白的身体。

“沈墨……”唐小爱无声地喊着他的名字，她不想重新经历噩梦，即便和自己喜欢的男生。不，是不能发生任何事。沈墨妈妈的话绝不是开玩笑，而且她现在无法接受这样的事情。

“我就知道……你的身体好美。”沈墨喃喃地说着，低下头，一点点轻吻着，“小爱，我会保护你，只要你跟我在一起，什么都不用怕……”

“不……不行！”唐小爱终于找回了自己的声音，扭动着身子想逃开，她不能和沈墨有进一步的发展，不能。唐小爱早就慌乱不堪，说出这句话时，眼泪唰的滚落，她再也无法控制自己悲伤的心情。

沈墨终于停了下来，抬起头，看着她清澈的眼睛里，大颗大颗滑落的泪水。

他从没这看见她哭过。在沈墨的眼里，唐小爱是一个没有太多悲喜的人，她从不会开心忘形，也不会伤心落泪。她的脸上，永远是安静淡然的表情，仿佛是平静的海面，看不到里面的暗涌。

但是这一刻，她蓄满晶莹泪珠的眼睛，那么璀璨迷人，与往日的安静神态不同，她要哭泣却强忍的模样，能勾起所有男人的保护欲望。

“对不起……我不能和你在一起……”唐小爱伸手挡住眼睛，她不想在最喜欢的男生面前哭成这样。事实上，她不喜欢在任何人面前流泪。

“求你……放了我……我不是个好女孩，我配不上你……”唐小爱抽泣着说道。

沈墨怔怔地看着那张端正清秀的脸，从没想到她流泪时这么美丽。如同雨中的荷叶，上面汇满晶莹剔透的珍珠，然后一颗颗滑落。

他伸出手，不知道要怎么去擦掉她的眼泪。

这时，外面传来惊天动地的敲门声。

“沈主席，院长有重要的事情找你。”外面传来一个女生的声音，急切地说道。

“不要打搅我，都滚远点。”沈墨一向温柔礼貌，这一次却意外骂了人。

而外面的女生显然吓到了，安静了几秒后，只听到碎碎的脚步声小跑离开。

“如果你缺钱，我可以给你。”沈墨沉默了很久，对抽泣的唐小爱说道。她的衣服已经被拉下来，头发有些散乱，看上去很狼狈可怜。

唐小爱含着泪摇了摇头，心痛得喘不过气来。

沈墨知道唐小爱家庭困难，他也知道她的自尊心很强，所以和她确定了关系之后，沈墨无法直接给她钱，只能委婉表示，不要出去再做兼职，他会想办法给她找一些轻松的工作。

沈墨想用另一种方式，在不伤害她自尊的情况下，让她过得更轻松点，所以第二天就提出了这一点，刚好她被咖啡店辞退。

唐小爱不能说为什么，她只能摇着头，拒绝回答一切。

沈墨又扑了过去，将她按在枕头上："唐小爱，我所有的耐心都给你了，别逼我发火。"

外面又响起敲门声，这次传来的不是女生的声音，而是院长的声音："沈墨，三分钟之内开门。"

唐小爱很少看到院长，只有每年发奖学金和一些重要场合，才会看到他的身影。

现在因为她和沈墨，院长都出面了，可见院长和沈墨之间确实有着微妙的关系。

如果唐小爱没猜错，肯定是沈墨的母亲知道了这件事，立刻让院长出面处理。否则院长不会因为什么学生会校务上的事，在短短时间里赶到女生宿舍，亲自"请"沈墨去院方办公室。

门打开了，唐小爱已经整理好衣服，看见院长投过来的严肃又鄙夷的眼神，她的心一阵抽搐，像是被射进了一根锐利的刺。三年来，每次作为成绩最优等的学生，她在老师们的眼中，都是被称赞的对象。院长也许对她没有印象，可院长对勤奋好学的学生，都是青眼有加。

现在，他用这种看下等妓女般的眼神，看了眼唐小爱，让她的心钝痛不已。而外面的那些女生，更是肆无忌惮地用各种各样的眼光看着她……

唐小爱在成绩优异的学生生涯里，第一次受到了全校范围的通告处分。

这是院长临走前对她说的话：今年的奖学金也会因为这个处分飞走。

第三章

唐小爱坐在好友张炜的小屋子里，表情漠然。

她一直想活得有尊严，一直不在乎外表的那些东西，可是当听到处分时，心里最后的支撑也断裂了。

“太不公平了！凭什么给你处分？那些明目张胆去夜店里疯玩的女生，怎么没受到任何处分？就是因为她们家里有钱有势？”张炜是火爆性子，一直在愤愤不平地破口大骂。

“别说了，她够难受。”陈晨是张炜的男友，两个人青梅竹马长大，大学后，顺理成章住在了一起。这间小公寓，就是两个人的爱巢。

虽然张炜平时不怎么回宿舍，但是每次上课，唐小爱都会帮她占位子，所以两个人的关系很好。

“不公平，我们明天去找校方评理！什么狗屁处分，因为你‘带’男生回女宿舍败坏校风……我呸！怎么不给沈墨处分？沈墨家里有权有势不敢惹，欺负你算什么？”张炜很暴怒，将陈晨推出房间，叉着腰气愤地走来走去。

“这个世界本来就不公平。”唐小爱突然露出一丝苦笑，她从小经历的一切都在告诉她世界是不公平的，只有成为强者，才会有发言权。

“小爱，可是这次太过分了……你不要怕，我会永远站在你这边。”张炜拍着胸脯说道。

“我没有怕。”唐小爱的苦笑渐渐消失，眼里浮现出一丝坚忍和决心，她不会怕，更不会屈服。

她要……活得令人刮目相看！

“难过的话，哭出来会好点。”张炜很担心好友的情况。

“我不难过。”唐小爱转过头看着窗外，天已经黑了。

她已经没有难过的力气了，这段时间太多的变故，让她失去了接受悲伤的能力。

天黑了，也有星星。

太阳落下了，还有月亮……

也许有一天，她会感谢曾经看轻她的那些人……

埃斯克罗传媒的大厦里，在一楼华丽的大厅，水晶灯闪着璀璨的光芒，女人们穿着各式各样的美丽衣裙，男人们西装革履，正在举行盛大的晚宴。

此刻，有两个男人正靠在二楼大露台的栏杆上，端着红酒，一边赏月，一边亲密地聊着什么。

这两个男人，一个优雅英俊，五官深邃，另一个风流倜傥，容貌俊秀。说起身材五官，比下面那群明星还要耀眼。他们正是钟御卿和秦峻宁。

埃斯克罗传媒公司，有钟御卿的股份，当初秦峻宁想收购这家快倒闭的传媒公司，因为手头经费问题，所以与好友一起合股收购，只是钟御卿不喜欢娱乐圈的事，一切都交给秦峻宁打理，他一心都扑在购物网上。

今天晚上群星云聚，似乎要举行什么欢迎新人的仪式——秦峻宁有时候签约到得意的有潜力的新人，会邀请钟御卿一起观看，让好友看看自己的眼光。

只是现在已经到了八点，新人竟然还没有出现。

所有的女人都在往大露台上看，可又不敢前去打搅，这两个人都是钻石王老五，多金又有钱，而且还长得那么帅……

可惜秦峻宁的脾气古怪暴躁，上一刻还在笑，下一刻就开骂，而且对女人无情无义，除非是有天赋又能给他赚钱的女人，他才会绅士一点。

至于钟御卿，简直就是绝缘体，他的眼里除了事业，没有任何女人，更没听说他有过什么情人。那双眼睛看人的时候会带着暗芒，让人心里慌乱，不敢接近。

“第一天就不守时，以后要是有点名气还了得？”秦峻宁看着手表，皱起眉，明显不悦起来。

“小高，给她打电话了吗？”秦峻宁看向一边的助手，问道。

“打了好几次，应该马上就到。”小高擦着冷汗，今天他不该让唐小爱和那个男人走，现在后果非常严重。秦峻宁是典型的笑面虎，公报私仇更是拿手。偏偏现在唐小爱还不到，要是再拖延下去……

唐小爱匆匆往埃斯克罗传媒总部赶去，她是个守时的人，可因为今天特殊情况，忘了还有个晚会。

门口的保安拦住了她，没有穿晚礼服和通行证的人，不准踏入这里。

唐小爱有些尴尬地看着自己的衣着，普通的牛仔裤，普通的毛衣和围巾，清清爽爽的学生装扮，连这里的扫地大妈都比不上。

小高正郁闷地走来走去，突然手机响了起来，他立刻接起来，往外面跑去。

当小高看到唐小爱时，又满脸愁容，上帝，这个女人不知道今天晚宴她是主角吗？ 怎么可以穿成这样？ 而且还素面朝天，她在故意炫耀自己的好皮肤？ 可无论皮肤多好，她那憔悴的脸和微红的眼圈，都出卖了她现在糟糕的状态。

这里都是妆容精致完美的女人，从头发到脚趾都精心护理过，闪着耀眼的光芒。

小高领着她匆匆穿过俊男靓女，来到大露台边，对两个低声私语的男人说道："老板，人到了。"

秦峻宁先转过身，看到唐小爱气喘吁吁又满脸憔悴的模样，立刻皱起眉："快点带她去化妆间，瞧瞧这模样！"

"是。"小高赶紧点头，扯走唐小爱。

唐小爱回过神，立刻跟着小高离开。

"其实我很不喜欢签新人，调教起来很麻烦，直接挖一线明星更方便。"秦峻宁转过身，对一直赏月的钟御卿说道。 他还没有告诉钟御卿自己签约的新人是谁，不过钟御卿太了解秦峻宁，不必说也能猜到新人会是哪位。

唐小爱僵硬地接受着化妆师和造型师在自己身上乱放东西，她还沉浸在悲伤中，不仅是因为失恋，还有学校的处分，以及自己的家庭灾难，被迫签约……

换上了造型师挑选的礼服，挽起了长发，画上淡淡的妆容，唐小爱看着镜子里焕然一新的自己，半天没回过神。

她脸上浓浓的疲倦被轻薄的粉底掩盖，炫彩的水晶唇膏和纤长浓密的睫毛膏，让她更显得明眸皓齿，那双本就明亮清澈的眼睛，又被画龙点睛一般，露出慑人的美丽。

几乎不敢相信镜子里神采飞扬的人，就是半个小时前失魂落魄从地铁站走出的自己。

唐小爱抬手摸着自己的脸，视线在镜子里慢慢下移，晚礼服很适合她，正红色衬托她肌肤雪白晶莹，而且并不暴露，带着温婉含蓄的美丽。

“老板挑人的眼光可真不错。”小高见惯了美丽的女明星，这一刻也不由得啧啧称叹。

造型师在为她做最后细节上的小造型，等一切完成之后，也微笑地赞叹：“身材很好，放松点会更好。”

“谢谢。”唐小爱低声道谢，像旧时代的那种知识分子谦和有礼，带着温润的风度。

啪！ 啪！ 啪！ 掌声在门外突然响起，唐小爱从镜子里看到门边不知何时站着一个男人，正是秦峻宁。

他拍着手，露出漂亮的笑容，像是在打量一件完美的作品：“真不错，快换上高跟鞋，属于你的时刻到了。”

唐小爱看着十二公分高的鞋子，头皮发麻，从没穿过这么高的鞋子，就算是当内衣模特，也不会踩着这样的高跟鞋……

“速度！”秦峻宁脸上的笑容蓦然消失，她迟到了整整一个小时，还没有谁敢在他面前迟到这么久！

“我的极限是八厘米。”唐小爱不想摔跟头，只能说实话，这么高，她不会走路。

“你知道我的极限是多少么？”秦峻宁双手插在裤兜里，挑起眉问道。

刹那间，化妆间里的气氛非常压抑，化妆师和造型师都很默契地低着头找其他事做，唐小爱也在秦峻宁的逼视下，终于蹲下身，手指勾住高跟鞋的镶钻细带。

“小心礼服，让我来。”造型师一直在小心翼翼地观察着，看见唐小爱一弯身，急忙上前帮她穿鞋。那么漂亮的高跟鞋，在耀眼的灯光下闪着璀璨的光芒，仿佛灰姑娘的水晶鞋。

对唐小爱来说，却像是踩着一朵带刺的玫瑰，每一步都要滴出血来。

“你们都出去。”看见她穿好了高跟鞋，脸上淡淡的清透的妆容完美无缺，秦峻宁对化妆间里的其他人说道。

立刻，化妆师和造型师，还有其他助手全部退得干干净净。

秦峻宁走到唐小爱的面前，她穿上十二厘米的高跟鞋，与自己一米八的身高倒是很匹配，只要抬起她的下巴，就能轻松吻住那张闪着水润光泽的唇。

唐小爱和秦峻宁静静对视着，从签下合同的那刻起，她就知道，这个男人已经变了。

他不再是古怪的陌生人，而成了自己的顶头上司。

“笑。”秦峻宁端详着她很久，吐出一个字来。

唐小爱平静地看着他，两秒后，扯起唇角，牵出一个美好的弧度。

“不要这样笑。”秦峻宁抬手捏住她的下巴，转过她的脸，对着大大的化妆镜，“这个世界没有欠你什么，给我笑得开心点。”

唐小爱看见镜子里的自己，很陌生，隔着一层粉底，就如隔着一层云雾，从化妆师手里变出的那张毫无瑕疵的脸，不是她的。只有那双带着距离感的安静的眼睛深处，能看到自己的影子。

而捏着她脸的男人，再不是那个对她笑容满面、脾气好好的先生，此刻正命令地盯着她。

她再次牵动唇角，想笑，可鼻子却酸了起来，是的，这个世界不欠她任何东西，但是她只想哭。

“想要当好艺人，无论什么时候，让你笑的时候，都必须笑，不管你有多难过。”秦峻宁站在她的身后，让她面对着镜子，捏着着她的脸颊，在她耳边说道。她这种隐忍的性格，确实不适合娱乐圈，不过他会慢慢调教，让她完全听从自己的话。

唐小爱再次牵动面部肌肉，露出笑容。

“应该先找个老师给你训练笑容。”秦峻宁看不到她眼睛里的微笑，皱眉说道。

“抱歉。”唐小爱终于说话了，因为她今天遭遇了许多打击，声音很暗哑，没有那分明澈。

“知道吗？我最讨厌别人对我道歉，请你再做一遍标准笑容。”秦峻宁摆正她的脸，对着镜子，一字一顿地说道。

唐小爱深吸了口气，闭上眼睛，压制着所有的情绪，狠狠地压住。虽然有的东西就像弹簧，越用力压制，反弹时的力量就越大，可她依旧用尽全力克制着情绪，几秒后，睁开眼睛，对着镜子露出笑容。

“很好，保持这个笑容，在今晚的宴会上。”秦峻宁虽然还不是太满意，可他知道唐小爱已经尽力，如果再逼她下去，她也许会在宴会上崩溃。

秦峻宁松开手，又对她说道：“挽着我。”

唐小爱顺从地挽住他的胳膊，她需要一个支撑，免得摔倒。

二楼的楼梯口出现两个人，热闹的场面变得鸦雀无声，所有人都抬头看着他们。男人很英俊，型男的硬朗英气，举手投足间，有种无法言喻的拽拽的大腕范儿。而他身边的女孩，如同出水芙蓉，化妆师神奇地擦去了她脸上的憔悴和疲惫，只剩下清灵静谧的美。

两个人似乎郎才女貌，无论是身高还是长相，都十分很般配。这就是秦峻宁刚刚签约下来的新人？

大家都在用各种眼神打量着唐小爱，合身而高档的礼服衬托出她身材曼妙，那张小脸透着清纯和灵澈，可眼神却很空洞木然，大大减少了整体分数。

钟御卿靠在二楼的大露台边，终于转过身，端着高脚杯，看着站在楼梯口的两个人。

唐小爱从前面看似保守端庄的礼服，背后却别有玄机，半裸的蕾丝隐现着洁白的肌肤，露出漂亮的背部线条，蝴蝶骨更加蛊惑人。

秦峻宁正在为大家介绍新人，牵着唐小爱走下楼梯，给她介绍着以后的同事和伙伴们。

唐小爱的笑容已经变得僵硬。这里有很多明星，可惜她一直就对娱乐圈没有关注过，即便有的明星看着很眼熟，也仍然叫不上名字来，这让某些人很恼火，尤其是现在埃斯克罗的当家花旦和当家小生，更觉得初来的新人目中无人。

终于，一圈转下来，秦峻宁被制片人拉到一边，只剩下唐小爱孤独地被红男绿女包围着。

她并不是一个怯场的人。从小就会泰然面对形形色色上门要债的大人，再到上学后，参加各种比赛拿奖上台讲话，她从来没有腿软手抖失去镇定。

可现在，唐小爱只想立刻逃走，她恍恍惚惚挤出人群，对身边的搭讪勉强维持着微笑，扶着楼梯下意识地往人群最少的地方躲去。

铺着地毯的楼梯，迎面走来一个俊美的男人，脸上带着淡淡的笑，有君临天下的气势。

唐小爱低着头，一只手提着裙角，生怕踩到了这么美的裙摆。

一切像是在做梦，梦幻般的水晶吊灯，俊男美女如云，香槟和红酒带着迷醉的味道，让她想到了那个盛大的年会——她失去自己的那一夜。

不同的是，那天夜里她失去了身体，而今天，她将失去自由。唐小爱不喜欢这样的场合，就像不喜欢太高的鞋跟一样。

脚下的地毯不知泼上了什么东西，唐小爱本就不太能驾驭如此高的高跟鞋，现在脚下一滑……

唐小爱下意识地伸手抓住身边能够稳住身体的东西，却还是跌跪在楼梯上，只是因为她紧紧拽住一个男人的裤腰带，才不至于滚下楼梯。

热闹的场面又变得安静下来，所有人都看着楼梯上尴尬的场景。

唐小爱如今的姿势，就像是在跪拜上帝……对绿嘉国际里的人来说，钟御卿的确是他们心中的上帝。

华美的裙摆从楼梯上倾泻而下，她拽着某人价格不菲的皮带，半跪在他的面前，脸蛋贴到了他的大腿上……

唐小爱僵直了身体，几秒后，一直安静的脸上闪过惶然和羞涩，似乎刚刚意识到发生了什么。她赶紧想收回手，却被一双温热的手掌扶住了手臂。

“对不起……谢谢……”唐小爱羞窘得不敢抬头看对方，刚才自己撞到了什么？很少这么羞窘，唐小爱更想赶紧逃离这里。

“小爱，你可真会抢镜。”秦峻宁看到这一幕，立刻大步赶来，笑着将她拉到自己身边，故意说道，“想和钟先生认识，也不必这么费尽心机嘛。”

他是在开着玩笑打圆场，因为秦峻宁和钟御卿很熟很熟，但是对唐小爱来说，除了羞窘还是羞窘，恨不得立刻钻到地下去。

钟御卿也顺势收回手，他站在高一级的台阶上，居高临下地看着她，刚才碰到她肌肤细柔的胳膊，她的身体很软很滑很嫩，犹如罂粟……

“介绍一下，这是埃斯克罗传媒的大股东，也就绿嘉国际购物网的首席执行官，”秦峻宁见唐小爱满脸羞红的模样，凑到她耳边用心不轨地低声说道，“无数女人心中的钻石王老五，钟御卿。”

唐小爱听到绿嘉国际四个字时，本来羞红的脸上，突然变得苍白……虽然她的脸上打上了轻薄的粉底和腮红，掩盖住了真实的表情，可她的神态依旧让狐狸般精明的秦峻宁感觉到不对。

“小爱，虽然钟先生很少过问艺人的事，不过也是你的老板，应该好好打个招呼。”秦峻宁见她一直低着头，神色有点慌张的模样，心中有些疑虑，她到底认识不认识钟御卿？

“不用了，新人还年轻，别吓着她。”钟御卿终于说话了，声音温和优雅，磁性十足。

“以后还得面对成千上万的粉丝和长枪短炮，这样胆小怎么当艺人？”秦峻宁笑了起来，亲昵地将手搭在唐小爱的肩膀上，又凑到她耳边低低说道，“你今天状态很差。”

虽然语气里没有责怪，但是唐小爱却听出了不满。她勉强挑起唇角，终于抬起头，看向刚才撞到的“钻石王老五”，很歉意地说道：“对不起，我……”

她的话卡在了喉咙里，因为眼前那张男人的脸太英俊，比大厅里的男明星还要耀眼，尤其是那双漆黑狭长的双眸，仿佛能将人的灵魂吸进去。让唐小爱失神的并不只是这张脸，还有他身上的味道……

刚才就觉得莫名心慌，原来是因为这似曾相识的味道——夹杂着淡淡的烟草香味，似乎还带着淡淡的檀木香，那样特别，可她却怎么也想不起在哪里闻过。

“以后会慢慢习惯高跟鞋。”钟御卿对她微微一笑，优雅而绅士，像降临人间的天使。

鼻间的烟草味散去，唐小爱还没有回过神来。

“被钻石男惊到了？”秦峻宁轻笑，不着痕迹地提醒着唐小爱的身份，“只要是女人，都会为他疯狂，看看那群漂亮的女明星，多想往他身上凑？ 不仅她们，还有那些上层名流女子……可惜啊可惜，钟御卿的心都在事业上，没有女人能吸引他的目光。”

秦峻宁试探钟御卿，确定他对唐小爱没有更多的感情，也就放心了，唐小爱从签上自己的名字开始，就成为了一件商品。

对秦峻宁来说，所有的艺人都是商品，只是价格不同而已。

唐小爱在陌生的公寓里，做着无穷无尽的噩梦。 梦中有着似曾相识的烟草味，还有一个穿着白衬衣的男人，远远看着她。

放在床头柜上的电话铃在七点钟准时响起，这是公司的专用电话，而唐小爱的私人手机则不能再用。 因为她正式成为了签约艺人，一切都要按照合同来。 她的所有行为都会受到公司的监控，包括电话。

所以唐小爱一点也不开心。 苛刻的合同条约和即将到来的专业训练，想一想就让她喘不过气来。

还有学校……她不知道该怎么去见沈墨，幸好这两天恰好是周末，不用回学校去见他。

形体训练助理的电话，要求她三十分钟内赶到九楼的形体训练室，开始基础的训练。

准确地说，这里是一个酒店式的公寓，埃斯克罗传媒修建的大厦，从十五楼开始，上面全住着埃斯克罗传媒签约下的艺人和工作人员，按照等级分类，便于管理，又能让艺人之间增进感情。

十五楼以下是工作区，有练舞房，录音房，内景拍摄房，还有各种训练室……

七楼以下则是休闲区和生活区，下面有酒吧、歌厅、餐馆、健身馆、游泳池，以及容纳数千人的大厅……

总是，一切都统一规划，有些半军事化的感觉，但是这种管理制度确实很方便管理艺人，更不用担心他们的私生活被偷拍到，也不用担心年轻的艺人整天泡酒吧在外乱混……

听说即使是一线明星，在这里都要听从公司的安排，哪怕他们在全世界拥有无数豪宅，也必须在工作期间住在这里，除非脱离了公司。

只不过他们所住的房间非常豪华，里面还有 24 小时的管家和贴身助理，比起唐小爱现在住的普通单间要华美万倍。

唐小爱拉开窗帘，看着外面的天空，她觉得这里仿佛是一个军营，毫无自由可言。可偏偏有那么多人，削尖脑袋想钻进来……

对面也是一座大楼，离这里不过百丈远，上面有四个气势凌厉的大字——绿嘉国际。

唐小爱不知道原来这两家公司离得那么近，那天她来绿嘉国际参加年会时，没有注意到这边的埃斯克罗传媒。

现在看来，钟御卿果然是大股东和投资人，两家公司挨在一起，平时两家公司的员工就在楼下散步聊天，仿佛一个大学里两座相邻的宿舍。

唐小爱和其他几个新人跟着形体老师练基本功，她小时候曾被学校推选去市里参加芭蕾舞队，所以有些舞蹈底子，平衡感也很好，所以这些基本功对她来说非常简单。

不过，身边有两个身高很高大的男人，总是协调不好手脚。

“我叫 Kiki，你呢？”在休息期间，一个看上去年纪和她相仿的女生凑过来，问道。

“唐小爱。”唐小爱平日的性格就很静默，所以总是被搭讪的那一方。

“啊，你就是唐小爱啊？”名为 Kiki 的女生，一脸惊讶和羡慕地打量着她，兴奋地说道，“听说昨天晚上特意为你准备了迎接晚宴，二线以上的艺人全都去参加了！”

“哦……”唐小爱心里有些诧异，表情却依旧沉静。她以为每个新人都会像新生做自我介绍一样，参加晚宴。

“以后请多多关照！”Kiki 立刻对唐小爱伸出手。

“互相关照。”唐小爱很礼貌地握了握她的手，发现对面的几个新人正在窃窃私语，似乎在议论自己。

“你怎么和老板认识的？听说你们是故交，是吗？”Kiki 是一家酒吧的键盘手，被星探发现，签来公司，可是已经过去整整三个月，她还每天接受这种枯燥无味的训练，没有任何广告可上。

这里也有的人，签进公司以后，几年也得不到重视，白白浪费了青春年华。

可有的人，一进来就有好的机遇，出唱片，拍写真，进军大荧幕……短短数月就人气爆红，成为炙手可热的明星。

而唐小爱并不知道，一夜之间，关于她的身份，已经被公司的人八卦得面目全非。因为秦峻宁为她准备迎接晚宴，加上她在晚宴上摔倒在钟御卿的脚下，这本来就是有着八卦精神的圈子，关于她的一切，已经在艺人间传得沸沸扬扬。

而唐小爱从这个叽叽喳喳的女生口中得知，埃斯克罗传媒虽然有着半军事化的严格管理制度，可是艺人之间的拉帮结派、互相倾轧还是非常严重，新人基本上就是受欺压的对象，除非靠运气或本钱，用尽手段傍上高层，慢慢爬到最上面，才能扬眉吐气。

如果接不到工作，艺人的生活会非常艰难，基本上没有进账，虽然在公司里有吃有住，但是没有经济来源。公司也不会白养着这些人，很可能就会安排一些小饭局或者其他辛苦的工作给他们，甚至会不满合约周期就将他们踢出去，实在没有潜力创造财富的人，可不会留下来。

Kiki 今年才十九岁，因为文化程度低，初中毕业就去了酒吧当键盘手，虽然有一点音乐天赋，但是她性格太大大咧咧，来了三个月，得罪不少人，原本能参加一个小型演唱会的乐队，却莫名其妙被刷了下来。

唐小爱默不作声听着 Kiki 的诉苦，她就知道这一行不好做，还有那么多的黑幕和潜规则……

但是 Kiki 的语气里，依旧带着憧憬和开心，她说，至少被签了进来，不用担心吃喝，住的又这么舒适，下面的普通饭厅吃饭免费，只有高档餐厅才需要付酒水费。而且，娱乐设施条件一流，需要什么都有，比起酒吧里当键盘手，不知有多轻松舒服。说不准哪一天，还能当某个巨星的演唱会键盘手，或者傍上个大款，甚至出自己的唱片……

“小爱姐，我住在 E1904，就在你的楼上哦，有空来找我。”Kiki 已经和唐小爱很熟了，颇有点依依不舍。

19 层住着的全是乐队和歌手。全部楼层都分为了 A、B、C、D、E、F 五个区，A 区都是总统套房，里面住着的全是当红明星，一哥一姐。B 区也如同五星级宾馆，住着的都是二线明星，C 区 D 区的条件渐渐递减，住着三流小明星，到 E 区，就是他们这些新人，F 区则住着工作人员。如同阶级制度严格的古代社会，这里封闭式的训练和一些等级划分，让唐小爱非常压抑。

不仅住宿如此，就算是吃饭娱乐也分为 ABCDEF 几个区域，大牌的明星自然去 A 区高档消费，那里经常能碰到公司的高层决断人士，也能得到更多的提拔机会。而唐小爱和 Kiki，只能在如同学校食堂般普通的环境下就餐。

疲惫地拖着身子回自己住着的 E1858 号房间，在这里，唐小爱感觉像是坐牢。

“咦，我们是‘邻居’啊？”正在她对面开门的另一个高大男生，突然说道。

唐小爱转过身，看见今天上午和她一起训练的那个男人，礼貌地点了点头：“嗯。”

“我叫小希，很高兴成为你的‘邻居’。”那个约莫二十二岁左右的男生友好地伸出手来。

唐小爱只是碰了碰他的指尖，挤出一点笑容：“我是唐小爱，你好。”

说完，她就准备开房门回去休息。

“你也是模特出身？”名叫小希的男生无视她的冷淡，很热情地问道。

“不是。”唐小爱刚刚才从 Kiki 的口中得知，18 楼住着的全是平面模特，A 区还有顶级名模，只是他们很忙，每天要参加各种商演，为公司赚钱。

“哦，这一层都是模特，我以为你也是……”小希依旧很热情，也许在这里，多一个朋友比多一个敌人好。

“晚安。”唐小爱毫无精神，打开门走进去，对那个高高大大、身材健美的男生微微一笑，说完，关上了房门。

靠着房门，看着如同旅社般的员工宿舍，一张大床，一个电脑和电视，还有洗浴间……没有一丝家的温暖，像极了旅社的布置，让唐小爱的心乱糟糟的。不知道在这里什么时候才有出头之日，也不知道她会遭遇怎样的未来。

秦峻宁仿佛消失了一般，这两天一直没有出现。

唐小爱想要回学校上课，向上级主管申请，却被无情地打了回来。主管要求她服从公司命令，至于学业……有了这么好的事业，不需要再去学校浪费青春，所以，可以考虑休学或者退学，总之，不准离开公司半步。

对沈墨来说，唐小爱现在就像人间蒸发一样，谁都找不到她，连手机也一直关机。

现在学校里对她的流言蜚语更多，有人说她真的被富商包养了，有人说她接受不了被学校处分的事情，所以离开了……

沈墨也好难受，和一群哥们在外面喝得昏天暗地，直到母亲意外出现。

“不过是一个普通的女生，看看你成什么样了？这几天好好在家里休息，不准去学校。”沈妈妈看着烂醉的儿子，叹了口气，“这世界上没什么放不下的事，再过十年，回过头看看今天，你就知道自己有多幼稚……”

“那个女孩不适合你，也配不上我们家，乖乖地忘了，妈妈以后给你找个家世好、长相好的上层名媛，比起小镇的粗野丫头不知道要金贵多少……”

沈墨趴在床上，用被子裹住自己，他现在只想要唐小爱。唐小爱软软的唇，软软的眼神，软软的温柔……他要把失踪了的唐小爱找出来！

此时的唐小爱，正想方设法逃出大厦。她今天没什么活动，上午结束培训，下午可以休息半天，所以，还能偷偷地溜回学校。

只是这边的保安措施太严格，因为是传媒总部，为了避免被狗仔和娱记混进来，平日出入都必须要有通行证，而唐小爱申请不到通行证，要在严格的监控设施下偷溜出去，比登天还难。

“小爱姐，你好像不太喜欢说话。”Kiki 一直叽叽喳喳地跟在唐小爱身边，她倒是很喜欢这个安静的女生，不会像其他人那样带着心计。

“嗯。”唐小爱没心情说话，她签合同那天，又从秦峻宁手里预支了十万元，一共欠了他二十万，还不知道要用什么方式还。虽然家里的燃眉之急解决了，多了的几万，唐小爱放进了弟弟的户头，嘱咐他有什么事就取出来用，但是，欠债的感觉很痛苦，尤其是卖身还债的感觉……

“不过，在这里少说话多做事是对的，可惜我就是改不过来……不然，我早就成主唱了！”Kiki 毕竟年纪小，又没什么文化基础，说话做事虎头虎脑，率直得很。

“这里全部都是电子监控。”唐小爱走在林荫小道上，突然说道。

“是呀，为了防止无孔不钻的狗仔和媒体，还有监控我们……”Kiki 吃过亏，知道乱说话会受到责罚的，“但是，这里的条件实在太好了，什么都应有尽有，而且，还能看到无数金主……我有时候想，就算签约期间一个活动都接不到，也比在外面工作舒适，你说呢？”

“我不觉得。”唐小爱在默默研究着怎么才能安全溜出去，她看到周围的高墙和不时路过的保安，眉头皱了起来，这里真是进来容易出去难。

"为什么不觉得？ 你看这里的自助餐、游泳池、歌厅、医疗室、乐器设备一流，还有游乐场、电玩室，晚上累了回去躺在浴缸里看电视或者上网……"

"Kiki，你签约了几年？"唐小爱打断她的话，问道。

"五年。"Kiki 如实回答。

"从十九岁到二十四岁，对女生来说最美好的青春年华，如果在这种地方当米虫……五年后还能做什么？"唐小爱的眼光很长远，她一直都觉得在娱乐圈等同于吃青春饭，真正有机遇的人有几个？

屈指算来，能够持续二十年活跃于娱乐圈的人很少很少，许多小明星能嫁个家境富裕的好人家已经算不错的归宿。

而对一个想要从事另一个行业的人来说，二十多岁的青春，每天过着米虫般的生活，慢慢消磨了意志和进取的锐意……将是一件很可怕的事情。

"不要这么说，人生不就是为了享乐嘛……哎，你看那辆车！"Kiki 突然拽着唐小爱的手尖叫起来，前面不远处有一辆纯白的兰博基尼，美丽的车身弧度在阳光下闪着刺目的光芒，"全球限量版的兰博基尼，听说上亿美金都买不到啊！"

"小爱姐，怎么样？ 我说在这里随时都能遇到有钱人吧？ 看看这个车牌号，再看看这辆车，只要搭讪上里面的车主，这辈子也不愁吃喝了。"Kiki 掌心都是汗，兴奋地往那辆车凑去，"你知道怎么搭讪这种有钱人吗？"

唐小爱摇头，她没兴趣搭讪，只想快点回学校，处理未完的学业。

"看我的。"Kiki 虽然年纪很小，但是显然在搭讪方面比唐小爱要厉害，而且胆子也大，做任何事都不考虑后果。

等那辆纯白的兰博基尼快开到眼前时，Kiki 突然脚一扭，像是崴了脚，拉着不设防的唐小爱摔倒在路中间。

唐小爱被她用力一扯，因为没有防备，也单膝跪倒。

雪白的兰博基尼在她们面前一个急刹车，车门自动打开，里面走下一个男人来，有些关切地询问：“小姐，没事吧？”

“哎哟，脚扭了……”Kiki 对男人撒娇时，有着不符合年龄的娇嗔和风情，看得唐小爱都愣住了。

“能不能拜托你帮忙，拉我一把？”Kiki 对着西装革履的男人伸出了手。

而唐小爱这才回过神，赶紧松开她的胳膊，站起身走到一边，有些尴尬，不知道现在该不该丢下 Kiki 离开。

坐在车后排的一个男人，也穿着深色的西装，一双精光四射的眼眸深沉如海，不动声色地看着前面一幕。

走下车的那个人，是钟御卿的专人司机，名叫蓝逸，今年刚好到而立之年，成熟稳重。

他不仅是钟御卿的司机，还是他的私人保镖和助理之一，帮他安排一切出行。

钟御卿的眼神落在一边站立不语的年轻女孩身上，午后的阳光洒在她青春的脸上，那双眼睛依旧很安静，清澈如初雪融化。

“……能送我去医疗室吗？”Kiki 误以为开车的人就是金主，正在极力勾搭着蓝逸。

“对不起，这位小姐应该没事吧？ 可以送你过去。”蓝逸很为难，钟御卿赶时间去飞机场，不能耽搁太久，所以蓝逸转过头问站在一边沉默不语的唐小爱。

Kiki 立刻对唐小爱使眼色，示意她不要答应。

“啊？ 我……还有其他事……再见！”唐小爱接到 Kiki 的眼神，

更觉得尴尬，她不太会说谎，所以一边说一边往前面走去。

“蓝逸，你送受伤的小姐去医疗室。”后面的车窗突然滑下，钟御卿磁性优雅的声音传了出来。

蓝逸跟着钟御卿很久，对他的一些习惯也很了解，所以立刻扶起Kiki，微笑地说道：“小姐，我送你去医疗室，小心点。”

唐小爱快步走着，她不知道这里还有多少像 Kiki 这样的女孩，一心只想生活无忧，钓个金龟婿……

“去哪里？需要搭顺风车吗？”雪白的兰博基尼闪着耀眼的色泽，几乎无声无息停在了唐小爱身边，车窗滑下一半，里面的男人有着完美的侧脸，问道。

“不……”唐小爱下意识地准备摇头拒绝，她看见里面坐着的“新司机”时，心脏猛然停滞，这不是……那个钻石王老五吗？而且，他说搭顺风车……这就意味着她能顺利溜回学校了？

“谢谢你。”唐小爱坐到后排去，感激地说道。

“不必客气，反正顺路。”钟御卿也不知道为什么突然心血来潮，将蓝逸和那个演戏蹩脚的女孩支走，让唐小爱上车。

路过警卫大门时，唐小爱把脸扭向了另外一边，生怕被拦下来。好在钟御卿的车有着特权，不必进行严格的检查，可以直接出入，看到车行驶到主干道，唐小爱才松了口气。

“你还是学生？”钟御卿很自然地问道，像是并不熟悉她的资料。

“是的。”唐小爱简单地回答，对真正的金主，依旧保持着礼貌的距离，不主动和他聊天，但是有问必答。

“唔，怎么签进来的？”钟御卿从后视镜看了她一眼，又问道。

“……糊里糊涂就被签进来了。”唐小爱没法和一个不熟悉的人说这么复杂的事，只好含糊带过。

“那天晚上你很漂亮。”钟御卿见她不愿回答，唇边挑起上扬的弧度，看似很温和地说道。

“啊？”唐小爱的脸微微一红，有些局促。

她刚才以为钟御卿不会记得自己，因为那天晚上她被包装得像一颗精美的糖果，而今天却穿着休闲宽松又普通的衣服，素面朝天，在这美女如云的地方，如同不起眼的小草。

所以，唐小爱刚才一直装作也不认识他，将他当成陌生人，不问名字也不报自己的姓名。可刚才钟御卿看似“无意”的话，让她觉得好像被拆穿一样，有些不好意思。

“你不会忘了我吧？”钟御卿从后视镜里看向她，墨镜后的眼神看不到，但唐小爱依旧感觉到火辣辣的视线。

“我……哦，你是不是……钟老板？”唐小爱见他这样问，赶紧揉着太阳穴，装作恍然大悟的模样，“你戴着墨镜，挡住一半的脸，我刚才真眼拙……”

“不用喊我老板，喊我名字就行。”钟御卿笑了起来，她果然像个学院派的人，说话也文绉绉的，一看就是个大学生。他脸上有淡淡的微笑，但是心里却有些生气，这女人刚才竟然装作不认识他！确实和其他女人不同。

别的女人都是趋之若鹜，看到他就恨不得扑上来，而唐小爱似乎很怕和人打交道，和谁都保持着礼节性的距离。

“好。”唐小爱内心是不愿意和这种高高在上的总裁富豪接触，因为她不是一个爱幻想的人，知道自己的身份和地位，所以就不愿意浪费时间在差距太大的人身上。

沈墨就是一个教训。当初一时冲动，抵不过那么久的暗恋和爱慕，在年轻的热血驱使下，和一个前途无量的官二代谈恋爱……结果呢？ 不过三天时间，她就被迫用那么惨烈的方式分手……

“你好像有很多心事？”钟御卿发现她在走神，眼里似乎萦绕着痛苦和愁云。

从没见过一个女人坐在自己的车里，还想着其他的心事，钟御卿的心里更加不悦起来。

但是他心里越不高兴，表情却越柔和。

“嗯……有点。”唐小爱勉强收回心神，她不该继续想着沈墨，他们之间没有未来。

“或许说出来会好点。”钟御卿像个良师益友，要是被其他人看到，一定会惊异这个雷厉风行、视时间为生命的年轻总裁，今天怎么会有闲情和一个小女生聊天。

“可能不太适应新生活。”唐小爱哪里敢在顶头上司面前说自己的私生活，她可没忘记秦峻宁介绍钟御卿时，说他是埃斯克罗传媒的大股东，也是她的领导者。 而且，看上去钟御卿和秦峻宁的关系又很好……啊！ 千万不能让秦峻宁知道她偷溜回学校的事！

“我回学校的事情，能不能保密？”唐小爱不等钟御卿说话，立刻问道。

听到她口吻里带着一丝央求，钟御卿微笑着开口：“当然可以，不过……你在出来的时候，有没有想过怎么回去？”

唐小爱听到这句话，石化了。 她当时想着只要找到方法溜出来，就能用同样的方法溜回去。 但是谁知道钟御卿什么时候回去？

看见她总是平静无波的表情变得僵硬，钟御卿突然很愉快。 这个女孩平时总是一副少年老成的模样，难得也有其他表情。 很可爱，当她睁大双眸，被点了穴般傻愣着时，终于没有那丝超过年龄的镇定和从容。

难怪秦峻宁对他说，他找到一个有趣的消遣，就是将沉静如水的人逼出涟漪来。

“你……晚上回去吗？”唐小爱知道自己有些无礼，搭了顺风车来，还想搭顺风车回去，可是她现在没有其他选择。要是被主管逮住自己偷溜出去，肯定会指着合同规章，罚她个天昏地暗。

“我赶去纽约的飞机，三天后才能回来。”钟御卿的车，缓缓停在了学校门口。

现在是下午一点五十，正是很多学生上课的时间。

雪白的兰博基尼，立刻吸引了所有人的目光，就算对车没研究的人，也能从设计感优美的外型看出这辆车价格不菲。

“完了……”唐小爱像是看到了苛刻的主管拿着小算盘，一边责骂她，一边扣着她未来的各种薪酬劳务……

“不过，我的司机晚上可能经过这里，你可以给他打电话。”钟御卿从名片盒里拿出一张名片，递给唐小爱，墨镜后依旧看不到他现在的眼神。

“真的？”唐小爱脸上浮现惊喜的笑容，她平时很少会将喜怒哀乐表现出来，但是今天太感谢这个好心人，连连对他弯腰致谢，“您真好，非常感谢！”

难怪人家年纪轻轻就能把公司经营成全亚洲最大的购物网站，看看这样的人品和风度，还这么体恤别人，哪里像个高高在上的总裁？如果她是他的员工，面对这样的好老板，也会把他当成上帝，愿意努力打拼。

“不必客气，你也算我的员工。”那双墨镜后的眼睛像是有穿透能力，钟御卿竟然张口道破她心中所想，“虽然现在还年轻，只要多多努力，会有好发展。”

“……多谢。”唐小爱愣了几秒，又赶紧鞠躬道谢，除了这两个字，她不知道还能怎么表达。

车门徐徐打开，唐小爱下了车，又感觉到聚集在自己身上的目光那么重。

大家本来对着这辆车指指点点，当看见衣着普通的唐小爱走出来时，一个个更是掉了下巴，议论不已。

“难怪连沈墨都看不上了，看看那辆车……”

“可怜的沈墨，被这种装清纯的女人骗了！”

周围的话不堪入耳，唐小爱只当做没听到。她喜欢冷处理的方法去面对不公的世界，从小时候看着爸爸妈妈被要债的打骂羞辱，她就学会如何冷静地面对一切。

可是当她转过身，人群突然安静下来时，她看见了一个最不想看到的人——沈墨。脸上布满憔悴，眼里带着红血丝，下巴露出青色的胡须根……简直像换了一个人的沈墨。

唐小爱可以装作看不到身边的所有人，唯独除了沈墨。

而正准备掉头去机场的钟御卿，车前也拦了一群体育部的男生——都是沈墨的朋友拉过来的一群人。

“这两天，你都跟他在一起？”沈墨走到唐小爱面前，他从小到大都是众人关注的焦点，过着王子般的生活，没人敢挑战他的骄傲，可是唐小爱这一次，狠狠挫伤了他的自尊心。

沈墨已经分不清自己究竟是喜欢她还是恨她，也弄不清现在自己心里复杂的想法。也许对他来说，有的东西比爱情还要重要，比如骄傲的自尊……失恋的痛苦和打击已经没有受挫的自尊重要，他必须抢回唐小爱，就算是说再见，也应该他先开口……

“他……只是顺路送我来学校的好心人……”唐小爱看见沈墨的

模样，心中又疼又慌，她从没想过永远神采飞扬被众人爱慕的学生会主席，变成这副憔悴模样。

“好心人？ 现在的好心人可真多。”沈墨伸手摸着兰博基尼漂亮的车身，“我以为你真的有苦衷，没想到……”

沈墨的话没说完，狠狠一拳砸到兰博基尼的车身上，奇怪的是车子并没有鸣警，依旧雪白铮亮地在阳光下反射着耀眼的光芒。

“沈墨，不要乱来，我真的……跟他没有任何关系！”唐小爱觉得自己的人生糟糕透了，竟然能在学校门口发生这样的事，最严重的是牵连了钟御卿。

钟御卿一直从容地坐在车里，对眼前体育部人高马大的男孩们没有任何表情。 真没想到自己遇到这么幼稚弱智的事情，要是被媒体抓到这个消息，一定在商业圈传为笑谈。

看来今天不该突然发恩慈，送这个女生来学校。 可当时看见她孤孤单单的身影，钟御卿有些于心不忍。

现在，那个看似普通却暗香袭人的女生，正被沈墨压在车头，一向镇定安静的脸上，满是惊惶和无助，闪着极美的色泽，让男人欲望贲张的柔弱。

她或许将自己当成了不能冒犯的顶头上司，加上无法收拾这样的烂摊子，所以才露出惊慌的可爱的表情。

钟御卿点燃一支烟，深吸了两口，烟雾缭绕中，墨镜后的深邃双眸闪着夜的色泽。 真是一群青春飞扬的年轻人……只有热血冲动什么都不怕的年轻学生，才会做出这样的蠢事，挡在他的车前。

“沈墨，住手，听我解释！”唐小爱真的很惊慌，因为沈墨疯了……

“你还要我怎么对你？ 唐小爱，这辈子我从没被人抛弃过，你是第一个，也是最后一个！”沈墨将她压在车头上，在她的耳边一字一顿地说道。他已不是单纯的失恋痛苦，还有那种被背叛被伤害的感觉……

“沈墨，求你不要乱来，我……我真的有苦衷……”唐小爱无法对他说，是他妈妈逼着自己分手，只能哀求着请他镇定点。

“坐在兰博基尼里的苦衷？”沈墨狠狠咬上她的唇，一双充血的眼睛里满是愤怒。

唐小爱看着苍蓝的天，她当初不该碰爱情这枚毒药……

钟御卿看到一颗晶莹的泪，落在他的车上。

终于，车门缓缓打开，钟御卿一只脚踏出车门，所有人的目光都转移到他的身上，空气立刻静谧起来。

墨镜虽然挡住了他的眼睛，可是那冷峻完美的面部线条，还是让人心跳加速。

那些女生更是屏住了呼吸，唐小爱究竟走了什么狗屎运，在她身边的男人一个比一个帅，一个比一个有钱！

“我在赶时间，如果误了这趟航班，只怕你们承担不起损失。”其实这种事情不用他亲自出面，只要在车里打一个电话就能解决，可是钟御卿看到唐小爱眼角一闪而过的晶莹泪光，突然有些不忍。

沈墨扭过头，带着血丝的眼睛狠狠盯着钟御卿。

“另外，可以放了我的人吗？”钟御卿气度闲雅，与这群略带青涩的学生们丝毫不同，他的身上，写满了丰富阅历沉淀下来的成熟醇香和隐隐而发的威迫感。

相比之下，虽然沈墨也年轻有为、英俊潇洒，可明显在气势上输了一截，但是沈墨也有一个优势——比钟御卿年轻。只要年轻，就有无限可能。

钟御卿的声音和墨镜后的眼神，带着让人无法抗拒的魔力。仿佛他天生就是领导者，一举一动都充满着令人折服的风范。

唐小爱非常紧张慌乱，慌乱到她看见钟御卿下来，脑子都炸开了，连他说什么都没有注意到。她只想着怎么将沈墨劝平息，想着怎么阻止这一切，想着顶头上司的豪车得赔多少钱，想着以后的日子该怎么过……

沈墨慢慢松开了唐小爱，从她身上离开，一双暗红的眼睛紧紧盯着钟御卿。

所有人都不再说话，也许从没见过这样极品的型男，也许是因为钟御卿一向带着凝肃的领导气场。

“你的人？”沈墨扯了扯唇角，突然笑了起来。

“一个好男人，不会将女孩弄哭。”钟御卿也挑起唇角，他有极漂亮的面部曲线，虽然有些冷硬，可是笑起来却如同破冰的春风，带着天使般的光芒。

“你以为自己是谁？”沈墨见他居然用老师的口吻和自己说话，突然一拳打了过去。

沈墨一动手，周围的人肯定不会再傻站着，立刻都冲了过来当帮手。

唐小爱双腿发软，怎么会变成这样？如果让身家千亿的钟御卿受伤……或者，让沈墨和这种人结怨……总之，一切都失控了，唐小爱挤进人群里，身上挨了很多乱拳，也感觉不到疼痛，巨大的恐惧让她只想阻止这一切。

“不要……住手……”唐小爱终于从人高马大的体育部男生包围中挤了进去，却看到让她说不出话来的一幕。

不知道是谁，居然带着家伙来的，将钟御卿身上那套比黄金还贵的西服划破，里面的白衬衫已经沾满了鲜血。

而钟御卿的手中，则是握着那人的“凶器”，顶在沈墨的小腹下。

他的唇边还带着淡淡的笑容，有着雍容的气度，却让周围人不敢再乱动。

“你们麻烦大了。”钟御卿轻轻叹了口气，他其实并不想和一群年轻的学生发生冲突。

因为曾走过这样的热血冲动年纪，所以钟御卿不想太为难这群人。

唐小爱紧紧抱住沈墨的胳膊，挡在两个人中间，她不会看到钟御卿墨镜后的那双眼，此刻有多危险。

“沈墨，我求你了……”唐小爱的话还没说完，就被钟御卿扯到身边。

“你应该求我。”这句话钟御卿是在心里说的，他的脸上依旧温和地带着从容笑意，盯着沈墨年轻愤怒的脸。

学校的校警终于出动，连教务处主任也出面了，当他双手接过钟御卿的名片时，厉声对那群乱来的学生说道：“你们全部去警局做笔录！”

钟御卿说得没错，学校很难承担起他的损失，如果他想刻意为难的话……

可是出乎意料，钟御卿依旧显得非常大度，他不想这种事情传出去，所以只是对教务处主任低语两句，将站在一边两眼发黑的唐小爱重新塞回车里，竟然就这么走了。

唐小爱从校警出面到车子发动，一直都处在极度的混乱恐惧中，直到车在一个路口的红灯前停下，她才颤着声音：“你受伤了……”

“唔，没事，皮肉伤。”钟御卿看着时间，他已经赶不上飞机了。

唐小爱伸手揉着自己的脸，心脏抽搐，她到现在血液都不通畅，全身发麻。

钟御卿开始打电话，说着她听不懂的专业名词，似乎在安排纽约那边的代表先去谈判，因为今天的变故，重新安排接下来的行程。

唐小爱觉得自己今天闯祸了，她看着钟御卿胳膊上的长长血痕，心中紧张不安，充满了内疚和慌乱。

“我帮你退学了。”钟御卿在不停打电话，中间还抽空对她说了句话：“你觉得还能在那种环境下进行学业吗？”

钟御卿的车，停在了一家私人医院门口。

唐小爱闭上眼睛，今天真的一切都糟糕透了，可是，面对钟御卿的这种自作主张，她能说什么反对或者难听的话？

钟御卿本来就是让人难以拒绝的人，加上他今天因为她受伤了，唐小爱本就愧疚无比，现在他又用为自己考虑的口吻自作主张……

唐小爱在后来平静了心绪，只能说钟御卿太会心理战术，完全是一只不符合他温柔外表的腹黑狐狸，不仅腹黑，还很闷骚。

“就这样安排，晚上让他们留下来开会。”钟御卿挂断电话，转头看着捂着脸的唐小爱，她今天的心情很糟糕，不过换成谁遇到这样的事，都不会开心。

“你不该先扶我下车看医生吗？”钟御卿半开玩笑地笑道。

“啊！是的，对不起……”唐小爱不仅思维混乱，连语言都不会组织了，急忙下车，绕到驾驶位那边，伸出手，颤抖地扶上他的胳膊。

因为她出身寒微，又欠了那么多的外债，无权无势，现在还让商界新贵受了伤……

如果要自己赔损失费，就是做牛做马赚三辈子也还不完啊！对从小就受苦长大的唐小爱来说，她非常非常现实，没有任何不切实际的幻想，所以什么都从最基本的生活实际出发……

手搭上他胳膊的瞬间，唐小爱突然又闻到那股淡淡的味道。

刚才的车载香水将这丝独特的味道掩盖住，如今两人距离这么近，清晰地闻到那股夹杂在烟草味里的檀木香味。

“真的对不起……非常对不起……你的医药费，我以后会双倍赔偿……”唐小爱在病房里，不停地道歉。

“不必客气……”钟御卿话还没说完，手机又响了起来，他歉意地一笑，接起电话，又开始处理工作。

唐小爱只能默默地坐在一边，等着他打完电话。她的脑子很混乱，眼前的大人物受伤，沈墨虽然没受伤但是却给学校添了麻烦，而她则被某人自作主张退了学……

更加可恶的是，被他这么自作主张安排了学业，她连句反对的意见都无法表达，还带着感恩涕零的心。

“对了，你虽然退学了，明年还是能够拿到毕业证和学位书。”钟御卿等着电话那边给他拿资料，抽空对她说道。

“啊？”唐小爱今天的表现一直很白痴，她从没遇到这么一连串的糟糕事情，大脑已经不听话地罢工了。

“你们学校表示对我要给补偿，所以，我就相应提出了点要求。”钟御卿在商界异军突起，不仅仅是因为他过人的精明头脑，还有他的处世方式。

他虽然和这种艺术学院工作上没有太多联系，可是今天的事情只要他宽容点，让院长欠他一个人情，以后说不准还能用到这所学院。对一个商人来说，有些退让是为了以后更大的前进。

“你……”唐小爱一脸惊讶地看着他，她平时很淡定，但是在这个人面前，总觉得自己脑细胞不够用，感觉情商开始变低。

钟御卿竖起手指放到唇边，示意他又要听电话。

“所以你不必再回学校，也不用参加各项考试，校方会准备好你的毕业证和学位证。”钟御卿对那边说完电话，立刻对唐小爱继续说道，“与埃斯克罗签了合同，本来属于自己的时间就很少，如果偷溜出去被抓住，更加得不偿失。你要是想继续进修，可以在公司学习，两不耽误。”

“虽然……”

“抱歉，我再接个电话。”钟御卿因为赶不上飞机，现在所有的行程和工作都要重新安排，所以电话响个不停。

唐小爱乖巧地点了点头，自己走过去倒水。她心里虽然觉得这个男人帮她退学有些冒失，但是听了他这番话，也觉得这种安排很好，只不过自己又欠下他恩情，平白无故受恩，心里总有种不安。

“嗯……就这么安排，晚上回来再说。”钟御卿这一次挂断电话后，将手机的呼叫全部转移到秘书手机上。

“要不要喝点水？”唐小爱端着一杯水，面对这么温和完美的上司，总觉得不真实，他就像天使降临自己身边，那样的美。

“不必了，我的伤口已经处理好，是不是应该回去了？”钟御卿非常绅士地询问女士意见，至少表面上很优雅。只是接触他时间久一点的人，绝不会被他表面的完美欺骗。

在商界，他有个不雅的称号——银狐猎鹰。银狐指的是他的狐狸般容易迷惑别人的漂亮外表，还有狡黠，而猎鹰则是天空中的顶级猎杀者，他在瞄准目标时，优雅漂亮的外表和那狠厉无情的手段搭配得完美无缺。

“哦……可以。”唐小爱赶紧放下水杯，看了眼他捆扎好的胳膊，“你开车没事吗？要不我来开吧？”

她大一刚入学不久，学校曾统一报名过驾校，只不过从来没独自上过路。唐小爱坐在驾驶位置上直冒冷汗，她真不该多嘴说那句话，当时说叫计程车不就得了？

如果不小心，把他这么漂亮的座驾剐伤就完了。

“你开车真小心。”钟御卿坐在她身边，微笑着说道。

“对不起，我开车很慢。”唐小爱的脸红了，有着卓越性能的全球限量版兰博基尼，她以公交车都汗颜的慢速度，一点点往前移动着。

“嗯，小心能使万年船。”钟御卿语气不明地说道。

唐小爱总觉得他在嘲笑自己，可是他的表情又非常优雅淡然，看不出嘲讽的意味。

只有那双漆黑的充满魅力光华的眼眸，意味不明地含笑盯着她，让她心里发毛。

第四章

埃斯克罗传媒总部。

18 楼的一间旅社般布置的房子里，朝南的窗户边站着一个身材颀长的男人。

他正幽幽看着远处缓缓驶向大门口的那辆雪白的车。这才第几天？唐小爱内心果然没有表面那么柔弱安分，竟然敢偷溜出！要知道即便是一线明星，想离开这里都得上面批准，免得他们有什么意外的消息出现在报纸上，打乱公司的策划。

而唐小爱溜出去就算了，还是搭乘钟御卿的车……秦峻宁真的想知道，唐小爱和钟御卿之间到底还有什么纠缠？

那天晚宴上，钟御卿与唐小爱如同陌生人，两个人像是不会有任何交集，但是今天从门卫那里看到录像，钟御卿竟然主动去搭唐小爱……

那只银狐的心思，果然让人猜不透。

唐小爱身边虽然坐着一个性格超好的大帅哥，可他比主考官还让自己紧张，她艰难地把车停在绿嘉国际大厦下面的专用停车场里，这才发现自己的贴身衣服全汗湿了，短短的二十分钟路程，她硬是开了将近一个小时，现在下车，感觉浑身都要虚脱了。

对钟御卿再三表示感谢和歉意，唐小爱在听到他说“再见”时，几乎用百米逃脱的速度，飞奔回对面三百米处的埃斯克罗传媒大厦。

钟御卿看着她恨不得早点逃离自己身边的模样，眼里露出一丝笑意来，不知道被秦峻宁带入娱乐圈后，当她看到了繁花似锦，还会不会保持这么淡然宁和的心态？

钟御卿突然有点后悔，因为他不知道自己将唐小爱丢给秦峻宁去培养，到底是一件好事还是一件坏事。

如果未来的某天，再看到她时，她已经和其他娱乐圈的女明星一样，浓妆淡抹、花枝招展，再没有这样清澈纯真的眼神，处处带着心计，看到他也想迫不及待地凑过来……

如果是那样，他会觉得很遗憾。

而唐小爱混乱紧张的一天终于结束了，她气喘吁吁地打开房门，就立刻脱衣服。虽然是冬天，可她全身都汗湿了，得赶紧洗个澡。

因为这里是普通旅社般的布置，刚进门的玄关边就是卫生间洗浴室和大衣柜，里面是张大床和写字桌，所以唐小爱并没有看到自己的床上，阴沉沉地坐着她真正的顶头上司。准确地说，是债主！

等她脱得上身只剩下内衣时，唐小爱进入浴室前，才感觉到不对。她平时是很仔细谨慎的人，今天也许是被一幕幕意外弄得大脑缺氧，所以等脱完了衣服才发现屋子里有人。

“啊！”唐小爱看到床上坐着的男人，短促地惊叫一声，立刻躲进了卫生间里：“你……你怎么在？”

“应该是我先问你怎么不在才对吧？”秦峻宁伸手按在卫生间的移门玻璃上，真实的脾气已经露出来了，非常恼怒，“公司的规定你忘记了？”

“你先等我穿上衣服……”唐小爱的话还没说完，移门就被秦峻宁用力打开，她手忙脚乱扯过大浴巾挡住上身，想后退到浴室里。

“秦……秦总……你……你别过来！ 不然……我会报警！”唐小爱还没退到浴室里，就被秦峻宁一把拽了过去，她的心紧张地狂跳起来，第一次穿这么少和一个不熟悉的人在封闭的空间里。

“不要和我装清纯，当内衣模特时，坐在其他男人车里时，你怎么不去报警？！”秦峻宁听到她紧张的话更是恼怒，将她从卫生间扯出来，丢到床上去，双手插在裤兜里，眼神变冷，冷冷盯着她。

“你……知道我当过内衣模特？”唐小爱有种什么都被看到的糟糕感觉，她干脆扯过被子完全挡住自己，惊讶地问道。

“你以为我会签一个毫无特色没有市场的新人，让她在这里白吃白喝白住浪费资源？”秦峻宁深吸了口气，看见她恐慌惊讶的眼神，稍微压下怒火，走到一边的藤椅上坐下来，依旧用冷硬的眼神紧盯着她。

“对不起，我今天……是回去办理退学手续，但是主管一直不放通行，所以……”唐小爱看见他的眼神那么不友善，赶紧先道歉，把内衣模特的事放一边。 曾经的一切都不重要，重要的是现在和未来。

“退学手续？”秦峻宁轻轻皱起眉，他也不希望唐小爱因为学业分心，所以签约时还特意聊过这件事，但是当时唐小爱的态度很坚决，说一定要完成学业。 怎么会这么快就改变了主意？ 这根本就不像是唐小爱低调却执着的性格。

“是的。”唐小爱仔细观察着他的态度，分析着现在秦峻宁的心情。

“已经办好了？”秦峻宁叠起腿，眯起双眸问道。

“嗯……差不多办好了。”唐小爱想着要不要将钟御卿的事情说出来，可是看秦峻宁现在的态度，多一事不如少一事，免得他突然发飙。

真想不通，应该整天在外忙着拍片当导演的老总，为什么会待在她的房间里。这种大人物不是很忙才对吗？

就像钟御卿，行程稍微一耽误，即便人走不了，也会不停地开始电话会议……

而秦峻宁身兼数职，又是娱乐传媒的老大，还喜欢去当导演，没事要出席各项活动，应该比只从事商业活动的钟御卿更忙碌才对。

秦峻宁不再说话，手指轻轻敲着茶几，一双鹰眼紧紧盯着唐小爱，似乎在想用什么方式惩罚她。

唐小爱则是紧张地抓着被子，即便眼前是英俊又年轻的大导演，她也不想遭遇什么潜规则。只要想想可能发生的事情，唐小爱就有些控制不住地发抖。

就算和最喜欢的人在一起，她也只限于和沈墨牵手拥抱亲吻。只可惜，刚刚萌芽的纯纯恋情，立刻被暴风雨扼杀在摇篮中，她的那颗爱情种子也死了。

“知道你今天误了多少事情吗？”秦峻宁在三分钟后终于开口。

他很喜欢这个女孩的眼神，从第一次看到她的眼神，就非常喜欢。清澈、坚定、圆润却不世故，平静中蕴藏着巨大勇气，遇到危险也不会避让的眼神。

在他心中，这种眼神太性感了，也太特别了，虽然他对钟御卿说，唐小爱的性格不合适娱乐圈，可任何事情都要多重看待，她这种安静却坚韧的态度，又何尝不是混娱乐圈最好的心态呢？所以，必须调教好。只要让她乖乖听自己的话，明日之星绝对会是她。

“不知道。”唐小爱如实回答，她看了今天的安排，下午可以休息半天，没有任何训练。

“今天下午两点，本来要通知你去试镜，先拍摄一组宣传照，可是你人去哪了？”

秦峻宁本来觉得她形体方面底子不错，加上她确是个学习型天才，无论什么样的训练，都能尽快接受完成，所以觉得今天可以先拍摄几组宣传照，准备下一步女主角选拔赛，可没想到竟然找不到她的影子。

本来准备好的化妆师和摄影师，还有其他工作人员，全都晾在那里等她一个人。最后临时安排了其他艺人过去，可即便如此，唐小爱还是让公司里十几个人等她将近一个小时。

“每个人都丢下手里的工作等你一个小时，十个人就被你浪费十个小时，加上其他的耗损，你知不知道会给公司带来多少损失？”秦峻宁语气很严厉，如同一个老师在呵斥逃课的学生，“还没成大腕呢，现在就不听公司安排，以后哪天出席一个重要活动，再给我迟到三五个小时……”

“对不起，下次不会再发生这种事。”唐小爱立刻道歉，心里对这个开始变得严厉可怕的上司很无奈，如果他没有那么大方地给她二十万现金，她现在半工半读很自由轻松。

哪怕在咖啡馆工作，也比当什么明星要好，尤其是这种根本出不了头的憋屈小艺人，也许半夜三点接个通告，累死累活拿到的钱还不够买上节目的那身行头。

“你和钟御卿在一起说了什么？”秦峻宁突然话锋一转，问道。

“啊？”今天唐小爱的反应有些迟钝，半天才吐出一个字来，他怎么知道自己和钟御卿在一起？感觉被跟踪监控了一样，唐小爱越来越觉得这里好压抑。

“是不是以为有了钟御卿做靠山，这里就没人敢对你怎样？”秦峻宁冷哼一声，她现在是自己的艺人，无论傍上什么样的人，都休想反抗自己。

“我没有……”唐小爱哪里敢有这样的想法，她压根就没想过让钟御卿当靠山，沈墨的教训够她痛一辈子。

“真的没有？”秦峻宁冷笑，“现在你签给了我，就好好想想你的未来，如果违反合同做事，你自己应该知道后果。”

“不会有下次！”唐小爱想想自己既然已经被钟御卿自作主张地休学，以后再也不用回学校，也就不会发生这样的事情，所以立刻保证。

“本来想让你成为李希逸的MV女主角，可看来你根本不懂怎么当一个艺人……”秦峻宁紧紧盯着唐小爱，观察着她的表情变化，就算脑筋不够用也明白他这句话的意思，会想方设法争取到这样的角色。

小艺人上位的最好方式之一，就是借助其他明星的光环，一夜成名。这样随之而来的就是数不尽的名利。

可是唐小爱让秦峻宁失望了，她的表情依旧，似乎不明白巨星李希逸代表着什么。

“自己好好想想，想想你的债怎么还。”秦峻宁被她那静默清澈的眼神惹得很恼火，一个连上位都不去争取的艺人，以后怎么打拼娱乐圈？

所以，秦峻宁只能从经济上给她心理压力，说完站起身，往外走去。

唐小爱一听到债，眼神终于有一些变化，她还负债二十万。对一个大明星来说，二十万只要一个商演就能赚回来，可对她来说，是一笔巨大的金额。

而且，李希逸的MV女主角会得到十万元的报酬，她当时就已经把这十万预支出去了，根本没有想过可能换女主角的事。

“对了，你父亲给你打过电话，好像二十万根本不够他折腾……”走了几步，秦峻宁停下脚步，又说道。

“什么？”唐小爱这一次再不是淡然的表情，她的电话全部都被公司转接走，所以前几天就像是军队封闭式生活一样，与外面很少联系。

“又划了点钱过去，如果过年还想和家人团聚，最好先为公司做点贡献，我可不会养一个只会让公司亏损的艺人。”秦峻宁说完，举步走到门前，手刚刚摸到门把手，眼里就露出笑容来。

她的家人和经济状况果然是最要命的弱点。

“秦总，都是我的错，请再给我一次机会！”唐小爱已经跳下床，冲到他身后，抓住了他的胳膊，不想让他这么拉开门离开。

秦峻宁转过脸，眼里的笑容敛去，依旧那副生气的表情：“机会是留给准备好的人，如果你一直想做世外高人隐居在这里，我也会让你如愿以偿……”

“我准备好了，请你再考虑一下，我会做最大的努力，直到你满意为止。”唐小爱已经顾不得自己上身只穿着内衣，硬生生的挡在门前，就像秦峻宁说的那样，她以前拍摄内衣照片时，经常被摄影师指点造型，所以不用那么害羞。

“让我满意？”秦峻宁摸着下巴，看着她急切地挡在门前的模样，突然想试探一下她的底线。

“是，我会全力以赴。”唐小爱发觉他的眼神有些怪异，那样若有若无地打量着她的上身，让她不由想先穿起衣服。

“那个 MV 是我亲自执导，你知道有多少女明星想搭上李希逸？”秦峻宁唇边浮起一丝笑容。

“秦……秦先生，请自重。”唐小爱连秦总也不喊了，他凑得那么近，让她毛孔都竖了起来，身后就是门，想退都无法退开。

“你一个没有任何背景的新人，想要这么好的出道方式，当然得付出点什么。”秦峻宁像是没听到她的话，一只手按上她想躲避开的肩，低下头，唇轻轻碰上她的耳垂，低哑着声音，意图很明显。

唐小爱的脸色青白交加，她第一次遇到这种情况，心里只有恐惧和厌恶。虽然被沈墨强吻过，可是沈墨是她暗恋了三年的人，并没有太多的厌恶情绪。现在，秦峻宁对她来说算什么？虽然是她困境中的及时雨，但是秦峻宁本来就不会做亏本买卖，将她签约过来还不是为了以后尽情压榨出更多的利益？

虽然这个年轻的导演在女艺人里广受欢迎，也生了副好皮囊，可唐小爱只觉得他很可怕。

“我……可以付出自己的精力和努力，但是……不会付出身体！”唐小爱不要被潜规则，这才刚刚开始，如果被拉下无尽的深渊，以后就算她有了名利，可丢了自己，也许再也找不回来。

“哦？”秦峻宁挑起眉，稍微离开她几分，近距离看着她的脸，这是他踏入这个圈子以来，第一个有人这么明确地拒绝他。

“如果这个角色真的争取不到，我可以等下一次机会……”唐小爱偏过头，想离他远一点。

“如果没有下一次机会呢？”秦峻宁打断她的话，拿开搭在她肩膀的那只手，“你的身材很好，有本钱就要拿出来用，女人的青春总是很短暂，现在不用，再过十年，等你想用的时候，发现男人又去了更年轻的女孩身边。”

“所以，我从没有想过用自己的青春吃饭。”唐小爱微微发抖，声音也有些颤抖，“对我来说，真正的本钱不是身体。”

“那是什么？思想？智慧？大脑？那就用你的大脑想想，怎么还债。”说完，他将唐小爱推到一边，拉开门走了出去。

“小张，重新安排 MV 的女主角，上次的选秀名单再给我发一次……”

唐小爱听着门外秦峻宁渐渐远去的声音，慢慢蹲在地上，秦峻宁的话果然不能顶撞，他很生气，说不准会雪藏自己三年……

可是刚才能怎么办？ 献身？ 她不想沦为可怜的生存工具，她想好好活着，享受生活带来的一切乐趣，就像曾经的生活，哪怕是苦难，她也活得很开心。

“小爱？ 我能进来吗？”小希的声音从门缝里传了进来，他敲了敲门，问道。

门本来就没有关，被他一敲，立刻露出了更大的缝隙。

“等我一分钟。”唐小爱伸手抵住门，生怕自己现在的模样再被其他人看到。

随便套了件毛衫，唐小爱拉开门，露出笑容：“你不是说下午要去练琴吗？ 怎么还在这里？”

“刚才……你没事吧？”小希听到秦峻宁打电话的声音，似乎在安排 MV 的女主角名单，声音里隐约有些怒气，让他赶紧过来看看“邻居”的情况。

“没事啊。”唐小爱露出一脸茫然的表情，“你怎么一副紧张的模样？”

“下午主管来找过我们，问你去哪里了，紧接着秦总就过来了，我在猫眼看到他进了你的屋，本来想通知你回来小心一点，谁知道……”

“没事，我只是出去透透气，结果被抓住了。”唐小爱打断小希的话，他们这些稍微本分点的新人，互相之间比较关心，毕竟在这里是弱势群体，加上无权无势，更难登天，只好团结紧密一点，发生什么事还能相互帮助。

看见她一脸平静地说溜出去被抓住，小希满脸惊讶：“你怎么溜出去的？”

“搭上了顺风车。”唐小爱让小希进来坐着，找着衣服说道。

“这个主意好！如果过段时间我还没有接到工作，我也准备溜出去看看。”小希虽然和唐小爱认识没几天，可是他已经将这个不太爱说话却很可靠的女生当成了朋友，连这种“机密”的事情也对唐小爱说。

“你也想被抓住？”唐小爱找了几件衣服，直起身，看向坐在椅子上的小希。

“我又不是什么重点观察对象，也不会突然接到通告，溜出去没人会注意到。”小希笑眯眯地说道。

“我先洗个澡，你自己好好想想，万一被抓住就死定了。”唐小爱拿着衣服走进了洗手间，顺便给小希忠告。

唐小爱正泡在浴缸里想着今天的事，外面突然又传来惊天动地的敲门声。

“小爱姐，听说今天你被抓住了……”Kiki 果然是玩音乐的人，嗓门都那么高，让隔音效果不错的房间里嗡嗡震响。

唐小爱露出一个苦笑，这里可真像纳粹集中营……

日子不紧不慢地过着，唐小爱三天没有接到任何训练通知，也没有再见过秦峻宁。如果在学校，现在应该快考完试，大家都兴奋地准备回家过年。可是对唐小爱来说，她只有无尽的苦恼。

仿佛被囚禁在这座大厦里，她想要联系外面的人都要经过批准。

站在三楼的自助厅，餐厅依然等级分别，只不过没有宿舍那样严格。因为只要有钱，就算是小明星也能去 A 区点大餐。

这里像她这么穷的艺人，还有三个人，Kiki、小希和一个性格爽直的东北女生甜甜。

小希以前当过平面模特，有一点积蓄，可是因为签约到这边来后，一直没有接到工作，所以省吃俭用，也和唐小爱、Kiki 在一起吃 E 区的食物。

其实自助餐的食物也很丰盛，只不过因为在 E 区，在这里面的新人总是会收到其他艺人鄙夷的目光。

所以很多有点资产的新人，或者是家庭条件很好的少爷小姐，宁可花钱去其他区吃饭，也不愿在这里吃免费的东西。

“这里越来越安静了。”Kiki 端着碟子环顾四周，只零零落落坐着几个人，看上去很萧条。

“本来今年签约的新人就不多。”小希在自我安慰。

“嗯，只是我们一直做新人而已。”甜甜是个跑龙套的小角色，只接过两次工作，连那些群众演员也不如。

“跟我们一起进公司的就二十多个，可他们有一大半人都接到了工作，还有自己的小粉丝团，每天穿得光鲜亮丽，接触各种各样的富商大款社会名流……”Kiki 越说越泄气，那天她好不容易跑去搭讪到的人，居然是个司机！

“你那天不是说有吃有喝就很满足了吗？”唐小爱忍不住微笑，看来 Kiki 也不是没追求嘛。

“偶尔也会厌烦嘛。”Kiki 叹了口气，她有时候也会想过更好的生活。

人总是贪心不足，比起以前在酒吧当键盘手，现在的生活不知道要多安逸舒服，可当看见隔壁区间端着红酒微笑聊天的艺人，又想过得更好……

“今天的水果沙拉很新鲜。”小希岔开话题说道。

“水果沙拉什么时候都很新鲜。”唐小爱摇摇头，现在他们几个人俨然成了关系很铁的朋友。

以前唐小爱学习之余就是打工，现在每天闲散在宿舍里，没有其他地方可去，所以就慢慢认识了几个朋友。

而她的性格乍看太没个性，可愿意接触她的人都会喜欢她这种宁静平稳的性格，会让人十分安心，永远不会背叛。

“小爱，你真的不主动去找秦导吗？”Kiki 突然问道。

“吃饭时候不要说话。”小希立刻瞪了 Kiki 一眼，他比大大咧咧的 Kiki 要细心，知道唐小爱虽然表面上看去很无所谓，但是心里肯定很难受。

因为大明星李希逸的 MV 女主角千金难买，丢掉了这么好的机会，换成谁都想死。

而且，最近两天可以看出上面对唐小爱的冷落，将她完全“闲置”了，连一些基础的培训都撤掉，看上去秦峻宁非常恼火……

“可是我觉得应该试着去争取一下，李希逸的新专辑打算情人节全面上市，现在才一月十四，还有一个月呢。”Kiki 每天都做梦自己能当李希逸的键盘手，可她知道这不可能。

如果唐小爱真的和公司上层有什么神秘的关系，或许以后还能拉自己一把。

“我也这么觉得，而且秦总对你好像很特别……”甜甜附和。

“我能坐这里吗？”一个娇柔的声音在唐小爱背后响起。

“当然可以。”唐小爱转过头，看见很漂亮的一个女人，年纪也和他们差不多，声音很温柔。

“我叫朱婧，住在 19 层，看见这边很热闹，所以也想过来凑凑热闹。”这里刚好是六人桌，朱婧坐到唐小爱身边，向大家介绍自己。

“我也在十九层，你是歌手还是……”Kiki 对她没太多印象。

可能是因为这里的人化了妆，辨识度不是很高，加上整容风潮，一抓一把的锥子脸双眼皮大眼睛，上一点妆就分不清甲乙丙丁。

大家都自我介绍之后，开始漫无边际的聊天。

“暂时可能是歌手，我也不清楚上面会怎么安排。”朱婧看上去很温柔婉约，和甜甜、Kiki 完全相反的类型。

“唉，我们都是一群不知道未来的人……”甜甜叹了口气，发狠地吃着牛排。

“少吃点，要是长胖了，连龙套都跑不上。”小希很毒舌，他当过模特，知道身材的重要性。

“哼，说不准可以去演屠夫！”甜甜口上这么说，刀叉却放了下来，做艺人都得会保养自己，暴食暴饮确实会挡住前程。

“吃完饭就去健身房！”Kiki 也满脸痛苦，她最近长了两斤肉，虽然自己不是靠脸蛋和身材吃饭的，但也得甩掉那些赘肉。

“受不了你们。”唐小爱摇摇头，因为妈妈的身体不好，她从小就知道健康才是第一位，真正的身体本钱不是青春，是健康。

“喂喂喂，快看！”甜甜突然抓住小希的手，紧张地叫道。

“啊！”Kiki 的嗓门更大，一副快晕过去的表情。

“你们见鬼了？”小希正要嘲笑他们，侧过脸，立刻一副下巴快掉了的表情。

“小爱，快点，去争取女主角……机会就在眼前！”还是甜甜最先反应过来，在一片吸气声中，对唐小爱低声说道，“还能近距离看到钟老板！”

原来今天不知道太阳从哪边升起，平时很忙的两个大老板，竟然一起来这边吃饭。

要知道钟御卿如果不用出国或者去别处，在绿嘉国际那边办公，也不会亲自来这边的餐厅，他有专业的营养师大厨为他烹饪美食。秦峻宁虽然偶尔会出现，但想要碰到也很难，因为他们都是有特别通道和专用餐厅，很少会从大厅穿过。

“听说只能在盛大的晚会上才能看到这两个人，今天真是幸运……”朱婧看上去那样温柔的人，也露出了惊羡的眼神。

唐小爱一点也不觉得幸运，她甚至恨不得快点消失，因为她让钟御卿和他的座驾都受了伤，还把秦峻宁气得火冒三丈更换女主角……

“我吃饱了，先回去休息，下午再见。”唐小爱准备先溜走。

“小爱姐，这么好的机会，你怎么能错过！”Kiki 一把拽住唐小爱，“去对秦导说两句好话就行了！”

“就是，嘴巴一开一合就能争取到的事情，为什么不去试试？”甜甜也劝说道，“你没感觉到秦总对你还是有感觉的吗？ 至少会故意闲置你……”

“你们不要乱说，那是因为……反正秦总已经换了女主角，我……挺喜欢和你们一起吃自助餐，不想离开这里。”唐小爱赶紧打住他们的话头，她没法说是因为自己欠了秦峻宁的债，这些人都不知道她家里的那些令人愁闷的事，她也不想让他们知道太多的私事。

“小爱，我真是感动死了。”小希抹了把虚无的眼泪，然后站起身，和 Kiki 一起拽着她，“快点过去争取，我们还指望你以后飞黄腾达后，能请我们去 A 区吃大餐！ 争气点！”

朱婧一脸愕然地看着他们几个人野蛮地想把唐小爱拖走，没想到这群小艺人之间还有真感情……

不过，也可能是看唐小爱前途无量，所以才聚集在她身边，希望她成巨星之后能拉自己一把。

“这不是争气不争气，而是他已经做好了决定，无法更改，我会等下一次机会……下一次绝对争气……”唐小爱无奈中只得抓住朱婧的手腕，她不要被推过去，太丢人了。

钟御卿和秦峻宁正在走着，突然停下脚步说道：“我们好久没尝过E区的自助餐，不知道现在的品质和两年前是不是还一样？”

“你想感受一下他们的伙食？”秦峻宁也是个毒舌，不过很多时候他都收敛起来，只会在工作烦躁时才会爆发。

“大鱼大肉吃多了，会想尝尝清粥小菜。”钟御卿挑起唇角，他刚才一踏进大厅里，就注意到角落里的那几个“小瘪三”。

唐小爱身上那种清淡静谧安和的味道，远远就勾住他的神经。

“我怕你在那种大厅吃心情不好，瞧见那些女人了吗？”秦峻宁脸上虽然含着笑，但是心里却有点疙瘩，他一走进大厅也发现了唐小爱。

钟御卿刚才说的什么大鱼大肉和清粥小菜，该不会一语双关，指的是唐小爱吧？

“嗯，他们的目标应该是秦大导演吧？我可没用。”钟御卿淡淡笑着，从外表看去依旧是那样完美。从眼神到笑容，都完美得不像话。

“如果真勾上了你这个钻石王老五，这辈子也不需要靠我上位，安安心心嫁入豪门多好？”秦峻宁轻笑着说道。

“我的家可不是什么豪门，只怕嫁过来也是个女仆。”钟御卿有些自嘲地说道。

“怎么也是个管家婆，不会沦落到女仆……”秦峻宁还没说完，眼里就闪过一丝乌云。

E区本来就很冷清，现在几个人正在小声争论拉扯着什么，显得格外突兀，想不注意到都很难。

“快快，他们又回来了……”甜甜看到那两个转身回来的男人，一松手，紧张地坐回了原地。她虽然是胆大率直的东北妞，可是一看到钟御卿和秦峻宁，腿不由发软，心慌气急，和小时候面对最怕的老师一样。

“小爱姐，抓住机会！”不仅是她，还有Kiki，也是“噗通”一声坐回原位，看来只要女人，面对那两张妖孽的脸，都会手脚发软心慌气短。

小希最有免疫力，可他抓着唐小爱的手，感觉到沉沉的目光压过来，也不由自主松开手，大老板的气场和小虾米果然不一样……

现在只剩下唐小爱还站着，她虽然没有看身后，但是前面的黑色玻璃映着两个人的身影，她也想快点藏起来。

“坐这里？”

两个人的对话渐渐清晰起来，传入唐小爱的耳中。她赶紧也坐了下去，刹那间原本热闹的一桌，变得死一般的沉寂。

钟御卿选择了一个很好的位置，可以看到整个大厅的情况。他一向都喜欢掌控全局的感觉，与此相同，兴趣在导演上面的秦峻宁，也喜欢寻找最佳拍摄的角度。

关系很好的朋友之间，必定会有很多相同的兴趣和相似的性格。

钟御卿和秦峻宁就是这样，他们相识了整整十二年，彼此之间几乎没有任何秘密，在学校是铁哥们，出了校门创业，依旧是铁哥们。

只不过钟御卿和秦峻宁最大的不同点，就是钟御卿家庭普通，却很会策划自己的人生，而秦峻宁的家境很好，却一直是个今日有酒今日醉的花花少爷。

所以，当他们一起去国外留学时，秦峻宁参加各种聚会，混迹上流社会，为未来的兴趣垫下基础，钟御卿则是对着电脑研究一组组枯燥无味的数据，分析国内的商机，建立华人论坛，探讨未来商业的发展趋向。

等到秦峻宁开始玩价格不菲的摄像机，拍摄一些情景短剧时，钟御卿已经开始着手购物网的雏形，因为经费不够的问题，自己充当了各种角色，网站维护的程序员、扩大网站知名度的宣传员、联络各个大商家的推销员……

等秦峻宁玩够了准备毕业回去开个小娱乐传媒，钟御卿在美国试手的网站已经初具规模，一切都走上了正规化。

而一向家庭富裕不愁吃喝的秦峻宁，因为父母不支持他的想法，不预备投资一分钱，他第一次感觉到焦虑，不过秦峻宁有着天生的社交能力，他很会拉投资，虽然如此，埃斯克罗传媒依旧很难做起来，直到钟御卿将一张支票放在他的面前，才有了今天的传媒公司。

如今钟御卿在国内投资策划的购物网也成绩斐然，却很少有人知道，他在美国试手的那个购物网两年前就以天价卖了出去，然后投资股票，又翻了数番……

简单地说，这两个关系亲密的男人，最大的区别就是一个头脑冷静理性，一个狂热感性。

秦峻宁从事的是“艺术”，而钟御卿是不折不扣的商业狂人，他们不该有交集才对。偏偏两个人如同兄弟般，在一起久了，连喜欢的东西都变得相似。比如食物，两个人面前摆的几乎一样。

“那个男人条件很好。”钟御卿优雅地吃着午餐，无视周围偷偷递过来的各种目光，也无视那些人的偷拍，突然意味不明地说道。

“哪个男人？”秦峻宁故意装作失明，这里的餐厅只有一个男人，那就是当过平面模特的小希。

“最近挑的新人质量好像都不错。”钟御卿见他装傻，也不挑明，神色不动地说道。

“当然，要是越来越差，怎么对得起大股东？”秦峻宁从发现钟御卿有点关注唐小爱开始，心情就变得阴沉。

当初签唐小爱的时候，钟御卿说了无数次跟这个女人没有任何瓜葛，也保证以后他调教新人时，不会插手过问，但是现在，秦峻宁总觉得钟御卿很可能反悔。他不希望一个女人，给他们之间的感情带来什么矛盾。这也是为什么在签唐小爱之前，秦峻宁千方百计试探他的原因。

“是模特？”钟御卿永远会牢牢掌控着话题，他的重点依旧在小希身上。

“身材很好，五官也比较立体，唯一的缺陷就是气质。”秦峻宁慢条斯理地说道，“太娘了，整天喜欢和女人们混在一起，所以先晾一段时间，看看训练后会不会 Man 一点。”

小希显然还不知道自己正被两个顶级老板议论，他依旧在对唐小爱使眼色，压低声音说道：“十步，只要你走十步，就是明日之星，再也不用来这种地方吃饭……”

“也不用穿这么老土的衣服，全身上下都是国际品牌赞助的奢侈品，一个腕表几十万，一个包包几百万，走到哪里都有助理保镖开路，天啊，真风光！”Kiki 说着说着就幸福地闭上眼睛，仿佛那个人是自己。

“小爱，别迟疑，未来是要自己去争取的，只巴巴地等在那里，总有一天会被遗忘。”甜甜和唐小爱虽然接触的时间不久，但是很自来熟，也知道唐小爱的性格太淡然，这种人做朋友很好，但是想在娱乐圈打拼，哪能淡泊名利？

其实唐小爱也知道自己应该争取，她这一次被逼上了绝路，但现在不行！因为还有钟御卿在，如果只有秦峻宁一个人，她还能过去请求。

“我会找机会去争取，现在还是不要打搅他们吃饭。”唐小爱没来由地紧张，只怪自己那天给钟御卿带去那么多的麻烦，现在有种很对不起人家的感觉。

如果换成一般人，她可能会凑过去表示关心，问一问伤怎么样了，可是面对钟御卿……总觉得自己是老教授面前的小学生，有那么一点敬畏，也许是因为两个人的差距太大，所以想离得远一点。

一直没有说话的朱婧突然站起身，往不远处的那桌走去：“我帮你去问。”

“不要！”唐小爱眼睁睁看着朱婧往那边走去，登时满脸通红，好想找个地缝钻下去。

“咦，朱婧竟然这么够义气。”Kiki 道。

“说不准是自己想去搭话，能在他们面前混个脸熟可不容易。”甜甜却凉凉地说道。

“确实，这种机会太难得，我们要不要过去自我介绍一下？”小希也点头表示赞同。

“我先走了，你们慢用。”唐小爱哭笑不得，她似乎交了一帮损友。她要赶紧溜走，不想被钟御卿看见自己请求秦峻宁的模样。

“小爱，快过来。”朱婧对这边喊道，温柔的眼里现在神采飞扬，掩饰不住喜悦。

“快点过去，没有争取到不准回来。”小希和 Kiki 同时推着她。

唐小爱想逃都来不及了，因为感觉到一道凌厉的视线落在自己背后，还有一道略微温和却依然炽热的目光……

她只能深呼吸，慢慢转过身，挤出一丝有些僵硬的笑容，慢慢走到众人瞩目的那一角。

“唐小爱。”秦峻宁的眼神带着锋芒，像是想把她给切成片，可声音却温柔不少，从牙缝里挤出一个个字来。

“秦总……中午好。”唐小爱依旧带着学院派的礼貌和中规中矩，她打过招呼之后，迟疑了几秒，又对一边含笑不语的钟御卿鞠了一躬，“你好。”

“真是古代人。”似乎有小声的议论传了过来，在嘲笑唐小爱的举动。她确实有点像古代人，传统低调沉静还有点固执，与现在喧嚣浮华的社会格格不入。

“小爱，你们慢慢说，我先回去了。”朱婧立刻将唐小爱推到他们面前，然后在她耳边低声说道，“加油。”

“有什么话工作时间再说，别人吃饭的时候打搅很不礼貌！”秦峻宁非常不爽，他看见钟御卿似乎现在对唐小爱起了兴趣，就希望那个笨女生不要再做什么出格的事引钟御卿的关注，可偏偏她那帮同样白痴的朋友，让所有人的目光都集中在这边。

“对不起……因为您平时太忙看不到人影，所以……”唐小爱莫名紧张，也许是因为钟御卿在一边的原因，她连声音都有些不明显的颤抖。

“唔，所以你想好了，准备……”秦峻宁突然站起身，唇边挂上坏坏的笑容，凑到唐小爱的耳边，“为事业献身？”

他的声音不大，刚好可以让坐在一边的钟御卿听得清楚，秦峻宁说完，不等唐小爱做出反应，立刻伸手搂过她的肩膀：“好吧，我不介意午餐前来一些甜点。”

“咦？”唐小爱今天的反应很迟钝，可能是她一直分心，紧张钟御卿会突然说医药费之类的事情，所以直到秦峻宁搂着她的肩，将她推到餐厅门口时，才满脸通红地说道，“不……不是，秦总你误会了，我是……”

“我怎么会误会？ 是这个现实的圈子让你想通了才对。”秦峻宁的手上力道很大，箍得唐小爱肩膀发疼，他将唐小爱推出门之后，走到专用电梯前，硬生生地将她塞了进去，原本挂着一丝微笑的脸上，刹那间变得阴沉下来。

“唐小爱，你没有看见我正在和朋友吃饭？”秦峻宁满腹的怒火爆发出来。

“对……对不起，我不是有意打搅，只是……”唐小爱被他的怒气弄得手足无措，她有些慌乱地看向镜子，里面的少女唇红齿白，容貌说不上绝色，可五官轮廓很清晰，清秀里透着一股温润静雅的书卷气，穿的虽然不是名牌，但是也算整洁舒服，不至于让他这么对待吧？

“但是你的确打搅了，而且让我非常生气！”秦峻宁一字一顿地在她耳边说道。

“我真的……”

“你真的很想接工作的话，今天晚上八点，跟上剧组去非洲。对了，不是去拍摄外景，正好剧组缺一个打杂的小助理，你可以提提包拿拿水跑跑腿。”秦峻宁一口气说完，电梯门也打开了，他将唐小爱推到外面，自己仍然站在电梯里，阴沉着脸色，按向关闭键。

“秦总，那劳务费是多少？”唐小爱在电梯门关闭之前，有些突兀地问道。

做什么都可以，只要有劳务费。而且，她本来就不是公司准备力捧的新人，没有被宠出来的性格，最多当回到了以前打工的时候，洗碗刷盘子当保姆……

秦峻宁的表情有些扭曲，好在电梯门立刻阻隔了他的怒气，否则，他一定要把唐小爱再扯进来暴打一顿。

居然问劳务费？！ 给剧组打杂当苦力的人，还敢对着顶头上上上司理直气壮地问劳务费！ 秦峻宁快气得爆炸了，他甚至想让剧组把唐小爱丢到非洲的食人部落里，永远都不要再看到她那张无辜的脸。

钟御卿依旧闲雅地用餐，等秦峻宁铁青着一张脸回来后，淡淡地开口："我以为你不回来了。"

"我才不会对那种女人有兴趣！"秦峻宁还在恼火唐小爱最后一句话，他怎么会签了这样一根筋的艺人？ 哦，对了，不是他去签的，是因为身边的男人拜托。 咦？ 这么说来，刚才他是不是说错话了？

钟御卿轻轻咳了一声，好友的话似乎在针对他。 想到这里，他立刻端起白开水浅浅抿了口，这是怎么了？ 竟然大中午的想起不该想的事情来，难道是最近太忙于工作？

"劳务费，劳务费，真是个怪胎！"秦峻宁没有发觉钟御卿刚才细微的变化，他恨恨地低声自语。

"什么劳务费？"钟御卿闲闲地问道。

"和你没关系。"秦峻宁太生气，和钟御卿说话时候都没什么好语气，他也不希望钟御卿插手自己艺人的事情，所以立刻打岔，"下午去打高尔夫？"

"我还有其他安排，你可以随便挑个女明星当你的球童。"钟御卿半开玩笑地拒绝，他很想知道刚才到底发生了什么事能让秦峻宁脸色这么差，可又不便开口询问。

因为虽然和秦峻宁无话不说，但是在唐小爱的身上，钟御卿保留了很多话。 也许，钟御卿从没有遇到对自己的身份那么淡然处之的女生。 总之，他觉得她很特别，或许有一天，能在秦峻宁的魔手变幻下，化蛹成蝶，大放异彩。

"小爱姐，你确定是去非洲当拎包助手，不是去当女主角？"Kiki

看着唐小爱收拾着包，不相信地问道。

现在几个人都聚在唐小爱的宿舍里，就连朱婧也跟了过来，想听听八卦。不过他们在餐厅看到秦峻宁气急败坏回来的脸色，也猜到唐小爱肯定惹毛了老总。只有Kiki这种粗线条单细胞的人，还在不相信地询问。

“拎包的女主角。”甜甜撇撇嘴，说道。

“你们谁知道出差去非洲的劳务费是多少？”唐小爱只想着快点还债。

“有没有搞错？还想着劳务费？只要不把你丢在那边就谢天谢地了，惹毛了顶头上司还敢要劳务费？”小希在帮唐小爱收拾东西，他细心如发，与大大咧咧的Kiki形成强烈对比。

“去非洲出差一周的话，拎包小助手的劳务费并不高，所有的补贴加在一起，大概最多也只有三四千人民币，而且有的东西不能报销。”朱婧似乎有点经验，说道。

“那就是每天补助五百元左右？”唐小爱一点也不嫌钱少，反而很开心，如果能经常这么出差，只当拎包助理，也能赚到不少外快啊。要是每天都能出差的话，两年就还债了……

“反正当工作人员很辛苦，劳务费拿得不多，还可能天天被上面的人呼来喝去欺负。”朱婧比她们稍微好点，不算是新人了，偶尔接到通告，在外面接触的人多了，怎么也算是三线艺人，对这些事了解更多。

“小爱姐，要不……就说你的护照找不到了？”Kiki觉得这一次唐小爱被派到那么远的地方，他们都有责任，因为当时大家怂恿，没有想到秦总会发火。

“那她会死得更惨。”甜甜打断Kiki不靠谱的想法，“就当去看看风景，宝剑锋从磨砺出，梅花香自苦寒来嘛。”

“非洲很可怕啊。”Kiki觉得唐小爱要是到了那里，肯定被晒成包青天。

“对你来说哪里都很可怕。”甜甜其实和Kiki认识更早，她们都是在唐小爱来之前进入公司的，所以彼此说起话来更加肆无忌惮，说着还白了Kiki一眼，示意她不要再乱说话了，然后扭头对唐小爱说道，“说不准小爱找个非洲酋长一起私奔了，秦总想找她都找不到。”

东北姑娘开的笑话显然不受欢迎，至少其他人的脸上没有一丝笑容，而唐小爱几秒后干干地笑了一声。

“这年头谁会和酋长私奔？ 得石油大亨才行！”小希立刻打着圆场来解救。

“非洲只有动物园园长，驯兽师差不多……”Kiki耸肩，脑海中都是非洲的大草原。

“好了，你们都回去休息吧，我也睡一会，晚点还要跟剧组赶飞机。”唐小爱说着就将众人往外推，她不管去哪里，只要有劳务费就可以。

现在连生活费都没有，假如弟弟读书有个什么需求，她根本无法伸出援手。

而且还摊上那样暴躁脾气的老板，真是太倒霉了。

唐小爱第一次开始这么远的旅行。 她这辈子只坐过两次飞机，这是第三次。

前两次因为在学校因为成绩优异，比赛拿到特等奖，可以去听很有名的老教授讲课，参加全球英语竞赛，所以才有机会坐上飞机，但是回来的时候都是火车……

那时候是白天，飞机下面一层层云朵，如同巨大的棉花糖，让她看愣了眼。当飞机穿过云层时，她的心会跟着揪紧，不由自主地闭上眼睛，仿佛在云雾里漂浮。

而现在，漫天的星斗仿佛从飞机的舱身划过，蒙着一层黄纱般的月亮那么大，那么温柔，那么美，就像妈妈的脸，柔美得让人不觉想家……

唐小爱托着腮，傻傻地看着舱窗外，突然发现自己很久没回家了。

从年初开学，到现在已经将近一年，暑假原本可以回去看看父母，可是因为要给弟弟筹备九月份入大学的学费，还有妈妈的医药费，她就一直在工作。

本来以为弟弟上了大学，以后可以稍微轻松点，只要再努努力，年底带点钱回去，就能让一家人过个舒服温馨的年……谁知道从新年的钟声敲响的刹那，她的黑莓日……不，应该说她的黑莓年就到了。

接二连三受到各种打击和变故，唐小爱几乎以为自己撑不下去了，面临签约的霸王条约和高额贷款、戏剧性的退学，她还能有这么平静的心态，真不知道应该怎么形容自己。

应该说“债多不压身”呢，还是说她被一连串的打击弄得精神麻木？

唐小爱发着呆，不知道沈墨现在怎么样，她在这段灰暗的生活里，唯一鲜艳的色彩就是沈墨。只是没想到感情就像是某些花朵，越娇艳越美丽，就越容易枯萎，经不起一点风雨霜露。

唐小爱看着窗外，并没有发现身边有双眼睛，正不动声色地打量着她。

第五章

非洲的草原辽阔美丽，只是唐小爱没想到现在的非洲还这么寒冷。

尤其是在草原上，风毫无阻挡地肆虐，她拎着包的手僵硬得快感觉不到疼痛。

这是为公司看重的一个女艺人拍的写真外景，埃斯克罗传媒果然大手笔，一本写真而已，也动用了实景拍摄，而且要奔波好几个地方，从草原到东非大裂谷，再从东非大裂谷到撒哈拉沙漠，根本不心疼这一路的巨大开销。

不过，想想有个银行般的大股东当后台，靠着绿嘉国际这个提款机，埃斯克罗传媒当然不会手软。

也多亏了这样拼命砸金，埃斯克罗才能这么快打造出自己的王牌明星，也敢于无限制签约新人，高价挖走其他一线明星，重金打造新人，买通各大媒体造势，将自己的艺人安排到各个名导下面，一部又一部接拍电影电视，抢夺各种市场，短短时间里就迅速崛起，让老一辈同行看着又恨又无奈，只能望洋兴叹。

唐小爱坐在一辆大卡车上，看着其他人去搭建临时摄影棚，她的任务很神圣——看好这些包和水，保障后勤。

可是，不知道是不是秦峻宁特意嘱咐其他人多多“照顾”她，还是真如朱婧所说，老资格的工作人员都会欺负新员工，她看着工具包和水没几分钟，就有人走过来，对着她指手画脚，要求她过去帮忙搭棚，不准在这里休息。

对于一个毫无经验的人来说，唐小爱感觉搭棚这种事还是专业一点的人来做比较好，而且在场的都是肌肉男，她根本帮不上忙。

就在唐小爱想要帮忙的时候，又被另外的工作人员训斥不要在这边碍手碍脚，让她回去拿水。

这么一来二去，唐小爱在摄影棚和卡车之间跑断了腿，两边被骂又不讨好，她干脆躲到一边去，工作人员看不到她，也就不会再呼来喝去。

即便唐小爱躲在卡车的另一侧，依旧有一双眼睛在盯着她，不知是怕她被野兽叼走，还是在观察她的一举一动。

“喂，你过来。”一个女人的声音响了起来。

唐小爱抬起头，看见这次的女主角——梁菲菲。她正站在助手的遮阳伞下，不耐烦地对唐小爱勾勾手指，示意快点过来。

因为这次拍摄比较辛苦，所以给女性工作人员开了福利，除了一个翻译和梁菲菲的私人女助理，一个造型师副手三个女性工作人员之外，就只剩下唐小爱一个女生夹在众多的男人中间，格外突兀。

其余三个女人都围着梁菲菲转，不是负责她的寝食，就是负责她的交流和造型，只有唐小爱被孤零零地扔在一堆男人中间呼来喝去，连个说话的同伴都没有。

唐小爱小跑到梁菲菲面前，她记得这个艺人，在那晚的迎接晚会上，这是唯一对她伸过来的手看也不看一眼的人。

当时秦峻宁也在身边，她无视唐小爱，径直和秦峻宁打情骂俏，所以唐小爱的印象非常深刻。

在公司里，她是最嚣张的女艺人，但是她有嚣张的资本——漂亮，风情，背景雄厚，又会撒娇发嗲，让男人们骨头发软，也会让女人们眼红牙酸。

梁菲菲那一晚就没有正眼看过唐小爱，所以现在对着她风尘仆仆的素颜和再简单不过的衣着，不会想到她就是那晚让秦峻宁大摆筵席的新人。

“去，帮我买瓶水，这个牌子的。”梁菲菲将一个空空的矿泉水瓶子丢给唐小爱，命令道。

她刚才骂了助理好久，早就知道自己只认这个品牌的矿泉水，结果还是忘记了带水，这种天气如果不好好补充水分，肌肤也会沙漠化的！

“我应该去哪里买？”唐小爱早就从 Kiki 那里听说了很多大明星的怪癖，所以已经做好了心理准备，但是现在在大草原上，前不着村后不着店，哪里去给她买水？ 就算找到了商店，也未必能买到这个法文牌子的矿泉水。

见一个小小的工作人员这么不卑不亢地问话，梁菲菲微微一愣，随即脸色一沉，更不耐烦地挥手：“我怎么知道？ 快点给我买回来，不然现在就可以辞职回家睡大觉。”

唐小爱有点想笑，她真想问梁菲菲能不能辞掉自己，做这一行不自由又太叵测，还不如回去当内衣模特，至少不用接触那么多讨厌的人，每天只要换内衣摆好姿势照相就行。

不过她接到一边助理警告的眼神，硬生生地压住了下面的话，沉默地站着。

“芬迪丽尔知道有个商店应该会卖这种水，她会告诉你地址，司机送你过去。”梁菲菲身边的助理小昭立刻将身边的翻译小姐推出来，说道。

“离这里大概二百公里左右，就是大城市洛克布，在市中心有个超级购物广场，里面应该会有这个品牌的矿泉水。”毕竟这种法国矿物质水不是每个城市都会卖，而且这边是非洲……这种价格的矿泉水，更难放在货架上。

唐小爱随便一算，来回四百公里的油费，足够买下池塘的水让这姐姐尽情畅游了。翻译小姐居然还用不确定的口吻和她说，真搞不懂这些一身名牌的明星为什么这么奢侈，吃喝拉撒睡都有专人伺候，就连喝水，都要指定品牌……

“让你去就快去，没见我快渴死了？”梁菲菲从没见过这样磨磨蹭蹭不听话的工作人员，她恼火地说道。

小昭立刻将伞递给翻译小姐，让她为梁菲菲撑着伞，自己则一把将立在原地不动的唐小爱推到一边：“小丫头你怎么回事？不想干了也得把这趟活干完，她让你去，你就去，哪来这么多话？有些人说什么你只要点头就行，惹不起他们知道不？”

“可是来回跑这么远只为了买瓶水，你不觉得很浪费吗？而且翻译小姐并不确定……”唐小爱觉得一点都不值得投资，这种宠坏了的艺人，只要让他们尝到饥渴冷热，自然就不会那么挑剔。

她的话还没说完，就被小昭打断：“别说了，快点去！”

“那我要带着翻译小姐一起去。”唐小爱见小昭姐在给她使眼色，示意不要惹毛了梁菲菲，她只好无奈地说道。

“你要求怎么这么多？人家翻译是特意给梁小姐配的，你一个小员工请得起这样的翻译吗？”梁菲菲身边另一个助理走了过来，她是梁菲菲的私人助理，刚才被骂得憋了一肚子气，现在正好把怒气都发泄在唐小爱身上。

“但是我不会说这边的话，我怕……”唐小爱只擅长英语和日文，非洲的本土语言和官方语言一点也不会说。有个翻译领着，路上也保险些。而且现在翻译小姐待在这片大草原上，没有任何的价值，借给她用半天没有什么啊！

可惜她的话没说完，又被那个年纪大一点的助理打断：“你有完没完？快点去买水，否则今天不用回去了，跟土拨鼠过夜！”

“去吧，司机会带着你，一路小心。”小昭是梁菲菲的临时助理，对大明星的脾气无可奈何，只能示意小爱别再把梁菲菲的私人助理惹毛了，快点离开。

唐小爱深吸了口气，好吧，她闭嘴，只是到时候万一和司机迷路了，估计梁菲菲会渴死在大草原上。

坐上司机的车，这是租来的越野车，老司机也不太适应这辆车的性能，慢吞吞发动起来，然后往东边驶去。

唐小爱坐在后排，拿着小希给她的相机，拍摄美丽的非洲大草原，这是那群朋友交给她的唯一任务。

渐渐上了高速，唐小爱收好相机，准备补觉，她不喜欢和陌生人套近乎，开车的司机看上去也很冷漠，所以大家都保持着沉默。

在汽车的飞驰中，唐小爱又做了那个可怕的梦。暗影里，一个男人的呼吸近在耳边，甚至连他的呼吸声都听得清清楚楚，那么真实。还有那双恼人的手，在她的身上慢慢游走，一点点，带着未知的危险和力量，让她叫不出声，也无力挣扎。

“啊！”唐小爱觉得浑身发凉，死命从噩梦中挣脱出来。

“睡好了？”司机大哥正在按喇叭，外面也是此起彼伏的喇叭声。

“我们……这是到哪里了？”唐小爱轻轻喘息着，掩饰住刚才噩梦中的恐惧，看向外面，发现很多车都堵在收费口。

“过了这里就到了城区，不过前面似乎出了点状况。”车窗往下滑去，司机大哥耐心不太好，跟那群黑人一起狂按喇叭。

唐小爱抚着自己的胸口，她经常做这样的噩梦，梦中的男人除了看不清脸，其他的一切都很真实，甚至连呼吸的温度和指尖的热度，都能清晰感觉到……

眼看着已到了下午两点，可车队还在龟速前行，唐小爱有些郁闷地叹了口气，她真想打道回府。司机大哥似乎更想掉头回去——如果可以掉头离开的话。

手机又震动起来，唐小爱已经接到梁菲菲私人助理第十三次催促电话，她的手机电池都快被催得没电了。

“我们还在高速路口堵着。”唐小爱接起电话，叹了口气，喝一口其他矿泉水会死吗？

“她要和你说。”唐小爱将手机递给本来就没多少耐心的司机大哥，无奈地说道。

司机说的话不知道是哪里的方言，连珠炮般发射出来。他早就生气了，剧组大老远的来这里本来就很辛苦，为一个明星去千里迢迢买水这算什么事啊？而且还这么倒霉遇到堵车……

等司机一通发泄完，直接挂掉手机，扔给后面的唐小爱：“渴死拉倒！我们这边堵死了怎么没上帝来搭救？都是公司宠出来的坏脾气，呸！”

唐小爱苦笑，看见前面的车又开始缓缓移动，急忙说道：“是不是可以通行了？”

终于，在被堵了两个小时后，车子开始缓慢前行，只是因为司机也不会说这一系的语言，更看不懂那些标志，所以前行极为缓慢。

好在有的地方会有英文标注，唐小爱还能帮司机指指路，两个人就这么在市区绕了将近两个小时，才来到市中心广场附近。

因为司机要找地方停车，唐小爱和他约好到时候电话联系，她则拿着空空的矿泉水瓶，往一家地下购物超市走去。

夹在着各种肤色的人群里，唐小爱被黑人身上的香水味熏得有点头晕，只想快点结束这场出行，回到剧组。

摆放着饮料和水的货架上，果然找不到她手里的那个牌子，不过有个瓶身和唐小爱手里的流线型瓶身几乎相同。

想到任性难缠的梁菲菲，唐小爱毫不迟疑地将那瓶矿泉水拿下来，到时候将矿泉水外面的标签撕掉，贴上空瓶子上面的法文标签，那个快渴死了的大小姐应该不会察觉到异常。

当唐小爱排队等候付款时，她的手机又震动起来，还是助理打来的电话。

“我们找遍了这里的超市，没有找到梁小姐要的那瓶水，不过我买了另外一瓶瓶身一样的矿泉水，可以换了标签代替。”唐小爱实话实说，只要通过了助理的首肯，就好应付梁菲菲。

“……反正你和司机快点先回来，马上就天黑了，不要让剧组担心。”这次是临时特助小昭打过来的电话，刚刚所有人都被负责人紫元骂了一顿，因为大家准备收工时，发现少了两个人。别人不知道唐小爱的身份，处事圆滑滴水不漏的负责人可是清楚。

因为他不仅是这次拍摄的负责人，还有另一重身份——秦峻宁的男秘、特助。

唐小爱是秦总临时派过来的新人，跟其他人不一样，紫元这段时间虽然充当着外景负责人，一直在外面忙，对公司新签约的人不是很熟悉，但是听说前段时间秦总特意为一个新人举办了晚宴迎接，而且还曾单独去过那个新人的房间……

总之，公司里有很多真真假假的传言，负责人都放在心里，当他看到唐小爱的名字时，就心中有数。

上面故意将器重的新人扔到剧组做苦力，肯定别有用心，反正不管怎么样，他都不能把人弄丢了，否则依照秦峻宁那暴烈脾气，还不把他撕了？

上次就是因为不小心惹毛了这暴君，害得他从舒舒服服的办公室里调到外面当苦力，这次如果再出什么差错，这辈子都别想翻身。

“我马上就回……”唐小爱的话没说话，手机突然断了……电池没电了。这一下，两边都傻了眼。

唐小爱没有手机就无法和司机联系，她一个小女生，在陌生的异国他乡，耳边都是听不懂的话，口袋里兑换的非洲法郎又不多，就算报警也没法和警察交流，而且说不准还会被当偷渡过来的人扣押。

外面的天空已经泛着淡淡的浅灰色，他们从上午十点开始走，一路上堵车，又在市里迷了路，到现在已经五点多，一月份的天空黑得很早，有的路灯已经亮了起来，越发让唐小爱的心里冰凉。

她现在该怎么办？先找个自动充电机，将手机充上电，然后找司机？

唐小爱条理清晰的脑袋里，首先想到的就是这个办法，但是，十分钟后，还没找到自动充电器的唐小爱就坐在路边欲哭无泪。因为她的手机连同包包全被抢走了……

当时的一切发生得太快，唐小爱在人行道上慢慢走着，寻找着自动充电机，突然身边刮过一道劲风，自己的手指被扯得生疼，而手上的包包已经被摩托车上的一个年轻黑人拿走了，还留下一声戏谑的口哨……

唐小爱第一次遇到这么明目张胆的抢劫，当时就愣在原地，没想到在国外也会有这么嚣张的飞车党，等她开始求助时，只换来了人们的冷漠眼神。

唐小爱觉得自己真是倒霉透了，她的钱包和手机都放在包里，想打个国际长途都没有办法……

因为根本记不住司机的电话，也记不住助理的号码，她只能背某几个关系很好的朋友电话。

现在只有最后一个办法——守株待兔，唐小爱只能走回原来的超市门口，希望剧组那边联系不到自己，可以让司机过来找她。

而那边因为打不通唐小爱的电话也快急疯了，不得不让司机在附近寻找她。

夜色渐渐深了，司机这边依旧没有唐小爱的消息，只因为司机也摸不到刚才的购物超市在哪里。

时间一分一秒过去，眼看着所有的商店都要打烊，司机不得不先回车里等待负责人紫元的调遣。

剧组那边也急得几乎全体出动想对策。

非洲的夜里十一点，在亚洲刚好下午四点，秦峻宁正在出席一个商业活动，接到了紫元的电话。

“什么？”他一听到那边说的内容，立刻走到角落，脸上的笑容依旧挂着，可声音变得狠厉，远远看着他的人，还以为秦峻宁在电话里笑着聊天。

“对不起，我们上午在搭外景棚，实在太忙，没有注意到唐小爱和张司机去买水……等我发现的时候，已经到了收工时间……”紫元欲哭无泪，只要平安无事找回唐小爱，这件事就过去，明天开始多照顾一下她就行了。 但是现在都快到十二点，唐小爱依旧没有音信，负责人慌了，如果现在还隐瞒，到后面会更难收场。

所以只能给秦峻宁打电话。他已经预感到自己可能会被丢到非洲野生公园里当食物……

“谁让她去买水？你们出外景自己不预先准备好这些最基本的东西？”秦峻宁理了理领带，开始冒火，但是脸上又不能表现出太多的情绪。

“对不起，是我的失误。”紫元还算处事老练，知道这种事不能直接推到公司红人梁菲菲的身上，立刻都揽了过来，“全是我粗心大意，现在我们尽力在找她，可还是无法联系到唐小爱，不知道她的手机为什么一直关机，而且也让司机……”

“去请警方帮忙，或者用其他办法，无论如何，天亮之前要是找不到她，你们都不用回国！”秦峻宁“啪”的挂断电话，揉了揉眉心。

咬了咬牙，秦峻宁走到一边的贵宾休息室里，试着拨唐小爱的电话。

这是公司专门为出行人员配的手机和号码，唐小爱的一举一动和通话记录都会被公司监控。原本想让她吃点苦头而已，可剧组居然把一个活生生的女人弄没了，秦峻宁原本还不错的心情又一片低沉。

果然，那边传来的提示是“您拨打的电话已关机”。

秦峻宁坐在真皮沙发上，狠狠踹一脚茶几，伸手扶住额头，只希望唐小爱没有被劫财劫色劫命……

一个小女生，在那种言语不通的地方，身边来来去去的都是高大野蛮的黑人，秦峻宁不得不担心她的安危。

唐小爱也在担心着自己的安危，因为快到夜里十二点，地下超级市场早就关了门，外面的人越来越少，加上夜里非常冷，马路上连来往的车辆都没有几辆，寒风吹过，处处都是寒冷的气息。

唐小爱眼看等不到司机，只能先找另一个地方休息，否则在这里过夜很危险。

前面有一家二十四小时咖啡厅，唐小爱想走进去坐一夜，可是半个小时后就被服务生请了出来。

她独自一人站在街头，孤零零的无处可去，像只流浪的小动物，只能在街角背风的地方坐着。

不远处，走来几个吹着口哨的黑人，看见一个亚洲小女生坐在角落里，嬉笑着凑了上去，用本地的方言对她调笑着。

唐小爱脑中轰的一声，紧张地站了起来，想要离开，却被其中一个黑人拉住了胳膊，对着她叽里呱啦说了一大堆，对她大笑着，然后紧紧拽着她往一边的巷子走去。

“你们要做什么？”唐小爱立刻感觉不妙，大声用英语问道。

可惜他们像是听不懂英语，将娇小的她夹在众人之间，根本不理会她的反抗挣扎和求救，轻轻松松就将她挟持到一个小巷子里。

“No！ No！ No！ Help！”唐小爱就知道自己一个人在外面过夜不安全，但是她又找不到可去的地方，现在遇到流氓毫无办法。当一只毛茸茸的大手袭到她胸前时候，唐小爱控制不住惊恐尖叫起来。

她的双手被紧紧钳制住，三四个黑人的手在她的身上游走，粗重难闻的体味在她鼻尖蔓延，在阴暗的巷子里，那些黑人的肤色也融入到黑夜，只能看到他们洁白的牙齿在冲着她不怀好意地笑。

唐小爱在极度害怕中，感觉到一只手捏住她的脸，自己的衣服被扯开，拉拉链的声音非常刺耳，她几乎下意识地将凑到自己唇边的东西一口咬住。

那是一个黑人肥厚的唇，唐小爱虽然知道过激的反抗只会让自己的处境更危险，但是她控制不了条件反射……

果然，其中一个黑人呜咽一声，随即，重重的一个耳光打了过来，力道之大，让唐小爱半个脑袋都发出轰鸣的声音，连嘴唇被牙齿磕破流出了血，也感觉不到疼。

随即唐小爱就被推倒在地，额头碰撞到冰冷坚硬的地砖。接着，有人一把拽住她长长的马尾，用力扯起她的头，不知道在愤怒地说着什么，唐小爱因为刚才那太重的耳光和头部撞到地上，暂时失去了听力和意识，陷入半晕眩状态。

她以前认为，世界上最糟糕的事，莫过于酒醉后糊里糊涂失了身，谁知道，这个世界永远没有最糟糕的事，只有更糟糕的事情。

唐小爱很希望自己永远不要再醒来，或者醒来后，发现这一切都是个梦，从元旦到现在发生的所有事情都是梦。

然后她睁开眼，听到学校的早操铃刚刚响起，或者用那句文艺的话说，看见老师的粉笔头朝着自己砸来，外面的蝉鸣欢快……

这座城市里唯一一间总统套房布置得非常华丽。

一个背影异常挺拔的男人，正站在落地玻璃窗边进行电话会议。他很高，大约有一米八四左右，身材极为匀称。因为身材很棒，所以穿着西装的感觉非常酷，只从后面看那干净的短发和匀称的体格，就觉得很性感。

而他身后的那张柔软舒适超大的床上，躺着一个头发乌黑面容有些稚嫩的白皙女生。

因为肌肤白皙，所以留在额头和左边脸颊上的伤痕异常刺眼。她是唐小爱。

结束了电话会议的男人转过身，那张脸异常英俊，尤其是眼神格外有魅力，许多女人一接触到他的视线，立刻会心慌气短为之疯狂。

他是钟御卿。谁也不知道，他怎么也来到这个南非的城市。更没有人知道，他是怎么那么“巧”救下唐小爱。

钟御卿缓步走到大床边，俯视着脸色苍白的唐小爱。她还在昏迷，因为脑部受创，加上情绪太害怕紧张，到现在都没有醒过来。

钟御卿就知道秦峻宁这样的火爆脾气没法照顾好唐小爱。当然，他也没奢望秦峻宁能多温柔地对待这个女生。

当初将唐小爱交给秦峻宁打理，希望她能够有一天拥有一笔巨大的财富和耀眼的光环。

可惜，他所托非人，反而让唐小爱陷入更惨淡的境地。钟御卿不是什么同情心泛滥的好人，原本在商界，他就被称为狡猾的猎食者，从不会心慈手软，这一次对唐小爱特别对待，可能是因为她的淡然平静的性格。这种沉静的性格，像是深邃的潭水，在喧嚣的世界里，独守静谧安宁的美丽。

那天看到秦峻宁将唐小爱带走之后，回来的脸色异常难看，他虽然没有问到底发生了什么事，可凭借天生的心理揣测和商场冷读术，以及和秦峻宁多年的熟悉程度，也猜测到唐小爱肯定倒霉了。他让人查了一下唐小爱最近的工作安排，果然被派往了非洲。

所以，他就顺便来南非谈一笔生意，定的酒店就在这里，虽然不是刻意安排，但是当接到剧组里自己人的电话，汇报她的情况时，钟御卿庆幸自己离她这么近，可以很方便调动警方和人手，及时解救了她。否则等剧组那边的人，恐怕她早就死在巷子里。

缓缓凑近她，钟御卿不得不承认，在对女人方面，男人都是下半身思考的动物。他在感情上，没有任何女人能让他动心。

她的脸已经被擦洗干净，总统套房里有二十四小时管家，任何需求只要对他们说，都会安排得稳妥贴心。

唐小爱现在的身体也被擦洗得干干净净，穿着丝绸睡衣，昏睡在柔软的大床上。

她的骨骼异常秀美，纤秾合度，包裹在厚厚衣服里的身材，在袒露的瞬间，才会那样让人心惊沉迷。

唐小爱突然惊喘一声，仿佛在噩梦中受到惊吓，却没能挣脱那噩梦醒过来。

唐小爱脑门很疼地醒过来。她做了无数纷乱可怕的梦，梦中自己被一群坏人追打，被按在地上施暴，然后突然就变成了元旦那个可怕夜晚，身体传来钝钝的疼，让她难以忍受……

等唐小爱睁开眼睛看到床头吊着的大大的水晶灯时，以为自己还在继续着凌乱的梦境。

只是额头和嘴里的疼，如果是在梦中，应该感觉不到这样真实的疼痛才对。

扶着额头缓缓撑起身，高档丝绸的睡裙触感很柔滑，贴在身上犹如另一层肌肤。唐小爱终于确定自己不是在做梦，她躺在一个装潢豪华精美的卧室里，整个房间都散发着淡淡的怡人的天然花香。

慢慢下了床，唐小爱走到窗户边，还没伸出手，自动感应调节光线的窗帘就缓缓升起，明媚耀眼的阳光争先恐后扑了进来，将她包围住。

唐小爱闭上眼睛，过了很久才适应阳光的明亮。看到外面的景色，她微微张开嘴，这简直就是梦境——窗外可以看到海景，视野极为宽阔美丽，白色的海鸥在蓝天碧海中间飞翔，那姿势要有多美就有多美。

唐小爱呆呆看着美丽的海景，好半晌才回过神，努力回忆昨天晚上究竟发生了什么事，是谁将她带到这里来。

只记得被几个醉醺醺的人围住，然后自己就晕了过去。是剧组的人找到她了吗？

或者……是秦峻宁？唐小爱想到这里，立刻转身往外走去。

这套总统套房很大，打开卧室的门，外面一个很大的休闲区，简直就像个小型俱乐部，只差一个游泳池。

临近落地窗的一边，放着休闲躺椅，上面正坐着一个英俊的男人，穿着宽松的家居服在打电话。

唐小爱一看见那张脸，立刻心跳加速……原本以为是秦峻宁或其他好心人救了自己，怎么也没有想到救了她的人，竟然是只有过三面之缘的钟御卿。

钟御卿听到响动，转过头，看见唐小爱赤着脚站在卧室的门前，正一脸惊讶地看着自己。

他对唐小爱微微一笑，指了指她的脚，因为听电话不方便说话，只是示意她快点去穿上拖鞋。然后他又低下头，看着腿上的电脑本，在上面记录着什么。

唐小爱很失礼地看着钟御卿的侧脸，阳光懒懒散散洒在他的身上，为他笼上了一层不真实的温柔光芒，他本来就英气十足，而现在认真工作的模样更是让女人招架不住，性感得让人要喷鼻血。

就算唐小爱这种内向保守又慢热的女生，都被眼前的男人迷住，仿佛他是一片很美很美的景色，任谁都会忍不住多看几眼，甚至这景色中流连忘返，想搭建房屋住一生。

钟御卿知道唐小爱一定很惊讶，因为她不会想到昨天的“英雄”会是自己。他本来就魅力十足，英俊多金又对女人温柔，只要他有意，根本没有女人能抵抗他的诱惑。

唐小爱坐在华美的餐桌边，有些局促不安。她在洗漱的时候，看到镜子里的自己，被脸上的伤吓了一跳。额头已经止了血，但是只上了药膏，并未包扎，所以看上去更可怕。她的左脸还有些红肿，上面的手指印没有完全褪去，嘴唇也磕破了，微微肿起，要有多狼狈就有多狼狈。

现在，坐在这么豪华的房间里，面对这样的优等男人，唐小爱第一次有自卑的感觉。以前就算是面对条件优越、万人喜欢的沈墨，她也不会这么不自在。

可能和钟御卿之间的差距太大，也可能眼前的男人算是她的顶头上司，唐小爱就像一只小小的蚂蚁仰望苍鹰那样，对钟御卿有着莫名的敬畏感，还有敬重和崇拜，就像看着自己的偶像和恩人。

“你一定饿坏了，多吃点。”钟御卿很绅士，笑容温雅迷人。

他对任何人都很绅士，哪怕是自己的对手或者敌人。商场中，“银狐”的称号不是浪得虚名。

“谢谢。”唐小爱不知道应该说什么，她虽然比同龄人成熟，但是在钟御卿面前总像个小学生。

“因为你受了伤，所以我让管家安排的都是容易嚼食的东西，不必担心会牵动伤口。”钟御卿今天只有晚上一个会议要参加，早上他已经安排好一切，所以可以当做休假，来享受清闲的一天。

“谢谢。”唐小爱还是这两个字，她被对面男人性感滚烫的眼神看得想钻到桌底去。

也许他看每个人的眼神都是专注认真的，但是唐小爱只要碰触到他的目光，脑海中只会浮出一个词——“性感”。

这个男人太有魅力，举手投足间，都带着让人迷醉的风度气场，那种经历过风雨沉淀的眼神，虽然会掩藏住锋利的光芒，可依旧让人不敢对视。

为什么一个男人可以性感到骨子里去呢？ 哪怕是做讨厌的事情，也优雅性感迷人。

唐小爱自认是个很慢热很冷静很理智的人，对长相容貌并不是很关注，她喜欢沈墨，最大的原因并非他俊朗的外表，而是沈墨的性格。

她是个安静沉默的人，沈墨和她却相反，对任何事情都有着激情，青春飞扬，让她羡慕。

是性格上的差异，像磁极一样吸引着她。

可钟御卿却不是因为他绅士优雅的举动，纯粹只外形，就像磁铁，牢牢吸引了女人的目光。

终于，钟御卿的手机响了起来，他走到一边接电话，唐小爱绷紧的神经稍微放松了点。

刚才被他一直端详着，她虽然很饿很饿，但是根本不敢放开了吃，每个举动都经过考虑，生怕在他面前丢脸。

现在钟御卿走到沙发边背对着她接电话，她立刻狼吞虎咽没有任何形象地大吃起来。

钟御卿从玻璃反光上，看到她难得的凶猛吃相，忍不住微微挑起唇，他见过太多的淑女名媛，像她这种出身低贱贫困的女孩，倒是挺有趣。

听到钟御卿说完电话，看见他准备转身，唐小爱急忙吞下口中的食物，拿起餐巾纸挡住嘴，硬生生压下想打嗝的感觉。

“我吃饱了……”唐小爱被最后一口食物噎住了，几秒后，站起身说道。

然后，她习惯性地收拾着桌上的剩菜残羹，被钟御卿立刻制止：“这些有专人收拾，你不要碰。”

“啊，好……”唐小爱还是忍不住打了个嗝，立刻脸红了，恨不得在优雅完美的男士面前钻到地缝里去。没办法，谁让钟御卿太优雅，总是会让身边的人自惭形秽。

“你很喜欢脸红。”钟御卿轻轻看了她一眼，伸手示意她去休闲区休息一下。

唐小爱急忙摇头，随即觉得反应不对，又急忙点头，窘得说不出话来。她虽然很内向文静，但根本不是胆小害羞的人，即便面对数万人的大礼堂，也不会腿软发抖，不用稿子都能即兴发挥。可是面对钟御卿，她总是害羞，觉得他才像个真正的巨星偶像，有着难以描述的巨大磁场，会干扰到她的脑电波。

“你的反应很可爱。”钟御卿很少看见这么爱脸红的女生，也许是因为他身边的女人都顶着完美无缺的妆容，厚厚的粉底和腮红掩盖了她们原本的模样，所以即便脸红，也被化妆品遮挡住，无法看到真实的模样。

而每次看到唐小爱，她都会害羞，总是回避自己的眼神，想躲得远远的。居然有女人看到他会想躲开，哈！

“谢谢……谢谢你救了我……”唐小爱思维都被他打乱了，原本吃饭时想着怎么道谢，可一看他坐在自己的旁边，就语无伦次起来。

“恰巧路过而已。”钟御卿微笑，不想让她知道其实有人在剧组里监视着她。

“真是太巧了。”唐小爱都觉得巧得不可思议。

如果在国内还有可能这么巧，毕竟是一个城市。可这里是非洲，非洲的一个她叫不出名字的城市，据说还是个大城市，城区很大，巷子众多，她被欺负的时候，正好有个天神从天而降……真像是在拍电影。

“幸好及时，否则你可能……”钟御卿没有往下说，为她倒了杯玫瑰茶。

“真的很感谢你……对了，他们那么多人，你……没受伤吧？”唐小爱突然想到自己曾经害得他和他那辆价值千万的座驾受了伤，立刻紧张地问道。

怎么感觉自己欠了这个男人好多好多恩情？ 真不知道以后该怎么还他。

“每次遇到你，好像都会出一些状况。”钟御卿对她露出迷人的笑容，顿了顿，说道，“不过好在这一次没有，我正好和这边的一个行政长官在一起，所以比较幸运。”

“那太好了，要是你再受伤，我都不知道应该怎么偿还这份恩情。”唐小爱听到这句话，松了口气，突然又想到另外一件事——剧组会不会找她找疯了？

“可以借用一下电话吗？”唐小爱有些不好意思地问道。

“当然可以，你要打给谁？”钟御卿正在想着她说的“恩情”两个字，他本来想用玩笑的口吻说，可以用感情偿还，但是觉得唐小爱这种认真保守又慢热的性格，一定会大惊失色。

而且，他暂时不想吓着她，小火熬粥慢慢香，他享受捕猎的过程。

“我和剧组走失了，所以想报一下平安。”唐小爱避开他滚烫的眼神，如实回答。

“哦……不用了，我已经给他们打过电话。”钟御卿还想着惩罚一下好友秦峻宁的粗心大意，立刻说道，“顺便还帮你请了假，你受伤了，不能再跟他们东奔西跑，就住在这里养伤。”

唐小爱在看似优雅绅士、其实精明强势的钟御卿面前，总觉得自己像个小学生，什么都被他自作主张安排妥当，却又没法说出什么有意见的话来。 这种情况从他帮自己退学开始，她就感觉到了。 无论他做多么不合情理的事，都让人近似迷恋和崇拜，至少当时无法拒绝。

“这几天就住在这里，我已经派人去拿你的护照了，到时候我会带你回国。”钟御卿微笑着说道，“不用担心，就当是旅游。”

“可是秦总他……”唐小爱在这样的绅士面前困难地搬出秦峻宁，她不想回去后被秦峻宁又丢去冰岛。

“我就是给他打的电话。”钟御卿打消唐小爱的疑虑，端起茶往唇边送去，“因为公司的失误，让你遇到这种事，他们应该负责，所以不用担心，秦总也希望你能好好养伤，回去后才能更好地工作。”

“真的？”明知道自己不该质疑钟御卿，但是唐小爱所了解的秦峻宁是个非常坏脾气的老板，而且喜怒无常，怎么会那么轻易放过自己？不过也许是因为看在钟御卿的面子上，不便发作。

“你不相信我？”钟御卿轻轻抿了口茶，看向唐小爱。

他从语气到眼神，还有喝茶的姿态，都让人不由得信服，而且对唐小爱来说，这种如天神般的大老板，凭啥骗她一个平凡又普通的人？

“不……不是，我只是觉得……秦总这一次太好了。”唐小爱赶紧解释，她不是不信任钟御卿，而是不相信秦峻宁。

“他平时不好？”钟御卿漫不经心地问道。

“也很好，只是……稍微严厉了点。”唐小爱知道不该背后说老总的不是，尤其是在老总的好友面前，所以，她很困难地选择了“严厉”这个字眼。

其实是讨厌！秦峻宁太善变，在签约前对她的态度和签约后的强硬态度简直判若两人，让她有种被诱骗的感觉。她对一个人，如果在印象里有“欺骗”这个字眼，就绝对不会再有好感。

“严厉？”钟御卿又笑了起来，“他只会在导演方面很严厉，平时有点游戏人生，这是艺术家的通性。”

听到钟御卿说秦峻宁是“艺术家”，唐小爱差点被茶呛住，天啊，那种天天把“潜规则”挂在嘴上，天天谈论各个明星价码的人还算艺术家？ 那等她正式出道了，岂不也成了艺术家？

“你来这里是谈生意吗？”赶紧把话题从秦峻宁身上移走，免得自己被呛死，唐小爱问道。

“当然，不然你以为是来看撒哈拉沙漠吗？”钟御卿笑了起来，风趣地反问。

唐小爱又有些不好意思地低下头：“真是太感谢你了，如果昨天不是你帮助我……我不知道今天还能不能看到阳光。”

他在女人的心目中，应该是极品的完美男人吧？ 外表不用多说，内在也有内涵，幽默风趣，举止优雅，就算唐小爱这种不敢再谈恋爱的绝缘体女生，都觉得电力十足。 但是她从没有奢望，她只是把钟御卿当成自己的恩人。

而且，她的心里还有着沈墨，虽然被迫分手，但是初恋的那一角，依旧开满了美丽的令人忧伤的花朵。

“你大胆，在异国他乡，晚上超过十二点孤零零地坐在街角，当然容易引起别人犯罪。”钟御卿看见她有点脸红，突然想凑过去感受一下她发烫的肌肤。

“啊？”唐小爱的脸蓦然更红，虽然钟御卿没有其他的意思，可她听着这句话有些别扭，太不好意思了。

“想不想出去走走？”钟御卿见她的脸更红，像个番茄，忍住想捏的冲动，站起身问道。

他征询别人的时候语气很温柔，总是让人难以拒绝。 甚至可以说，他所有的征询口吻都像是另一种命令，不容拒绝的命令。

所以，唐小爱别无选择地站起身，但是，她突然想到一件事，有些不好意思地问道："请问，我的衣服放在哪里？"

"哦，对，我差点忘了。"钟御卿将几个大纸袋拿起，递给唐小爱，"看看尺寸适合不适合。昨天你身上的衣服都脏了，而且外衣被撕破，所以顺便定了一套衣服，要是不合适可以重新定做。"

唐小爱以为钟御卿口中的"定做"，就像裁缝铺里的那种定做，却不知道这是本地的一家国际品牌代理商连夜赶制出来的衣服，就是那些明星口中拿来炫耀的"高级定制"。而且，定制的衣服从内衣到鞋子，精准得如同电脑精密测量出来的尺寸，自然合适无比。

等唐小爱换上新衣服走出来的时候，钟御卿的眼睛微微一亮，果然人靠衣装佛靠金装，高级定制的成衣穿在她的身上，立刻让她散发着不一样的清新优雅，气质也跟着飙升，让她看上去像朵从古代画卷里不小心飘出来的花朵。

和那天晚宴上的打扮不同，她没有化妆，也没有高雅的礼服，脸上还带着伤，可是那种淡然从容的气质，就像是最自然的阳光，让人身心舒服，透着温暖的光华。

这样的女生就算是带着她参加高级宴会，也不会丢人。

唐小爱不习惯有些低胸的V领毛衣和裸色的风衣，还有戒指绒的打底裤，总觉得哪里怪怪的。等她看到那双大概有十厘米的短靴，更是有点发怵，要是穿着这个逛街，会不会腿断掉？

"等一下，戴上这个。"钟御卿拿着围巾和帽子走过来，也是戒指绒的围巾，异常温暖亲肤，加上挡住她额上伤痕的帽子之后，唐小爱看着镜子里的自己，有些晃神。

好有气质的英伦女生，她从没想过自己也会这么优雅，原本站在钟御卿身边总有着自卑感，可现在感觉……好像自己的档次突然拔高了好多。

她在学校都是穿着宽松休闲的衣服，从没有试过这么优雅的装束，现在腿部线条全部露了出来，胸前的曲线也若隐若现，修身的风衣勾勒出美好的腰身……上帝给了她漂亮修长的骨骼，每一处都那么恰到好处。

“很不错。”钟御卿非常满意女伴内敛沉静的气质。

被他夸赞，唐小爱有点受宠若惊不知道该怎么回答，她想到以前的自己，和现在镜子里的人简直相差十万八千里，只怕走在学校里也没人能认出来这是曾经的学习狂人。

“鞋子虽然高，可是不用担心，这是经过人体工程学的设计，非常舒适。”钟御卿领着她走出门，来到电梯口问道，“是不是感觉如履平地？”

唐小爱点了点头，她不敢去接钟御卿伸过来的手，所以有点拘谨地站着电梯门口，看着上面映着的纤细挺拔的影子。

难怪有些人会花费成千上万的钱买一双鞋子或者围巾，原来真的是一分价钱一分货，唐小爱今天才有点明白为什么那些奢侈品会存在。

只因为它们能将一个人的身份品位和最好的状态衬托出来，展现出最美的一面。

第六章

漫步在异国风情的街头，唐小爱觉得周围投过来很多目光，还有那些黑人戏谑的口哨。

她走得很小心，虽然鞋子如履平地，但是跟在钟御卿的身边总是战战兢兢。可能他太高，就像是危岩，没有人能够攀爬上去的危岩。即便攀上去，也会双腿发抖，生怕一不小心摔了下来。

“你的童年是这样度过的？”钟御卿一直和她聊着天，虽然他已经将她所有的资料都查得清清楚楚，但是从她口中亲自说出的过去，有种不同的感觉。

她虽然在他面前很内向，又很害羞，但是表达故事的时候清晰流畅，很有代入感，让钟御卿也想到自己的曾经，那时候他也不是钻石王老五，只是普通的穷学生，因为会利用资源和抓住机遇，才一步步走向成功道路。

“是，现在听上去好像很悲惨，但其实……”唐小爱与他的距离慢慢拉近，可能是因为钟御卿很会把握话语权，一步步引导着她说出心里的故事，将两个人之间的鸿沟填补起来，“那句话你听说过吗？为衣食奔波，而不感到愁苦，只有童年。”

听到她说出这句话，钟御卿的眼里闪过一丝淡淡的怜惜。并不是怜惜她，而是想到父亲那一代的童年。他和家境优渥的秦峻宁不同，他的父亲以前只是个工人，曾经生活也贫困，在孩童时期就出卖苦力。正是因为吃够了苦，所以有了儿子之后，发誓倾家荡产都要供孩子读书，让他成材，不要再重复上一辈的艰辛。

“为衣食奔波，而不感到愁苦，只有童年……这句话说得真好。”钟御卿带着她停在了一家西餐厅外面，“饿了吗？要不要先休息，吃点东西？”

他依旧那么细心体贴，懂得掌握时间和火候，换作其他女人，可能在第一眼看见他的时候就动了心。

唐小爱跟他吃晚饭，又看了场电影，依旧像个木头。只有他问什么，她才会回答什么。如果钟御卿不说话，唐小爱也会保持沉默，不敢打搅。她一向很安静，在放映电影明灭不定的光线中，有一种毫无侵略性的安静的美丽。

让人偶尔想起望夫石。她就像那种古代女人，温婉，贤惠，听话，可以为一个男人，等到天长地久、海枯石烂。

秦峻宁脸色沉郁地坐在办公室里。已经过去三天，还是没有唐小爱的消息，警方都出动了，可生不见人死不见尸。因为在非洲，很多人事不好调动，秦峻宁只能先安排好这边的一切，准备亲自过去看看情况。

现在无论发多大的火，都无法弥补发生了的事情，所以秦峻宁表面上反而很从容，对犯错的剧组不再疾言厉色。

秦峻宁越是按捺着怒气，紫元就越心惊胆战，谁知道他们回国后会面临怎样的风暴？

秦峻宁都找不到的人，沈墨当然更无法找到。

不过他已经放弃了去找唐小爱，他还年轻，还有大把的青春和美好的未来，身边也围着各种各样的女孩，只要他愿意，可以立刻找个温柔可爱的女生开始一段新的恋情，结束令他伤心的过往。

但是唐小爱不会这么轻易忘记过去，她这一生都不会忘记沈墨。在她单调的青春岁月里，唯一留恋过的美丽风景，她这一辈子都不可能忘记美好却又匆匆的初恋。

人在青春，才能有爱情，中年以后，有的只是情欲。这是她在图书馆里看到的一句话，到现在还记得很清楚。

她可能以后也不会再有美好的爱情，在踏入这个圈子时，唐小爱就做好了心理准备。

此刻，对钟御卿说完了她的大学生涯，包括她那甜蜜却短暂的爱情，唐小爱的表情很黯淡，她无法强颜欢笑，掩饰住自己的内心。

钟御卿端起香茗，浅浅喝了一口，他这两天什么都没做，只将唐小爱从小到大的生活全部套问出来。其实没事听一个人说故事，也是一种放松的方式。尤其是那个人的经历越悲惨，越发衬托自己活得多精彩。不过钟御卿没这么无聊地去比较，他曾经也落魄过，人生有大起大落才够完美。

只是他没有初恋。在大家对着喜欢的女生偷偷写情书和小纸条时，他也在拼命学习和阅读。当秦峻宁带着金发碧眼的小妞在宿舍翻天覆地时，他坐在电脑边研究着程序和推广网站……

多看一眼女人的时间都没有，哪里有初恋？他青春全献给了事业，才换来今天的成就。

“有舍才有得，你也不用伤心，舍了那个男孩，还有更好的人在前面等着你。”钟御卿发现无论怎么暗示她，唐小爱都像个木头人，没有任何回应。

“不会有了，在我心中，他是最好的。”唐小爱当然不会理解钟御卿的各种暗示，因为在她心中，钟御卿是恩人，也是神，不可能和她这种凡夫俗子有什么感情纠结。

所以，她压根就没有往那方面想，只是对钟御卿所有的话都恭恭敬敬地回答，把他当成了一位值得尊敬的兄长看待。

“哦？”钟御卿在闲雅地倒茶，发出一个意义不明的鼻音，心中开始不悦。

他第一次被女人忽视这么彻底，还当着他的面，大赞其他男人是世界上最好的男人，简直就是……挑衅。对钟御卿来说，这是疯狂的挑衅，他的自尊心太受挫。

原本以为他这样的优质钻石男，只需要一个眼神，就能让青涩小学妹主动投怀送抱，可她心里一直惦记的是初恋男友，而且把自己当成长辈一样，说话做事都毕恭毕敬，毫无情趣。

“没有人比他好？那我呢？”虽然无法开口直说，但是被忽视的感觉，让钟御卿不得不加重筹码，径直问道，“小爱，你觉得我怎么样？”

也不直接点明，就这么暧昧不清，让她自投罗网，钟御卿喜欢狩猎的感觉，但有时候猎物太呆太傻，或者一直躲在洞里不出来，会让他想用暴力搞定一切。

“你？”唐小爱被这个问题砸到，她从没有比较过钟御卿和沈墨，因为一个是自己的恩人，完美无缺，一个是自己初恋男友，也无法比拟。就像是两种不同类的东西，怎么拿来比较？

“我只是随便问问。”钟御卿不动声色地看到了她眼里的错愕，知道她心里从没有把自己归到“可发展对象”里面去，他立刻结束这个话题，不想听到自己不要的结果，“你的伤好得差不多了。”

唐小爱正在想着怎么回答这个问题，听到钟御卿话锋一转，急忙点头：“是的，已经快好了，上次的事情真的很感谢你。”

她不知道该怎么报答这个男人的恩情，钟御卿要什么有什么，从不缺物质上的东西，所以唐小爱只能不停地表示感激。

“药膏很管用，明天可能伤疤就会完全消失。”钟御卿站起身，将药膏拿过来，回到唐小爱的面前，那架势好像是要为她上药膏。

唐小爱立刻就紧张起来，她急忙站起身，有点结巴地说道：“我自己来……谢谢你……”

“你对其他人也总是这么客气吗？”钟御卿将软膏打开，中指沾了一点，往唐小爱的额头抹去，低低问道。

他的声音异常磁性，有种夜风吹着梧桐叶的沙沙质感，加上那眼神，可以让女人浑身发麻酥软。

唐小爱也像是被点了穴，身上发了麻，动也动不了，任他的手指轻轻揉着受伤的额头。

她这两天一直很尴尬，昨天晚上也不敢再去霸占别人的大床，就在沙发上躺了一夜，而钟御卿刚好很忙，大部分时间都在外面，回来后也不停地开电话会议。

但是唐小爱依旧不敢和他离得太近，她从内心尊重这个救过自己的男人，从没有非分之想，现在只想着以后万一钟御卿有什么需要她的地方，她一定会第一时间出现在他的面前报恩。

钟御卿看着她紧张地垂着眼睛，长长的睫毛投下温柔的弧度，如同春日的陌上，纤细的绿草透出的柔美色泽，让人看着心里就荡漾起痒，而那挺秀的鼻子下，是粉嫩的唇，颜色水亮红润，透着青春的健康色泽。

他突然克制不住地想吻她。把她当成一块精美的糕点，全部吞入自己腹中，让她永远都别想出来。不过那样可能会把她吓坏，让她更迷惑现在两个人之间的关系。

他想试着耐心一点对待一个让自己想按倒的女人，看看她是否能带给自己更新鲜的感觉。

唐小爱几乎屏住了呼吸，她开始止不住地微微颤抖，被他这么温柔地上药膏，有点崩溃的感觉。为什么一个男人要完美温柔到这种地步？如果不是身份的差距，她这种思想保守的古代人，都要开始胡思乱想了！

钟御卿有意离她很近，他感觉到唐小爱细微的战栗，她在死命控制呼吸，几乎快憋气憋晕过去。

钟御卿喜欢看她这慌张青涩的小女生模样，这是成熟女人身上看不到的小女儿神态，很动人，弥补了他在青春年少时对女生的观察体会。

所以他故意离得她更近，几乎身体碰到她的肌肤，却又巧妙地保持着微妙的距离，让她能完全感受到自己身体的热度，又不会急急躲避。

钟御卿能将情欲玩在掌心，尤其是唐小爱这种古板又没多少经验的女生，被他的气息侵略着，额头上他的手指轻柔地按着自己的伤口，有点疼，但更多的是瘙痒。

那种痒像是有生命的毛毛虫，从她的额上往心里钻去，痒到了心里还不够，继续往小腹爬去，最后竟然形成了一种电流，仿佛他按着的不是自己的额，而是她全身的敏感点。

唐小爱脸色通红，因为憋气，脑瓜开始缺氧发晕，感觉下一刻就要晕过去了。就在这时，钟御卿的手机响了起来。

在钟御卿转身去拿手机时，唐小爱像是虚脱般重重跌坐在沙发上，刚才那短短的二十秒，就像一个世纪那么漫长，她晕晕乎乎地摸着涂上药膏的额头，她怎么可以被上个药膏，就觉得浑身要被融化了。天啊，她是被撞坏了大脑吗？钟御卿只是在关心地给她上药膏而已，为什么……竟然会胡思乱想？

最不该的是，她怎么会像是被情人吻遍全身的感觉？

“御卿，你现在哪里？”秦峻宁刚下飞机不久，攥着手机的指节发白，声音却很温柔地问道。

“我最近一直在国外。”虽然那边的声音很温柔，但是钟御卿依旧敏锐地察觉到一丝怒气。

“哪里？”秦峻宁坐在车里，往这个城市唯一的一家五星级酒店赶去。

难怪出动警力也找不到唐小爱，原来他的好友也在这座城市谈生意。

秦峻宁一直忽略了大忙人钟御卿，直到昨天晚上，一个朋友无意说起钟御卿最近怎么待在非洲舍不得回来，是不是被哪个非洲辣妹给囚住了心，秦峻宁才知道，钟御卿原来去了非洲。他立刻查了钟御卿的行踪，发现他就下榻在这个酒店里。

“非洲，你也想过来晒太阳？”钟御卿直言不讳，反正唐小爱这件事上，是秦峻宁先错了。他也知道秦峻宁找不到唐小爱，再听到自己在非洲的消息，一定会将两者联系到一起。

只是钟御卿没想到秦峻宁会这么快找过来，他本来以为，像秦峻宁这么不够精明的人，至少要一周左右才能想到自己。

“哪里？”秦峻宁忍着怒气，他要见面了再爆发。

车子已经到了酒店门口，秦峻宁推开车门，一边打电话，一边怒气冲冲地往酒店里冲去，连迎宾小姐都不敢上前搭话。

从专用通道直接到总统套房的门口，秦峻宁一脚就往门上踹去。站在门边的二十四小时管家大惊失色，急忙上前阻止他。

“先生，请问你是……”管家用英文绅士地问道。

“闭嘴！”秦峻宁已经在暴怒边缘，冲着绅士风度的黑人管家大喝一声，然后继续踹门。

唐小爱在里面只听到粗暴可怕的踹门声，从心慌意乱里回过神，外面好像有一群准备烧杀抢掠的歹徒，她不由变了脸色，看向从容淡定往门口走去钟御卿。

“不好意思，这是我的朋友。”钟御卿对正拦着秦峻宁的黑人管家说道。

黑人管家立刻松了手，用疑惑的眼神打量着眼前暴躁的年轻男人，似乎觉得很惊讶，不是物以类聚、人以群分嘛？为何住在总统套房里的优雅绅士，会有如此暴脾气的朋友？

他们看上去更像是敌人。

秦峻宁深呼吸，不想自己爆炸，他一把抓住钟御卿的领带，将他推到房间里，还没有开骂，眼神就被站在沙发边的清秀端正的女生吸引了过去。

果然在这里！秦峻宁松开钟御卿的领带，往唐小爱面前走去。

唐小爱本来看到是秦峻宁，脸上已经挂上了笑容，她正想着能不能早点回公司，因为和钟御卿在一起越来越觉得怪怪的。

看见秦峻宁阴沉的俊脸，唐小爱的笑容有点僵硬，似乎……老板今天的心情很不好……

伸手攥住她的肩膀，秦峻宁手上的力气很大，大得让唐小爱皱起了眉头，露出一丝痛苦：“秦总……”

“你在这里过得很好嘛？”秦峻宁看着她穿的蓝色的家居服，上面漂浮的不知是白云还是棉花糖，呵，她把这里当成自己的家了吧？

钟御卿曾经爱做的事就是抬头看天思考，而唐小爱穿的衣服，就像是蓝天白云漂浮在身上，真够讨厌的！

“是……应该感谢钟总，他把一切都打点得很好。”唐小爱虽然偶尔有点迟钝，但是还不至于将这句火药味十足的话，当成他在寒暄。

“乐不思蜀了吧？”秦峻宁恨不得把她捏碎，她竟然敢搬出钟御卿来，以为他害怕钟御卿吗？

“没有，我希望能够早点回去工作。”唐小爱还是一本正经地回答。

“唐小爱，知不知道我们为了找你，花费了多少精力和财力？知不知道你给公司带来多大的麻烦？”秦峻宁突然就撕破了忍耐的表面，在她耳边大声吼道，“整整四天，剧组动用了一切力量来找你，而你！竟然优哉游哉地在这里喝茶！”

秦峻宁狠狠将她推到沙发上，他从没有这么生气过，生气得想打女人。

“你不知道给公司打个电话？你不知道我们一直在找你？”秦峻宁越看她那张露出迷茫和无辜的脸，就越生气。他俯下身，又将唐小爱扯起来，冲着她咆哮。

“别把小女生吓坏了。”钟御卿终于云淡风轻地插话，伸手攥住秦峻宁的手腕，“是我告诉她，已经打电话给你，让她休息几天的。”

“钟御卿，你到底什么意思？”秦峻宁反手攥住他的手腕，他想揍人，“看来，我们要好好谈谈。”

“我也想和你谈谈一些事。”钟御卿在将唐小爱带回来的时候，就料到秦峻宁这种反应。

“小爱，让管家进来打扫房间，你不要碰。”钟御卿和秦峻宁进入卧室之前，对吓呆在沙发上的唐小爱和颜悦色地说道，依旧完美得不像话。

唐小爱看见房门重重关上，又看了眼地上破碎的茶杯，她被秦峻宁吓到了，虽然平时很淡定，但是一个老总、债主这么对自己发脾气，当然心里有些怕怕的。希望里面不要出人命，她可赔不起里面两个男人任何一个人的头发。

而卧室里，气氛格外压抑。

“是你做事欠考虑，无论是因为什么，都不该这么公报私仇将一个小姑娘丢往南非，而且还出现了走丢这样的失误。”钟御卿首先发表自己的观点，“如果那天晚上我没有及时出现，很可能你看到的就是一具尸体。”

“你将唐小爱送给我处理时，就说过不会插手她的任何事。我旗下的所有艺人，你也说过不会插手他们的任何事，钟御卿，我搞不明白，你到底对她是怎么想的？”秦峻宁根本不听钟御卿说的话，他只气愤这个男人救了唐小爱之后，一直将唐小爱藏起来，害他花费了多少人力物力财力和精力去找。这些都不算，秦峻宁跟着提心吊胆彻夜难眠，精神损失才是最重要的。

“我是说过不会插手她的事，你的艺人当然应该你来管，但将她管得客死他国，是不是太过分了点？”钟御卿比起狂躁盛怒的秦峻宁，还是相当儒雅绅士，冷静地反问道。

“谁让她这么笨，出门都能走丢，以后能做什么事？”秦峻宁想克制住自己的盛怒，但是他克制不住，“如果你不想让我管制她，不想让她走演艺圈这条路，现在立刻带她去绿嘉国际，当你的小蜜也好，当你的情人也好，反正以后不要让我再插手这样令人反胃的事情！”

“峻宁，注意你的措辞。”钟御卿不咸不淡地提醒。

“我措辞怎么了？总比你现在出尔反尔好！”秦峻宁相当生气，如果知道钟御卿对唐小爱有特殊感情，他当初根本不可能接手这件事。

“我没有出尔反尔，我只是想让你长点记性，不要每次匆匆忙忙做出决定……”

“谢谢你的教育，都是我的不对，我对不起你的托付，我对不起唐小爱，我对不起所有人行了吧？”秦峻宁只在学生时代和钟御卿吵过架，那时候他脾气更坏，有时候吵着吵着直接打了起来，自从毕业后，两个人都很忙，没时间这么大吵。

“如果你看到当时唐小爱的处境，也许会真的反省自己是不是做了个莽撞的决策。”钟御卿的性格会让对手很恼火，因为对方越是火大恼怒，他就越冷静理智，最后逼得对方全线崩溃，“三五个黑人大汉，将一个小姑娘拖到巷子里凌辱，就算是个大男人，也承受不住这群人的羞辱，不死也剩半条命……”

“你心疼了？ 所以就去当英雄，然后发现自己对她有其他感情？”秦峻宁打断钟御卿的话，怒火当头听不下去，“你们已经在这张大床上重温缠绵？ 又或者那一切都只是你安排的而已？ 你一向喜欢控制别人的命运……”

“峻宁。”钟御卿微微皱起眉头，他不喜欢无中生有。

唐小爱差点被强暴确实是意外，只不过自己当了一会旁观者而已，如果这两天真的和她发生了关系，钟御卿也会很乐意承认，可偏偏唐小爱是只傻老鼠，不敢陪他这只大猫玩。

“别以为我不知道，你和她肯定有过感情，否则，不会这样照顾她。 依照你的性子，要是对哪个女人有兴趣，立刻就吃光抹尽不吐骨头！”秦峻宁推断过他们之间的事，因为唐小爱第一次看上去不认识钟御卿，所以不是钟御卿动了“凡心”，看上了唐小爱，就是他们曾经有过什么关系，而唐小爱却一直被蒙在鼓里不知道。

“你把话题扯远了，刚才说到是你考虑不周，将她丢到这里来，难道没有先和工作人员打过招呼？”钟御卿不想和他讨论这件事，把话题拽回去，“就算是普通的员工，也不能这么马虎对待……”

“其他员工没她这么笨的，买瓶水而已，竟然能买得手机关机，人也失踪，要是真成了明星，去个化妆间会不会也凭空消失？”秦峻宁见钟御卿还在指责他，气愤的话没说完，拳头先招呼过去了。 他在飞机上就想着怎么揍这个家伙，太可恶了！

“峻宁，你的性格应该改一改，再这么冲动，吃亏的是自己。”钟御卿苦口婆心，还招来好友的拳头，他也毫不客气地还击。

吃闷亏可不是他的性格，以牙还牙、以眼还眼才是钟御卿的个性。

房间的隔音效果很好，加上里面都是厚厚的地毯，所以唐小爱听不到任何动静。墙上挂着的古典壁钟在不停走动，眼看一个小时快过去，卧室的门依旧紧闭。

唐小爱现在已经冷静了很多，管家将碎玻璃都收拾得干干净净，又为她端来咖啡。

喝了两口纯正的手工咖啡，唐小爱镇定多了，鼓足了勇气，准备敲卧室的门。秦峻宁怒气冲冲的模样，让她很担心里面会出人命。纠结了半个小时，唐小爱决定冒死敲门。

可她的手还没有碰到门上，卧室门突然拉开，秦峻宁正捂着左脸，一脸怒气地往外走，看见她杵在门口，粗鲁地一把推开她，差点将她推倒在地。

床边站着钟御卿背对着唐小爱，正在理领结。

令唐小爱目瞪口呆的是，凌乱得无可复加的大床。每天这里都有专人打扫，床上非常整洁，可现在，床单几乎掉了一半在地上，被子也扔在另外一边，就像是……两个在床上做了什么可疑的事。

因为床上还横躺着一根皮带……钟御卿理领带的姿势颇为暧昧，又性感得让人呼吸急促，让唐小爱赶紧别开眼睛，偷偷看向一言不发坐在沙发上捂着半张脸的秦峻宁。

恰巧，秦峻宁也在瞪着她。

唐小爱很尴尬，不知道该说什么好，只能默默地移到另一侧，假装看外面的海景。

钟御卿拿着皮带走了出来，秦峻宁还是和以前一样，只要准备开打，就喜欢扯了裤腰带当武器……他手背上被抽得火辣辣地疼，肿起老高，真是一点都不留情。

唐小爱眼角余光看到钟御卿拿着皮带走出来，心脏又是一颤。

钟御卿也不发一言地将皮带扔到秦峻宁的身边，然后坐到沙发上，端起唐小爱喝了一半的咖啡，一口气灌到肚子里。

“舒服了？”钟御卿喝完咖啡，才开口说话。

“我有没有对你说过，这辈子最恨的是什么？”秦峻宁根本就不舒服，以前他们约定过，打人不打脸。他最宝贵自己这张媲美男明星的脸，现在居然被打伤，要怎么回去见别人？

“你对我说过的任何话，我都没有忘记。”钟御卿的声音一如既往地优雅，眼神专注地看着没好气的秦峻宁。

唐小爱身上又起了鸡皮疙瘩，钟御卿真是电力十足，隔得这么远，她都能感觉到那刺啦啦的电流。

他们之间果然不是一般的朋友，瞧瞧钟御卿温柔的眼神，再看看秦峻宁别扭的脸……

“但是我对你说过的话，你有几条放在心里？”钟御卿顿了顿，问道。

啧，真像是小两口吵架，唐小爱浑身发麻，从没有这么觉得自己多余过，她都不忍心打破这么温馨有爱的场景，想悄悄逃离他们的两人世界。

“是你先打我的脸！”秦峻宁咬着牙，移开了捂着脸的手，眼角一片青紫。

“你总是这样黑白颠倒。”钟御卿叹了口气，按了按茶几上的召唤铃，用流利熟练的英文说道，“请煮几个鸡蛋送过来。”

他没有具体指责秦峻宁先做了什么过分的事，而是看上去非常大度地让人进来处理他的伤。但是，在按铃的时候，他故意将自己红肿可怕的手背展现在秦峻宁的面前。

这种看似大度、其实无声的谴责，是钟御卿的拿手好戏，他一向段位很高，情绪化又感情用事的秦峻宁，永远斗不过他这种高情商也高智商的腹黑王。

果然，秦峻宁瞥了眼他肿起来的手背，冷哼一声："那也是你的错，找到了我的艺人，却一声不吭……"

"这件事到此为止，以后你小心点，我自然也抓不住这样的空隙。"钟御卿做个停止的手势，他刚才重温了一下"校园时光"，心情有些感慨，不想再谈论这件事。

"放心，我以后绝对不会让你再有机会钻空子！"秦峻宁转过脸，看见唐小爱正想偷偷地溜到一边的健身室里，他立刻又生气地喊道，"唐小爱！"

"在！"唐小爱立刻站直了身体，笔挺地回答。

"过来，给我上药！"秦峻宁咬牙切齿地说道。

都怪她，让自己受了伤。钟御卿看上的女人，绝对是祸水中的祸水。

唐小爱站在两个男人中间，觉得自己的命运又开始变得悲惨。

原本以为自己的假期是秦峻宁批准的，可没想到钟御卿竟然没有给秦峻宁打电话，隐瞒了自己的事情。秦峻宁为了找自己，动用了大量的人力财力，而钟御卿明明知道这件事，却远远看着……

现在可好，两个人一见面就打了一架。如果不是唐小爱亲眼所见，她真的无法想象，平时在外面衣着光鲜、高雅绅士的老总，会从床上打到床下……

用毛巾裹着滚烫的鸡蛋，在秦峻宁的脸上轻轻滚动，唐小爱觉得像是个女仆，还是个没地位没身份任人打骂的可怜女仆。

"好痛！你会不会照顾伤患？"秦峻宁被烫到，立刻皱起眉呵斥。

“对不起，是我不小心。”唐小爱其实很想骂活该，可是债主不能得罪，现在如果不哄好秦峻宁，她怕自己以后的日子会很难熬。

“做什么事都不小心，连上街买水都能走丢，我真不该高估你的脑子！”秦峻宁没法将怒火发到钟御卿身上，就一直骂唐小爱。

“小爱，帮我把早上的药膏拿来。”还是钟御卿绅士，看见唐小爱被凶得可怜，立刻解围，让她去帮自己拿东西，离发怒的狮子远一点。

“不准去拿！”谁知道秦峻宁凶巴巴地大吼，然后挑衅地看着钟御卿，“她是我的艺人，要服从我的安排。”

唐小爱进退两难，她很想帮助自己“恩人”，可是债主在耍无赖，一副只要她敢动一步，立刻抄了她的家的表情。所以，唐小爱只好保持沉默。

“峻宁，你总是喜欢耍少爷脾气，现在已经是老板，不该再像以前那样……”钟御卿无奈地叹了口气，可惜话没说完又被打断。

“我以前怎么了？原来你对我以前一直有不满？”秦峻宁特意飞过来，就是为了和他吵架，所以搬出不讲理的性格，“我就知道你最虚伪，心里恨不得杀了那个人，脸上还装得跟君子一样！”

“不要上升到人身攻击。”私底下怎么吵怎么打都没关系，但是在一个女生面前说这些丢脸的话，钟御卿可不允许。

不过也只有真正关系好到不分彼此，才会吵架打骂互相揭老底。

“刚才早就人身攻击过了！我当初认识你的时候，就知道你是个大腹黑，口是心非，口蜜腹剑，口……”秦峻宁还要说下去，一时想不到词了，于是看向唐小爱。

唐小爱见他看自己，一脸的茫然，结结巴巴地说道：“口碑载道。”

“他像是口碑载道的人吗？”秦峻宁恶狠狠地瞪向唐小爱，真是个笨女人，骂人都用错成语。

“那……你要说什么？口口相传，口齿生香，口吻生花……”

“再说下去，你就会口舌生疮！”秦峻宁没见过这么会拆台的女人。

如果不是钟御卿说他们之间什么事都没有发生，秦峻宁会一万分地怀疑唐小爱是不是已经被俘虏了。他既然签了她，就不准这种事情发生，按照合同规定，钟御卿也难以救她。

“好，我自己去拿，你别再骂小爱，这件事全是我的主意，她什么都不知道。”钟御卿站起身，决定不和少爷脾气的人计较。

以前在学校，两个人的性格就截然相反，秦峻宁一向飞扬跋扈、嚣张暴躁，他则是沉稳低调，这也和他们的家庭环境有关。

当时秦峻宁的家很富裕，虽然算不上什么富二代，可也差不到哪里去，不愁吃喝，从小就被宠出来的坏脾气。钟御卿的父母都是普通工农阶级，他能被国外大学录取，又自力更生，开始研究金融商业，全是一己之力。

从某些方面来说，钟御卿和唐小爱有一些共同之处。两个人至少从小就习惯了独立，从不依靠别人，为人低调。

“小爱小爱……你魅力不小嘛，这么快就勾上了绿嘉国际的总裁。”秦峻宁讥讽地说道。

“秦总，我没有……你别误会，他是我的恩人……”唐小爱紧张地转过头，看看钟御卿有没有听到。

“所以无以为报只能以身报恩？”秦峻宁冷哼一声，打断她的话。

“我没有……”唐小爱脸色通红，好担心被钟御卿听到。

“瞧你心脏跳得那么快，就算被说中，也不用这么紧张，反正你们之间是不可能的。”秦峻宁毫不留情地打击着唐小爱，只不过声音压低下去，“先照照镜子看看自己是什么人，再看看你的身份，别给我胡思乱想！”

唐小爱脸上一阵红一阵白，说不出是羞窘郁闷还是被误会的无奈，她正要解释，秦峻宁又恶声恶气地说道："能不能敬业一点，你是不是故意弄疼我？"

钟御卿从房间里走出来，看见沙发上的两个人，摇了摇头，秦峻宁在他面前总像个孩子，可能是因为彼此太熟悉，感情又太深厚，所以不会按捺多年来养成的少爷脾气，不高兴的时候就直接发泄出来，不可能憋在心里。

不过看见唐小爱被秦峻宁呼来喝去的可怜模样，他还真有点……心疼。

大海在夜色中一片黝黑，偶尔海面上闪过波浪的磷光，像夜空中忽闪的星子。

唐小爱闷头坐在阳台边，现在是夜晚，没有阳光，也看不清海景，只能听到两个男人的争论声。

已经这么久，他们还在为这件事吵架。

虽然钟御卿不停让步，尽量避免这个话题，可秦峻宁只要想起来，哪怕正在用餐，也立刻放下碗筷，数落钟御卿的不是。

唐小爱只能躲得远远的，眼看着快到晚上八点，她很想问自己能不能去楼下开个小房间睡觉，但是两个男人的心情都不好，她只能默默坐着当空气，不去主动招惹马蜂窝。

"你赶飞机也该累了，去休息行吗？"钟御卿对秦峻宁旺盛的战斗力很无语，倒时差和长途飞行对他来说根本没影响。

"只有一张床怎么睡？"秦峻宁看了眼坐在落地玻璃边的唐小爱，问道。

"在酒店里你还担心没地方睡？"钟御卿摇摇头，秦峻宁今天很不好伺候，换作以前，他早就开了一间房陷入温柔乡了。

“我可以跟你挤一挤，她就睡沙发吧，晚上不用召唤管家，有什么事召唤她就行。”秦峻宁果然在想方设法刁难唐小爱。

沙发很宽很软很舒服，唐小爱很乐意睡在沙发上，只要秦峻宁不要再找茬，她就是站一夜都没问题。而且，昨天晚上她就在沙发过夜，挺喜欢这个真皮沙发的触感。

“知道吗？我今天的时间都浪费在你身上。”钟御卿本来下午有个商务聚会，都是因为不停发脾气的秦峻宁才取消。如果换做其他人敢和他无理取闹，钟御卿绝对不会手软，会用很多方法让那个人再也说不出话来。可是秦峻宁不同，钟御卿对秦峻宁很好很好。

从学生时期就习惯地忍让包容秦峻宁的少爷脾气，一直到后来，他投资给秦峻宁做事业，两个人感情好得让所有人羡慕。

钟御卿对一个人好，一定有理由。“好”本身就是相互的。在钟御卿最困难的时期，是秦峻宁丢给他一张卡，第一笔启动资金非常重要。他们是真正的兄弟，患难与共。能够共患难，更要共富贵，钟御卿在之后帮助秦峻宁很多。

因为秦峻宁是感性动物，经常嚷嚷着什么艺术美学，没事就乱投资电影，亏了很多钱。钟御卿就一声不吭帮他补上漏洞，希望他能慢慢收敛所谓的感性艺术，能够理智一点。

就这样一直纵容着秦峻宁，钟御卿发现自己到最后，无论发生什么事，都会忍让着他。

就像是如果有限量版的一件衣服，他们同时看到，钟御卿会毫不犹豫地先买下来，然后送去秦峻宁的办公室。

他有时候是腹黑，但是对秦峻宁，从来不会使坏。只有这一次，唐小爱差点出事，让钟御卿有些忧心秦峻宁以后的处世。一个庞大的公司，如果没有精明的老总，会在不知不觉中垮掉。

可惜秦峻宁还是那种浪漫贪玩的细胞，想去当导演的时候，把公司交给二把手，自己扛着摄像机去拍电影……这样怎么能行？眼看着埃斯克罗传媒用金砖铺好了一条道，如果被这贪玩的二世祖给毁了，钟御卿还不如让他当个挂名 CEO，找其他人操纵这个公司。

“你对唐小爱，真的不一样。”秦峻宁突然在黑暗中发出声音来。

钟御卿躺在另一边，仿佛睡着了，呼吸匀长。

“我再问你一次，真的对她有意思？”秦峻宁踢了一脚被子，微微拔高声音，他知道钟御卿肯定没睡着。

“对你来说，很重要吗？”钟御卿终于问道。

“你之前告诉我，可以随便调教，但是现在如果你强行插手她的事，让我怎么调教？”秦峻宁的声音还带着闷气，“今天晚上就想好，如果你希望她能走自己的路，通过努力可以成就一番事业，就不要再横插一手。如果你后悔了，舍不得把她给我，那明天就解约。”

钟御卿又不说话了，房间陷入一片死寂。

“明天早上告诉我你的决定。”秦峻宁挨到枕头，终于感觉到睡意，他今天折腾得太累，又吵架消耗了不少体力，现在要补觉。

唐小爱被什么东西砸醒了。她一个激灵，立刻坐起身，揉着眼睛，看到了一张俊秀却阴沉的脸——秦峻宁。他正拿着靠枕砸唐小爱，将她拍醒。

“大小姐，你醒得真早。”秦峻宁手中的抱枕又拍到唐小爱的脑门上，挑着眉，“像你这种艺人，以后早上的通告都不能接，否则准会迟到，然后被骂耍大牌。”

“对不起，我以后会起得更早……”唐小爱的话没说完，就看见对面的古典壁钟上的时间——两点十分。

揉了揉眼睛，唐小爱以为自己眼花了。没错，是两点十分。她的老板果然是变态，两点十分就把她砸醒，然后嘲讽她醒得太早……

“车已经在下面等着了，快点换衣服！”将她的衣服都丢在沙发上，秦峻宁转身走回卧室，“给你三分钟时间。”

唐小爱愣了三秒，然后立刻手忙脚乱地开始穿衣服。她相信秦峻宁绝对不会多给她一分钟，所以赶紧先穿上里面的衣服，然后再整理外套。

这是钟御卿给她的第二套衣服，牛仔裤加上羊绒大衣，很暖和的感觉。

果然不到三分钟，秦峻宁就出来了，手里拿着一条围巾，往她脸上一扔：“快点换鞋，不要磨磨蹭蹭，效率高一点。”

“可是，我还没有洗漱。”唐小爱揉了揉脸，好想继续躺下睡觉。

“你这张脸，洗和没洗根本就没有区别，何必再浪费水？”秦峻宁果然是毒舌，毫不留情地挖苦她。

唐小爱真不愿意和他这么早出门……不，是这么晚出门。这是在赶什么夜场吗？

总觉得凌晨五点之前的时间都是夜晚，唐小爱被塞进轿车里，还在打着哈欠。

而总统套房里，一个穿着真丝睡衣的英俊男人，正端着一杯香浓的咖啡，站在落地窗边，冷峻地看着楼下的轿车缓缓离开。

两点半的夜，没有人会喝这么热腾腾的咖啡，也没有人……开车去撒哈拉沙漠看星星。

除非，是疯子。一个是失眠的疯子，一个是满身装着所谓的艺术激情的疯子……

唐小爱不是疯子，她是正常人，所以她坐在轿车里继续呼呼大睡。

没有人会对半夜两三点的景色感兴趣，都是路灯和黑乎乎的风景，她只想睡觉。

秦峻宁却不准她睡，因为没有人来配合他激动的心情，也没有人和他说话，更没人能被他骂……

“唐小爱，不准睡觉，看看外面的夜空多美。”秦峻宁其实心里是想补偿一点这个不爱说话的女生，因为听钟御卿说，她因为剧组的失误差点被欺负，还受了伤，心里难免有那么丁点的歉意。

昨天怒气当头，所以只顾着痛快发泄，等睡了几个小时，气也消了，看到她额头上淡淡的伤痕和小心翼翼伺候自己的神情，秦峻宁也不是铁石心肠，所以临时决定带她一起去撒哈拉沙漠看流星雨。他在前两个月就准备今天来撒哈拉沙漠拍摄这场令人震撼的流星雨，恰好唐小爱出事，本来以为会因为她错过这么难得的机会，没想到在前一天，找到了唐小爱。所以干脆也带上她一起看感受一下美丽的星空，让她也沾染点艺术气息，以后别那么呆呆傻傻寡言少语，让人郁闷。

“老板，我在看。”唐小爱迷迷糊糊地说着，努力睁开眼睛看着外面的天空，可眼前的星星都在摇晃，晃得她有点头晕犯困。

“你看到了什么星座？”秦峻宁问道。

“摩羯，巨蟹……天蝎……金牛水牛黄牛……奶牛……”唐小爱的声音越来越小，她什么都看不到，只想和周公下棋。

秦峻宁看着她困意十足地慢慢闭上眼睛，因为车子的左右摇晃，小脑袋不知不觉地靠在了他的肩膀上，有一下没一下地晃动着，他很想把她拍醒，可是抬起手，却不忍用力落下。

她睡着的模样很恬静，仿佛是喧嚣的尘世里，一处纯净安静的净土。让人不忍去吵醒践踏，让它染上尘世的烟土。其实，她早就开始接触社会，比同龄的女孩要成熟坚强，用一些老人的话说，就是穷人的孩子早当家。

偏偏熟睡的模样那么美好，让人想起四个字——岁月静好。难怪万花丛中过的钟御卿，会火眼金睛地挑中她。

对一个平时在商场厮杀的商界精英来说，什么样的女人得不到？但偶尔会累，想回家卸下所有的面具，靠在一个看上去温柔又静美的女孩身上，浅浅休憩。

将奢华的柔软围巾盖住她的身体，秦峻宁的手轻轻放在她的脖子边，托住她不断摇晃的小脑袋，大发恩慈地让她再睡一会。

因为夜里两点多，轿车一路畅行，很快就上了高速，车速更是飞快地往前驶去。

四点二十的时候，终于到达了最佳观测点。唐小爱小小地补了一觉，比起二点十分刚起来时精神多了，只是当看到自己靠着老板肩膀呼呼大睡时，她有些忐忑不安地偷瞄了秦峻宁一眼。

好像老板不是很在意自己肩膀被人靠了，秦峻宁只是在指挥司机和副驾驶坐着的助手搬东西。

天文望远镜、三脚架、摄像机，还有折叠椅……车的后备箱里拖出很多东西，唐小爱在凄冷的沙漠之夜，几乎用围巾裹住了整个脑袋，只露出眼睛，看着助手专业地安装支架。

“沙漠的星空，是不是很美？”秦峻宁将一切都交给助手去准备，他只负责盯着时间，因为四点四十六分时，某个星座会绽放一场最美的烟花。

“好美……”唐小爱有些冷，虽然身上所有的衣服都是特别订制，非常保暖，但是在这样的沙漠夜里，还是有点发抖。也可能不是因为冷而发抖，而是因为——眼前的景象太美丽。

沙漠的星空，受到污染最少的沙漠星空，星子竟然那么璀璨，整个幽蓝的天空如同密密麻麻的水晶纱罩拢下来，远处是一望无垠的沙漠，那种视觉，已经不能用震撼来描述。

反正唐小爱浑身的鸡皮疙瘩都起来了，古人所说的星河灿烂，就是这种美丽的景象吧？

“这里的污染最少，所以空气最清澈，在城市里，不可能看到这么亮的星空。”秦峻宁见她露出震惊和惊艳的表情，很满意自己带了个懂点情趣的人来。

如果把头脑里只有阿拉伯数字的人带来，肯定毫无情趣，只会说，明天的股市开盘可能会在多少点。

那个人就是钟御卿。反正钟御卿在他面前很不浪漫，和他的性格完全相反，就如同一个实际的理科生和一个浪漫的文科生，他们在浪漫上永远无法达成共识。

“是无法看到。”唐小爱低低地说道，因为星星低垂，让她有种不敢高声语、恐惊天上人的怯怯感。

大自然太美了，这种美丽让她想到自己的童年。那个山清水秀的小镇上，在十多年前，也有这么美丽的夜空。她会在晚上搬着小凳子，和弟弟坐在外面的梧桐树下数星星。

不感到愁苦的，真是只有童年了。

“准备倒计时。”秦峻宁难得对她露出了笑容，也许是星空太美好，净化了他白天的戾气。

这一刻，在幽蓝的天空下，唐小爱看到了以前从未见过的秦峻宁——浪漫激情如同真正的艺术家，在星子下灿烂地微笑。

四点四十五分左右，流星雨已经开始滑落。唐小爱没有在天文望远镜前面，她已经觉得很美很美，如果再用高倍望远镜去放大看，她怕自己招架不住那么闪亮的星星。

“别傻站着，还不快点许愿？”秦峻宁一边用望远镜欣赏着流星雨，一边不忘催促身边看傻了的呆鸟。

“许愿？”唐小爱已经很久没有在城市的夜色里抬起头，像小时候那样去数星星，所以，也忘了可以对流星许愿。

虽然流星只是陨石滑落时，和大气层摩擦出来的火花，根本不会保佑自己的愿望实现，但是经过秦峻宁的提醒，唐小爱还是交叉着双手在胸前，看着如同烟花般滑落的星星，想到自己孩提时，也曾和邻居小朋友，对着天边偶尔滑过的流星许愿。

长大了，再不相信童话，可有点美好的寄托和希望总是好的。

“许了什么愿？”秦峻宁突然问道。

他一直坐在折叠椅上，用天文望远镜看着星空。

“说出来就不灵了。”唐小爱不告诉他。

“说出来才可能灵，因为我比流星的本领要大多了。”秦峻宁面对这样的美景，心情好得竟然调侃起来。

“我希望可以快点还完债。”唐小爱沉默了两秒，说道。

“嗯，很好实现。”秦峻宁脸上的笑容没了，他是个喜怒无常的人，上一刻暴跳如雷，下一刻就喜笑颜开，刚才还笑颜如花，这一会脸色阴沉，“只要乖乖听公司的安排，发展好了自然能很快还债。”

因为她说的愿望太扫兴。秦峻宁本来以为小女孩都有着浪漫心思，会许下白马王子之类的愿望，谁知道她这么现实。

一点想象力和浪漫细胞都没有！

“还想有一天，能做自己喜欢的事。”唐小爱又说道。

“人可不能贪心，只要许一个愿就够了。”秦峻宁听到她第二愿望，更不高兴。

“可是那么多颗流星，只许一个愿望多浪费？”唐小爱对着美丽如烟花般的夜空继续许愿，一颗流星可以承托一个梦想的话，她想要很多很多的梦。

无论会不会实现，至少多年后回忆起这一幕，记得自己曾经是个有梦想的人……

感觉她的声音里似乎有某种淡淡的悲伤，秦峻宁不由转头看了她一眼，左侧的摄像机一直在静静记录着这美好的一刻，无声地将一切都拍摄进去。

“浪费？”秦峻宁觉得有点好笑，说道，“只要你许个愿，对着流星说，请赐给我一个超级富翁！ 让别人给我还债多好？”

“咦，我怎么没有想到？”唐小爱很配合地装作惊喜。

“所以说你很笨。”秦峻宁又看向星空，沉浸在美丽的天文现象中。

“如果请流星帮忙，擦去你借钱给我的记忆就好了。”唐小爱可能还没有睡醒，也可能是在这么梦境般的场景里，不由自主地说了梦话。

“不可能，别妄想！”秦峻宁立刻打断她的话，“我是个无良的黑心老板，只记账不认人！”

“是很无良，秦扒皮。”唐小爱最后三个字说得很小声，可在寂静的沙漠边缘，依旧被秦峻宁听到。

“你刚才说什么？”秦峻宁如果不是舍不得这么美的流星雨，会立刻扑过去扁她一顿。

“哦，我是在说芭比……芭比娃娃……”唐小爱不敢真的惹恼他，而且他这哪是扒皮？ 周扒皮也不会两点就学鸡叫，他简直就是秦抽筋！

“唐小爱，你跟着钟御卿两天，胆子长肥了不少，竟然敢顶撞我！信不信我把你丢在沙漠里，让你看够星星？”秦峻宁被一个小女生捉弄，非常不爽。

而且想到她以后可能找钟御卿当靠山，秦峻宁更加不高兴，他不要不听话的艺人！

“我没有！ 快看那颗流星，好亮好亮！”唐小爱急忙转移秦峻宁的注意力，她现在发现，其实秦峻宁没有那么坏，只不过他的性格太难捉摸，而且少爷脾气很大。 只要顺着他的意，还是能勉强相处下来。

“你又骗我？ 信不信我真的把你埋在沙漠里……”

第七章

钟御卿结束了最后一场会议。

他原本打算在这场会议结束之后，带着唐小爱去东非大裂谷游玩一次，在游玩中让她彻底沦陷在自己的温柔中。

可是秦峻宁却杀了过来，半夜两点就爬起床，将唐小爱带走。

结束了最后热情的午宴，钟御卿这次南非之行很成功，顺利地拿下了几份亿万资金的合同，准备开拓这边的市场。

可是当他走回酒店的时候，心里却很空，总觉得少了什么。每天和唐小爱安静相处，有种久违的踏实，是一种带着暧昧的美妙，从没有女人让他有克制欲望又怦然心动的感觉。

钟御卿清楚这不是爱情，只不过是他最近寂寞了。面对一个新鲜的猎物，想玩一种新的游戏而已。所以，当昨天晚上秦峻宁问他最后一个问题时，钟御卿的心里在瞬间就有了答案，只是他不想回答。

他不可能给一个小女生爱情。唐小爱也不会是他最后一个女人。所以，他不会为了一时兴趣，将她捆在自己身边。

站在总统套房的门前，钟御卿本来想让助手过来帮他收拾一下东西，然后直接去机场。但是他突然有点累，可能是因为半夜就起床了，所以想回到这个空空荡荡的房间补足精神再离开。

管家对他说了两句话，钟御卿原本略带疲惫的脸色突然精神了几分，眼里闪过一丝笑意。

他走进房间，第一眼看到的就是东南角的沙发上，缩在毛毯里呼呼大睡的唐小爱。卧室的门大敞着，床上呈“大”字形躺着一个男子。

钟御卿有种自己家养了很多年的宠物，送给邻居后，又跑回来缩在沙发上对他喵喵叫的感觉。

虽然说不上是失而复得的惊喜，但钟御卿看到那张安静的睡颜，没来由地欢喜起来。

本来以为他们不会回来，没想到竟然又摸了回来，霸占了他定下的房间，睡得那么香。

虽然唐小爱一直没有看懂他的暗示，但是从心里应该非常信任他，将他当成了亲人。

不去吵醒唐小爱，钟御卿走到卧室，将门关上，然后坐到床边，伸手拍了拍秦峻宁的肩：“你怎么又回来了？”

“别吵，好困！”秦峻宁皱着眉头翻了个身。

他前几天就因为唐小爱的事情没有睡好，赶飞机过来，然后倒时差，又和钟御卿吵了一整天，还动了手，消耗了大量体力……紧接着只睡了三个多小时，就起床赶去撒哈拉沙漠看星星……

秦峻宁在驱车回来的路上，才发现自己快累死了，于是换成他靠在唐小爱的肩膀上睡觉。总统套房的床很舒服，正适合他这种疲劳了很多天的人休息。

看着秦峻宁困顿的模样，钟御卿摇了摇头，也躺在他身边，低声说道：“峻宁，还记得我们挤在一张小床铺的日子吗？”

秦峻宁只是哼了两声，似乎不悦被打搅，然后扯过被子把头盖住，他是真的睡着了，他可不像钟御卿那么清醒。

“我常常怀念那个时候，因为有梦想在前面，可以为自己梦努力前行。”钟御卿苦笑，知道秦峻宁如果醒着，一定会嘲笑他这些文绉绉的话。

“可是今天，当我不需要为金钱地位和名声奋斗时，我不知道自己下一个梦在哪里，开始觉得疲惫。中午结束那顿完美的午宴，看着大家各自离席，我……”钟御卿突然不说了，因为他也不知道应该怎么表达自己刚才踏入酒店时的心情，拿下了合约，却空荡荡的心情。

算了，还是一起睡吧，他也要补充一下精神，凌晨喝了太多的咖啡，感觉自己的脑细胞太活跃，而身体却很疲惫。

秦峻宁酣睡到手机响起，他明明记得自己的手机已经关了机，为了避免被人扰了好梦，怎么还会响？

钟御卿接起电话，他只睡了半个小时，精神状态完全恢复过来，接起电话，正在处理工作。

“还让不让人睡觉？出去打，不准回卧室！”秦峻宁恼火地对着钟御卿扔过去一个靠枕，他中午就被打搅过一次，好像钟御卿对他说什么快点起床之类的话，现在又被吵醒，异常不爽。

钟御卿倒是很配合地走出去，随手关上卧室的门，走到沙发边的单人椅上坐下，一边说着电话，一边看着唐小爱的脸。

唐小爱睡得可没那么死，她皱了皱眉头，在打电话的声音里，睁开眼睛，迷迷糊糊地对上钟御卿的视线。

当即，如同一盆冷水迎面泼下，唐小爱一骨碌坐起来，被那电力十足的眼神电得十分清醒。

钟御卿对她露出迷死人不偿命的笑容，这个女生最好看的时候，就是刚睡醒，黑白分明的清澈眼睛，还有着迷迷糊糊残留的睡意，脸色粉润，神情娇憨，让人忍不住想抱在怀中。

唐小爱有些不好意思地立刻收拾好毛毯，不敢再睡下去。

钟御卿挂断电话，笑着问道：“上午去哪里玩了？”

他故意问上午而不是凌晨，不想让唐小爱知道自己知道他们离开，然后一直没有睡。

钟御卿很会处理一些细节，他是个细心得让人害怕的人。

“去撒哈拉……看星星。”唐小爱有些不好意思地揉着眼睛，生怕自己有什么失态的地方——因为从早上到现在，她都没有洗脸刷牙，相比衣着得体整洁的英俊男人来说，她也太不修边幅了。

钟御卿太优秀，总会让人有自惭形秽的感觉，似乎这个世界上没有哪个女人能配上他。

“星星？”钟御卿有些自嘲地笑了笑，“你们可真浪漫。”

“不是……是因为有流星雨……”感觉钟御卿好像误会了什么，唐小爱赶紧解释。

“流星雨？ 秦峻宁对女孩子一向都是浪漫至死。”钟御卿又是微微一笑。

“不，我们只是单纯地看流星雨而已……”唐小爱不知道自己为什么要解释，可能她是那种不喜欢被误会的人。 尤其是和阴晴不定的顶头上司，被人误会的话，麻烦的是她。

“谁说只是单纯看流星雨？”卧室的房门被一脸睡意的秦峻宁打开，他不悦地强调，“顺便还看了日出！”

唐小爱的脸色微微一僵，有些尴尬地扯出一抹微笑，低下头看着自己洁净的手指。

“我还拍了珍藏版的 VCR，要不要看？”秦峻宁随便抹了把脸，问道。

钟御卿没有说要，也没有说不要看，而是淡淡说道：“到了喝下午茶的时间。”

“这个点应该吃晚饭了吧？”秦峻宁揉着乱糟糟的头发，眼角的青淤还没有完全褪去。

楼下的酒店包厢里，唐小爱再次感觉到自己的多余。两个男人聊着公司事情，秦峻宁偶尔会争论，完全无视一边的唐小爱，她一个人默默用餐，很快就吃饱了。

“那么，今天晚上一起回去？”

“当然，你以为我这么忙的人飞过来干嘛？”秦峻宁白了钟御卿一眼，没好气地问道。

“看星星。”钟御卿不动声色，淡淡地用三个字堵住秦峻宁所有的抱怨。

“我得快点把走丢的小猫抓回去工作，直到她赚够这次损失为止！”秦峻宁突然阴森森地看了眼呆坐在一边的唐小爱。别以为不吭声就能躲过去，她就能逃过一劫。

唐小爱打了个冷噤，她觉得自己很无辜，可是在秦峻宁面前绝对不能辩解，任何的辩解在他眼里都是狡辩。

钟御卿看了眼唐小爱，她是个很奇特的女生，有些坚硬，却又很柔软，固执又胆怯，看上去仿佛很难靠近，但其实很容易让她服服帖帖，她是奇特的矛盾体，但是很清澈透明，能映照出最原始的东西。不知道她会被打磨成怎样的美玉珍珠？

“小心有人告你虐待员工。”钟御卿的眼神从唐小爱身上收回来，淡淡说道。

“你心疼？”秦峻宁冷不丁问道。

唐小爱虽然知道秦峻宁就喜欢开玩笑，而且性格古怪难以捉摸，但是听到这三个字，还是差点从椅子上滑了下去，这……哪跟哪呀？

“小爱，回去后好好工作，如果有不喜欢的饭局和任何潜规则，你可以找我投诉。”钟御卿笑了起来，对着唐小爱举起杯子说道。

“嗯……”唐小爱不知为何羞红了脸，不好意思地低下头，避开两个男人滚烫的视线，答应了一声。她感觉钟御卿仿佛是靠山一样，沉稳结实，永远不会倒下去。可她凭什么去靠这样优秀的男人？

也许只是饭桌上的玩笑话，或者是钟御卿习惯说这些场面上的话……她怎么有点感动呢？

很多年没有人这样无缘无故地对她好，她受过许多的白眼和不怀好意的目光，遇到钟御卿，仿佛是命运为了弥补她这二十年来的悲惨生活……

“走，别耽误了飞机。”秦峻宁突然站起身，伸手将低头脸红的唐小爱扯起来，将她推到门外去，她怎么突然娇羞起来，居然……该死的迷人！

让他想到了那句诗——最是那一低头的温柔，像一朵水莲花不胜凉风的娇羞。

钟御卿摇了摇头，慢条斯理地结束自己的晚餐，这才起身往外走去。

“咔！”有些暴躁的声音在摄像棚里响了起来，所有的工作人员大气也不敢出。

“我要的是娇羞，娇羞懂吗？纯洁的，不含情欲和挑逗的！”秦峻宁在监制一组宣传照，他这几天，脑中总是浮现唐小爱那一低头的风情。

如同一朵花，不带任何欲望的，晶莹剔透的娇羞。

“秦总，您消消气，消消气。”一边的助手紫元赶紧端上来热茶，小心翼翼地伺候着。

“去把唐小爱喊过来！”秦峻宁恼火地说道。

“是，是，是！”一连三个“是”，在秦总发火的时候，所有的事情都要顺着他的意思，否则公司上下近千名员工都会受到波及。

唐小爱正在睡觉，因为时差还没转过来，加上这两天晚上被几个好友骚扰，逼她原原本本说出在非洲的“艳遇”，更是没有休息好。

唐小爱迷迷糊糊地被提到秦峻宁面前时，还穿着睡衣。

紫元跟了秦峻宁两年了，多多少少能揣测到老总喜怒无常的心思。自从唐小爱失踪，到她被秦峻宁亲自提回来，公司上下其实早就在暗中议论秦总对这个新人是否有特殊感情。唐小爱还认识绿嘉国际的头头，这女生不一般，太不一般了。也许，秦峻宁今天发大火，就是因为唐小爱。

反正紫元现在很开心自己没有被派到原始森林寻找食人族，老板反而大发恩慈把他调回了公司，也许是因为怕他再将新人弄丢……所以干脆收了祸害在身边。

“你怎么穿成这样？”秦峻宁看见唐小爱眼里还有一丝迷糊，勃然大怒，一开口，把紫元的腿都吓软了。

唐小爱也很难为情，里面的摄影棚灯光灿烂，女主角穿着华丽的礼服，而她穿着睡衣。

秦峻宁怒道：“都给我出去！”

刹那间，所有的工作人员都溜得干干净净，只剩下唐小爱拔腿慢了点，被秦峻宁一把拽住。

“谁准你走？”恶狠狠的霸道话语，带着不容违抗的命令，秦峻宁将她拽到摄影棚中间，“坐好，不准动。”

他亲自拍照，虽然唐小爱还穿着睡衣，头发有些凌乱，眼神有些迷糊，脸上还有被惊吓到的小鹿表情……难得看到她这样的神情，平时的唐小爱总是带着一丝距离感，安静得仿佛不存在，此刻却真的像一朵水莲花，在风中轻轻颤抖。

不同的是，这风太冷了点。

“我……衣冠不整……”唐小爱极力想掩饰住衣服下空荡荡的身

体，幸好冬天的睡衣比较厚实，如果换成夏天薄薄的睡衣，那可太丢人了。

“你可以选择脱了衣服。”秦峻宁看到她惊慌的表情，心情没来由地好了起来，将一个镇定沉静的人逼疯，这样感觉很奇妙。

不知道钟御卿是不是喜欢上这种成功的感觉，私底下也这么对待唐小爱，就像对待一颗坚硬无比的椰子，想把她弄出一个缺口来，从里面取出香甜的蜜汁。

“什……什么？”唐小爱愣住了，连话都变得结结巴巴，她虽然心理素质很好，而且平时冷静镇定，可也经不起刚睡醒就被顶头上司这样“摧残”。

“反正你以前是内衣模特。”秦峻宁抓着下巴，终于露出了笑容，恶劣的笑。

“秦总别开玩笑了，有什么工作你吩咐一声，我……”

“我没开玩笑。”打断唐小爱的话，秦峻宁摸着嘴唇，像是再考虑怎么拍照。他的心情确实好了起来，看来工作压力太大的时候，找一个人来舒缓很有必要。

而唐小爱就是他缓解压力的对象。似乎看见她沉静清澈的眼神，就觉得所有的烦躁也在慢慢地沉淀，当捉弄她时，看到她波澜不惊的表情变得生动有趣，更觉得生活很美妙。

“不行……”唐小爱本来就是内敛的人，她当然要拒绝。

“难道是摄像师的问题？你不习惯我拍照，还是你和以前的摄像师不正常？”秦峻宁见她慌张的眼神，越发想坏笑，“要不，让工作人员进来帮你放松一下……”

“不，不要！”唐小爱脸色通红。

“唐小爱，你到底在磨蹭什么？我可是很忙的！”秦峻宁见她脸红了，故意沉下面容说道。

“那也该让我去化妆间先梳理一下……”唐小爱情急之下，只能找一个借口先溜走。

“我要的就是你现在这模样，刚刚睡醒时的慵懒自然和清新真实。”秦峻宁的唇边终于忍不住挑起一抹坏笑，语气依旧正经，“快点，抗拒上司的命令可是很危险的事。”

哎呀，难怪钟御卿喜欢跟她在一起，看她平静的表情有变化，就像是坚硬的干果被榨出汁的模样，真是太有趣了。

最对秦峻宁胃口的是，唐小爱的沉静内敛的性格，在遭遇尴尬的时候，就是拿刀架在她脖子上也不出声。

“我……我……”唐小爱一咬牙，决定坦白这个私人问题，她压低声音，“对不起，我真空！”

“什么？”秦峻宁心情大爽，看见她含羞带怯的模样，有那么一丝成就感——再冷淡的人在他手里，都能被调教出不同的风情。

唐小爱磨牙，怎么感觉高高在上的总裁在取笑自己？她没感觉错，秦峻宁的确在取笑她，而且心态极为恶劣，摆明了把自己的快乐建立在她的痛苦上面。

“无所谓，到时候我考虑给你出一本写真集，重资打造，怎么样？”秦峻宁的脸挡在摄像头后面，声音平淡地问道。

“不怎么样！”唐小爱觉得自己的表情都快扭曲了，穿着睡衣站在摄影棚里的感觉太坏了，尤其是还面对着顶级的老板。

“那你准备怎么偿还这一千万？”秦峻宁慢吞吞地问道。

要知道从她淡然宁静的脸上逼出表情，是一件多么有成就的事情，简直比拍了一部票房过数亿的电影还要令人开心。

“一、一千万……”唐小爱差点咬掉了自己的舌头，说起来自从她去了非洲之后，本来就一团糟的生活，有种更糟糕的趋向。

“嗯，财务可以拿报表给你，在非洲因为你，公司耗损的可不止一千万，我只是给你一个人情数目而已。”秦峻宁抱着胳膊，笑得一脸邪恶，语气依旧很认真。

“我……能申请法律援助吗？”唐小爱终究是唐小爱，在极度的震惊和混乱下，还能说出“法律援助”这四个字。

“你没资格。”秦峻宁当然是霸王条约，“脱吧，我看过各式各样的裸体美女，对你这样的，不会拍到一半潜规则的。”

“老板……”唐小爱真的快疯了，尤其是他慢吞吞说着可恶的话，更让她想一头撞死。

“哦，我好像记得你说过卖艺不卖身的话，对吧？”秦峻宁突然想到什么，那天这个女人一身正气地拒绝自己，说什么“秦先生，请自重”，哈，他第一次被女人这样拒绝。

“让我想想……你好像是说，可以付出自己所有的精力和努力，但是不会付出身体，嗯……是这句话吗？”秦峻宁侧头看着她，问道。

“是。”唐小爱咬了咬唇，她察觉到某人是个极记仇的家伙，千万不能惹。

那天她说的话，居然到现在还记得那么清楚，而且几乎一字不差，如果不是一个记忆力非常好的人，那他一定就是个心胸狭隘的人，非常记仇。

“那现在该怎么办呢？如果一直不服从公司安排的话，我宁愿让法庭来解决这件事。”秦峻宁摸着唇，似乎很苦恼，“你的底子挺不错，如果把你丢进了女子监狱，未免有些屈才，到时候所有的压力都在你那可爱的弟弟肩上，唉……”

“不要！”唐小爱刹那间嘴唇都白了，眼里闪着惊恐，她最怕的就是自己的家人出事，尤其是弟弟。

看见她颤抖的唇和害怕的眼神，强光下，清清楚楚看见她的眼眶红了，清澈的眼睛蒙上了一层雾气，秦峻宁突然觉得自己可能做得过火了。虽然他是个很恶劣的家伙，喜欢做威逼利诱这样的事，可平时他并不喜欢捏着别人的软肋，让对方臣服。

今天不过是拿唐小爱开心，想调节一下心情而已，谁知这女人那么认真，而且不懂求人，一点黏人的手段也没有，明明看着比同龄人早熟，可心思居然这样单纯，随便一吓就要哭……

其实她只要撒撒娇，开两句玩笑话，或者装可怜求饶一下，他就装作大度地让这件事过去。

“难怪找不到你，原来在这里欺负新人。”淡雅的嗓音响了起来，钟御卿不知何时来到摄影棚门口，似乎看了一会好戏，现在缓步往里面走来。

“我在给她成名的机会而已。”秦峻宁正不知道该怎么收场，见钟御卿来了，立刻对唐小爱用公式化的口吻说道，“先回去，等公司通知。”

唐小爱得救了般从台子上往下跑，因为光线都集中在蓝色的布上，周围的灯光非常黯淡，她又很慌张，没有看到脚下铁架搭的小小台阶，一脚踏空，失重地往地上摔去。

“小心点。”那股似曾相识的味道钻进唐小爱的鼻子里，好听而温和的声音也传了进来。

唐小爱原本失去了血色的脸猛然涨红，虽然和钟御卿一起生活过几天，但是她心里始终有道防线，也许是两个人的身份差距太大，所以唐小爱无法将他当成同等地位的朋友。

如果两个人之间不是朋友，也不是敌人，那应该就是陌生人。所以，唐小爱是将他当成一个熟悉的陌生恩人来对待。

可是被他抱住，会心慌会脸红，会觉得……世界上为什么有这么好的男人，和恶魔般的秦峻宁完全相反的男人，像个温暖的天使，那么好，却属于天下的，不属于她。

“每次都要上演这样的戏码，能不能换一下？”秦峻宁的声音有些冷，不悦地说道，“要照顾观众的情绪，总是在关键时候摔倒在金主的怀里这样的桥段，一次就够了！”

唐小爱的脸更烫，触电般的从钟御卿的怀中弹开，细不可闻地对她心中的天使说道：“谢谢。”

“想吸引别人的注意，总是用一招可不行。”秦峻宁依旧不悦，拧着眉头，刚才他应该去扶住那冒失的女人。

可钟御卿的动作总是比他快一步。

“未必，重复做一件事，也可能有意想不到的效果。”钟御卿的手在微凉的空气里收回，似笑非笑地看了眼秦峻宁，“难怪总是抓不住商机，该伸手的时候，犹豫什么？”

“我根本就没想接那个女人。”秦峻宁的心情又变差了，怒气冲冲地说道，“我还要工作，没空和你闲聊，你自便。”

这是秦峻宁第一次对钟御卿下逐客令。

“我是说上一笔交易。”钟御卿表情依旧淡然，不咸不淡地说道。

“钟御卿，你……”秦峻宁这辈子天不怕地不怕，唯一的克星就是钟御卿。每次对方都会用腹黑的手段把他吃得死死的，令人火大！

“你准备把新人雪藏到什么时候？”钟御卿不着痕迹地转移话题，“如果真的准备让她开始接工作，我想先用一下。”

“什么？”秦峻宁的眼里闪过一道水光，这家伙还说对唐小爱没感情，一再接触同一个女孩，可不是雷厉风行的钟御卿的性格。

“唔，网站想挑选出代言人，准备上各大电视台做广告，你那个化妆品的选拔赛不是没用她吗？所以我想……”

“不行！我不准备让她这么快出道。”秦峻宁当即拒绝，他还没打磨好那块玉石。

“唔，”钟御卿说话的时候，很少会被人打断，他也不喜欢被打断，“你一直想要的那辆法拉利限量版跑车，我预定了。”

“什么意思？”秦峻宁斜眼看着身边不动声色的男人。

“一个多亿哦。”钟御卿像是在感叹，“而且未必有钱就能买到。如果开着它去电影节，一定被美女围困吧？”

钟御卿说着，转身往外走去，“原本想送给你当生日礼物，可你竟因为一个新人，对我这么薄情。”

秦峻宁的面部肌肉开始抽筋，为什么……钟御卿总是能点中自己的死穴？好吧，他承认爱美人更爱名车，尤其是那辆跑车，他快想疯了。而且他对唐小爱根本不是爱，只是某种奇怪的关注而已。因为钟御卿“特别”交代的人，所以他才觉得她应该有更多的闪光点，才想多接近一点。

“好啦！”秦峻宁狠狠地踹了一脚旁边的机器，他受不了钟御卿的诱惑，“你要借去多久？”

“嗯，很快，过完年就还给你。”钟御卿唇边浮起一抹淡淡的微笑，真像个天使。

只有秦峻宁知道，他才是不折不扣的魔鬼！

“宣传费另外算。”秦峻宁咬了咬牙，又说道。

“全部由我来出。”钟御卿在门口停住脚步，笑着说道。

“你觉得她值两个亿吗？”秦峻宁忍了又忍，最终没能忍住，咬牙切齿地问道。

“那辆车本来就是送给你的生日礼物，她嘛，我只是花个宣传费而已，不付报酬的。”钟御卿淡淡说道。

“你……你剥削我的员工！”秦峻宁又被摆了一道，他面对这种商业精英型的腹黑男，毫无招架之力啊！

“限量版跑车，换你员工几天，你觉得很吃亏？”钟御卿似乎有些讶异地问道。

“你说那辆车本来就是要送给我的生日礼物，别跟我偷换概念！”秦峻宁差点又被他绕了进去，恨恨说道。

“我们的友情既然值两亿的价格，借你员工用一下而已，你怎么能这么小气？”钟御卿又笑了起来，秦峻宁的脑筋永远没他这种纯粹的商业狐狸转得快。

“可你为什么要挑中她？我这里有更大牌的明星，号召力更强……”

“符合我们绿嘉国际的形象啊，健康向上，有凝聚力，不会太过侵略性的刺眼，又不会让人过目即忘，有文化底蕴的沉淀和沉静的包容力……”

“等等，你在说谁？”秦峻宁打断钟御卿的话，一脸诧然。

“嗯，我想找的品牌形象代言人。”钟御卿眼里闪过一抹笑意，那个小女生不知道要被秦峻宁雪藏多久，不如给她找点工作。

“钟御卿，你又间歇性发神经了吧？”秦峻宁喃喃说道。

“年底了确实要放松，否则工作压力会把人压垮。就像你刚才那样，对着新人找乐子。”钟御卿似乎永远和他不在同一个话题上，又似乎一直在聊同样的话题。

“喂，我说……”

“那么，明天上午我就会派人过来把她接过去，至于宣传和其他方面，都不用你来操心，年后会还你一个身价暴涨的新星。”钟御卿一向掌握着话语权，牢牢地牵引着别人的思想。

温和的强势，不容拒绝的绅士，其实也是种变态的霸道。

“你不准把我的新人毁了……”秦峻宁和老友过招备感吃力，尤其当老友想打他的主意时。

“我不是说了，年后会还给你一个摇钱树，到时候赚到钱要感激我的话，我已经替自己选好了生日礼物。”钟御卿作为商界中的年轻“杀手”，可从不做亏本生意。

“你……那辆车真不是白送的。”秦峻宁咬牙，瞧这只腹黑的狐狸，已经把生日礼物也想好了，到时候自己还得还人情，想占狐狸的便宜比登天还难。

“那是我们的友情而已，我觉得这些年，我们俩之间可不只一辆限量版跑车的价值。”钟御卿挑起唇角，露出迷死人不偿命的笑容。

“你该不会要在生日上痛宰我一次吧？我觉得差不多一栋别墅就够了啊，别给我太过分。”秦峻宁觉得自己又快被他套住了，立刻吼道。

“没想到我在你心中，只是一栋别墅的价位。”钟御卿似乎有点遗憾和伤心。

“不准算计我！”秦峻宁扭曲着一张俊脸，“晚上请我吃饭！”

钟御卿不再戏弄他，微微笑了起来，似乎心情很愉快。

唐小爱现在已经把自己武装到睡觉也衣冠整齐的地步，她实在不想再被突击的时候，遇到脱衣服这样尴尬的事情。

清晨六点，床边的电话铃响了起来，有时候在这里生活，就如同时刻被军训着，电话铃就是教官的口哨。还得防止某个助理突然破门而入，把她从床上直接拖到演播厅或者摄影棚。

电话那边传来主管温柔的声音：“唐小爱，十分钟后赶到一楼西大厅。”

唐小爱立刻从床上弹跳起来，直觉告诉她好像要发生什么大事了，因为主管尖锐的声音变得那么温柔。

随便洗漱一下，唐小爱叼着牙刷，从衣柜里找外套时，看见钟御卿为她买的那件大衣——她从非洲穿回来了，一直放在衣柜里瞻仰，想想在非洲发生的那些事，恍若一梦。

唐小爱伸手捏了捏自己的脸，她好像昨天夜里还梦见自己在非洲那个宾馆里，与钟御卿靠得那么近……

真奇怪，她明明是个不爱幻想又很现实的人，脑瓜子也偏向理性思维，为什么偶尔会做一些暧昧不清的梦？

还有曾经梦中不停出现的沈墨，怎么会无缘无故被挤出去？

是因为他身上有一种莫名熟悉的气味吗？总觉得那种味道曾在某个时刻留在记忆最深处，无法抹掉。

匆匆赶到一楼的西大厅，唐小爱下意识地看了看时间，还好，十分钟之内……

平时不苟言笑的主管，此刻正笑得一脸甜蜜，对着一个西装革履的男人大献殷勤，很难想象主管大人五点多被扰醒，还能笑得如此热火朝天，看来这个酷酷的西装男来头不小。

"张主管。"唐小爱走到张娴身后，低低喊道。

"哦，小爱啊，晚上睡得好吗？"张娴破天荒用一种亲密的口吻和唐小爱说话，甚至还伸手帮她整理散乱的发丝。

好在唐小爱一向很淡定，否则现在一定受宠若惊地避到一边。

"张主管，有什么事找我？"唐小爱再次看了眼那个西装男，她瞄到了西装男领带上的别针，很璀璨夺目，深绿色，是绿嘉国际的标志。

她对绿嘉国际当然很了解，且不说自己曾在那里做过模特，来到这里之后，被爱八卦的Kiki他们每天灌输关于绿嘉国际的事情，她知道在绿嘉，每个人都有着自己的身份标志，从最基层的员工到最顶尖的员工，都会佩戴一枚绿嘉国际的胸针。胸针的颜色从最淡的黄绿色，到最深的墨绿色，标志着他们身份的高低。

这个西装男子领带上的别针是墨绿色，也就是说，他至少是绿嘉国际的高层人物，难怪目空一切的张主管会对他这么……娇媚。

"唐小姐，我是张墨阳，绿嘉国际营销部负责人。"张墨阳掏出一张名片，礼貌地递给唐小爱。

“我是唐小爱……”唐小爱感觉从绿嘉国际里走出来的人，都有一种威迫力，可能是因为绿嘉国际总裁的个性，导致了整个集团的人员，都带着领导者的某些风范。

当唐小爱被带到结束完早会的钟御卿面前时，有点吃惊这种高层会议怎么像早朝一样，半夜三点召集各路负责人起来开会……

在她的想象里，他们不用花费时间在会议上，每天看着公司的进账就够了，然后打打高尔夫球，开开游艇，坐着直升机去小岛度假……

“今天气色好多了。”钟御卿微笑着说道。

唐小爱在顶层豪华的办公室里，周围全是透明的玻璃，抬起头就能看到洁白的云朵，离得那么近，让人心悸。她不由嘲笑自己是个没见过世面的人，站在气场如此强大的顶层办公室里，竟然有种压抑的感觉。尤其是钟御卿坐在老板椅上，冲着她微笑时，让她更是喘不过气来。

“谢谢……”唐小爱一步都不敢走动，巨大的透明的办公室里，地板是一尘不染的白色，明晃晃仿佛雪山的冰块，而黑色的办公桌和黑色的真皮沙发，在白色的衬托下那样凝重，总让她有种错觉，好像不小心踏出一步就会踏空，从这一百多层高的楼上掉下去，跌得粉身碎骨。

“坐。”钟御卿站起身，走到沙发边，伸手示意让她过来。

唐小爱就算面对很多老师学生和陌生人，也没这么紧张过，她在钟御卿面前，总是不由自主地表现出少女的羞涩和拘束。

也许是因为钟御卿高高在上的身份和凌人的气势，再加上今天是在他的办公室里，穿着白色衬衫的男人看上去那么的……令人畏惧，仿佛他是所有人的顶头上司和……神。这样的压抑感让唐小爱更加小心，慢慢走到沙发边，缓缓坐了下去。

“张墨阳已经对你说清楚了吧？”钟御卿揉了揉眉心，凌晨三点的会议，直到上午十点才结束，年底一向都是最忙的时候，希望以后不会有这么长的会议。

“你……真的打算让我……当绿嘉国际新任代言人？”唐小爱突然明白了那股压迫感是从何而来，并非只因为这个巨大的办公室，而是因为钟御卿。他有一种让人粉身碎骨的感觉。

“有问题？”钟御卿端起桌上的热茶，抿了一口问道。

“我怕……”

“别说这个字。”钟御卿打断唐小爱的话，微笑起来，“否则就是在怀疑我的眼光。”

他时常保持着谦和温柔的笑容和语气，却让人胆战心惊如履薄冰，总觉得这个人温柔和善的表面下，有着看不见的锋芒，会不小心被刺穿心脏。

“我还没出道，连新人都算不上，没有任何的号召力和影响力，而上一个代言人是国际巨星 R. Y……”

“你觉得压力很大？”像是会读心术，能看出她心里的想法，钟御卿问道。

“是。”唐小爱害怕自己无法胜任，而且今天上午跟着张先生去拍摄一组宣传照时，她僵硬得要死，根本放不开。

“我以为你是一个抗压性极强的人。”钟御卿抿了口红茶，淡淡说道。

“我第一次面对这样的挑战。”唐小爱是能忍受很多压力，但是这件事，意味着她无论做得好不好，都让她成为舆论的焦点，万一群众反响不好，她还可能降低绿嘉国际的整体形象。所以，已经不是单纯的生活和工作压力，而是一种舆论压力和扛不动的责任。

“难道你不想借助这样难得的机会，摆脱曾经灰暗的生活？”钟御卿又问道，表情依旧是淡淡的温和的，看不出他心底真实的想法。

唐小爱微微一愣，想到她在非洲对他说过自己的童年。现在，坐在这样有压迫感的办公室里，唐小爱根本无法想象自己竟然会和高高在上的总裁，说那些无聊的经历。

“当然要让生活越来越好，但是……太过翻天覆地的变化，我怕自己接受不了。”唐小爱其实想说，如果出名意味着自己出门可能会被骂，走路也要小心被人打，赚钱也赚得不心安理得，她可能会成为阮玲玉第二。

钟御卿笑了起来，他有点迫不及待想看到唐小爱成名后是什么模样。会不会和那些浓妆艳抹每日活在镜头前的女明星一样？还是她依旧沉静如同一汪清泉，不会受到外界的侵扰和污染？

如果她依旧有着纯真的底色，钟御卿会有几丝期待……能在大悲大喜中保持真实自我的人，他可以考虑收了她——让她挂上钟太太的称号。只不过感情上的事……谁知道呢？

钟御卿为自己心底一掠而过的期待和想法笑容更温柔，浑身散发着的性感气息，让坐在另一侧的唐小爱有些僵硬。

钻石般的男人但笑不语，眉眼间荡漾着山光水色般的温柔，时间仿佛静止在这一刻，让人不忍打破刹那的静谧安详。

幸好电话铃响了起来。唐小爱如同快入魔的人，从深渊的边缘挣扎出来，立刻扭过头看着玻璃外的阳光，深呼吸，心脏跳得有些快。

她没有忘记沈墨，当初在画室里，悄悄看向他的侧脸时，也会心跳加速难以呼吸。

钟御卿有一张太能吸引人的面容，而且深知怎么去吸引别人，那种缓慢渗透的手段，在举手投足一颦一笑间，令人防不胜防，一不小心就会陷进去无法自拔。

“嗯，你还没起床？”钟御卿没想到秦峻宁竟然打来电话。

秦峻宁窝在温暖的床上，听到唐小爱早上六点就被带去绿嘉国际，这才想起昨天钟御卿的话。

“我忘了告诉你，她是我公司的人，你不准太剥削我的员工，也不准潜规则……”

“睡醒了再打电话给我。”钟御卿没想到他打电话过来是说这么没营养的话，昨天已经再三叮嘱过，他是一个不喜欢重复说同样话的人。

唐小爱坐在宣传部里，她总觉得自己在钟御卿面前脑子不够用，露出傻乎乎的一面。明明平时也不笨，年年拿奖学金，脑瓜也算机灵，怎么一遇到钟御卿，就觉得自己是个小学生？

“大概的策划内容清楚了吗？”绿嘉国际的项目总负责人张墨阳，担当这次策划的推手，要在短短一个月里，将名不见经传的唐小爱打造成耀眼的新星，老实说，这份任务相当重，可钟御卿发话，他不得不努力完成。

“嗯。”唐小爱点了点头，眼角的余光看到门外正在对宣传部长低语的钟御卿。

“其实很简单，只要你按照这份计划书去做，完全配合我们的策划就 OK 了，基本上不需要太多动脑筋的地方，一切都会有幕后团队帮你打点。”张墨阳感觉到这个女生状态不佳，补充说道。

“配合宣传，让你们去炒作，我只是个花瓶，随便你们摆布就行。”唐小爱继续点头，她其实宁愿去做点需要动脑的高智商事情，比如研究课题，或者写论文做设计。

“简单地说……就是这样。”张墨阳不知该不该称赞她有“悟性”，只能希望这个清秀沉静的年轻女孩，有强大的可塑性，能让他顺利完成这份工作。否则，他的年终奖可能得推迟到明年。

“今天上午唐小姐已经拍了一组照片，但是远远不够，你这段时间会有一个私人助理，专门安排你的行程和工作，绿嘉国际和埃斯克罗传媒不同，在助理没过来之前，你先不要乱走动……”

张墨阳身边的助手开始对唐小爱进行一些“基本知识”普及，虽然埃斯克罗传媒和绿嘉国际两座大厦看上去不过相隔百丈远，但是内部的结构完全不同，唐小爱在这里会不小心迷路。

“墨阳，交代完了？”钟御卿从外面走进来，问道。

“策划书已经给唐小姐过目，相信她心中很清楚自己需要做些什么。”张墨阳对这个年轻的老板很尊敬。

事实上，作为绿嘉国际的CEO，钟御卿不仅是整个集团的核心人物，更是他们的精神领袖。

“小爱，中午一起用餐怎么样？”钟御卿可以不用这样的邀请口吻，但他的外表总是那么绅士，明知道没有女人能拒绝他。

“嗯……好。”唐小爱略略迟疑，最后站了起来，微微一鞠躬，像极了古代的大家闺秀。

钟御卿看到了她那瞬间的迟疑，心里闪过一丝不舒服，这个女人未免古板得太不近情理。不过想想她在非洲和自己同处一室的表现，钟御卿不动声色地按下了那丝不悦。每个人的性格都有着千差万别，如果人和人都一样，那这世界也会变得无趣。

“钟总……你不是很忙吗？代言的事情，我看过策划书，大概了解一些，你不用再花时间在我身上。”唐小爱在绿嘉国际的餐厅里用餐，有种说不出的感觉。

元旦前夕，那场盛大的年会上，她就在这里糊里糊涂地失身了。

“你不喜欢我陪你？”钟御卿用餐的姿势很优雅，仿佛有一种与生俱来的高雅。但他的父母，是世界上最普通最平凡的劳动者。这才更令人惊叹，一个工人农民的孩子，如此年轻就有这样的成就，而且历练得成熟圆润，让人侧目。

“不……不敢……我是觉得你太忙，而我只要配合宣传拍点照片就够了，所以……”唐小爱一开口就恨不得咬掉自己的舌头，为什么不论和他相处过多少天，还是有种青涩的距离感？

“峻宁说过，你曾经是绿嘉国际购物网的模特，应该平时会上网吧？”钟御卿将话题立刻引向别处，他不想从她口中听到让自己不高兴的话。

“偶尔会找一些感兴趣的东西。”唐小爱上网的时候，基本上是查资料。

“对这次网络选拔赛怎么看？”钟御卿微笑着问道。

“没看法。”唐小爱学习的是艺术，不擅长营销，只觉得炒作这种事情很无奈，因为不知道自己最后会被炒红还是炒黑，或者炒糊……

“需要给你安排心理辅导老师吗？”钟御卿的谈话总是让人摸不着头脑，也就是这种东一句西一句的钟式“闲聊”，会把人弄晕，让对方放松警惕。

“为什么？我心理很健康。”唐小爱语气里有一丝诧异。

“如果你不怎么上网，也不爱看电视和报纸杂志，那倒无所谓，接下来的炒作和宣传，都不会影响到你，但如果你喜欢去关注那些东西，我想先安排心理老师比较好。”钟御卿微笑地看着她。

“怕我受不了舆论和八卦吗？”唐小爱终于明白他的意思，苦笑着摇摇头，“没关系，我无所谓。”

她自己什么都无所谓，只要家人平安就好。在绿嘉国际，唐小爱有很多的自由，至少打电话不必被监控和限制。

她必须将自己现在的情况告诉弟弟，至于小镇上的家人，赌鬼爸爸和卧病在床的妈妈不接触网络，也不会这么快知道她的消息，等她过年回家面对面和父母说比较好。

钟御卿抚着唇，看着镁光灯下的唐小爱。化了清透自然的妆容，她的五官非常耐看，犹如一朵简单的花，在阳光下静静舒展着，带着凝定的踏实和清澈的柔软。

有一种女孩，让人看了就觉得可以和她一生一世，不会被她背弃，不会被她伤害……唐小爱就是这种女孩。温婉轻软，很纯净沉静的一种存在。

钟御卿发现自己居然又萌生了想结婚的念头。真是太荒唐了，他根本不打算在这十年里结婚，将自己的私人空间分给另外一个女人。

第八章

“钟总。”张墨阳低低喊道。

“网络上的人气怎么样？”钟御卿这两天在外面忙碌，刚刚回来，本该进会议室，听说唐小爱正在拍下一组宣传照，就神使鬼差走过来看一眼。

“有团队操控，钟总不用担心数据。”张墨阳看了眼被造型师纠正动作的唐小爱，眼里有抹笑容。

“我问的是操控数据外的数据。”钟御卿只要忙完手头这最后一笔订单，就可以提前给自己放年假。

“人气很高，虽然是新面孔，但是吸引了很多男人的注意，也许会成为新一代宅男女神。”张墨阳现在很有信心，因为唐小爱的可塑性的确不错。

最关键的是，她很乖，虽然寡言少语，但性子非常柔顺，在工作上从不会对团队发脾气，完全配合策划和宣传。

“宅男女神……”钟御卿像是在喃喃自语。

对喜欢网上购物的人来说，宅男宅女占了极大一部分比例，而唐小爱恬静干净的形象，和她那若隐若现的好身材，肯定会吸引宅男的主意。 宅男喜欢的对象，大部分都是这样有着清澈甜美的笑容，干净柔软的眼神，重要的还有身材。

夏威夷，海边。离一座美丽的白色别墅不远，种满了棕榈树、充满着异国风情的大海边，唐小爱要准备拍摄一组比基尼照片。

但是她怯场了。因为整日天飞来飞去的钟御卿，居然也跟到了夏威夷，在现场当监工！

她只要看见钟御卿，就有芒刺在背的痛苦感觉，加上又是被要求拍摄海滩戏水的场景，让唐小爱更放不开。

以前拍摄内衣照片，因为和摄影师很熟，加上周围都是女孩子，在密闭的空间里，不会有这么多工作人员在场——化妆师，造型师，摄影师，各种助手助理和打杂的，还有他们的上帝——钟御卿。

“小爱，别怕，你的身材毫无瑕疵，皮肤不用后期制作也能呈现最完美的一面……”绿嘉国际为她指派的小助理，此刻正在唐小爱身边团团转，想让她放松一点。

可是唐小爱放松不下来，她不准男性进入这个临时搭建的小棚里，心脏微微颤抖——自从元旦之后，她再没有穿这么少，在男人的视线里暴露。

“小爱，你没去过游泳池吗？干嘛这么紧张？肌肉放松点。”造型师小灰的女副手过来帮她整理头发，声音温柔得能滴出水来。

因为唐小爱安静听话的性格，大家很快将她当成自己的小妹妹，称呼也变得很亲昵，不再那么疏远地喊她“唐小姐”。

“小爱，你们在艺术学院也应该经常看到裸体人物，害羞什么呀？再说了，这是最保守的泳衣，简直就是连衣裙，有什么不敢被拍的？”化妆师恋恋为她唇上又细细扫上一层透明的唇膏，笑着问道。

唐小爱被现实打击得很听话，但骨子里依旧有些倔强，她不仅害怕男人的目光，而且还一直想，如果这些照片被爸爸妈妈看到该怎么办。小镇很保守，那些从小看着自己长大的叔叔伯伯们，茶余饭后谈论着自己这些照片，多丢人啊！

“去看看怎么还不行。”张墨阳是这场策划的负责人，所以无论唐小爱在哪里，他都要跟着出现。

现在摄影师都准备好了，可海边临时搭建的换衣棚里，迟迟不见唐小爱出来，张墨阳让助手进去看看。

钟御卿从遮阳伞下的躺椅上起身，他看上去更像是在海边度假，悠闲惬意，只穿着泳裤，精壮结实的身材让女人看了会尖叫。

“钟总，你不用亲自过去，很快就会出来。”张墨阳见钟御卿往那边的更衣棚走去，立刻说道。

钟御卿只是丢给他一个淡淡的眼神，示意他不要说话。

唐小爱在临阵退缩。虽然从签了那份霸王合同之后，她就知道自己应该收起所有固执的脾气，完全服从公司的安排，挣钱赎身。

可是想到泳衣照会登录网站的头条，可能还会被搬上电视和报纸上去宣传，小镇上的人一定会认出她，过年怎么回去面对父老乡亲……唐小爱裹着外套，坐在椅子上也发愁。

“能不能略过这一环节？我可以尝试拍点其他风格的照片。”唐小爱对着小助理星晴央求，希望能改变这次策略。

“不行，小爱你别磨蹭了，钟总可在外面等着呢，再不出去，钟总不高兴，我们都会吃不了兜着走。”星晴故意沉下脸，搬出钟御卿威胁。

“但是……”唐小爱突然感觉到静默的空气转了个圈，最后悠悠落在门口。她转过身，看到钟御卿站在门边，黑眸淡淡落在她的脸上。

“钟总。”大家急忙对着钟御卿立正，点头弯腰。

“都出去。”钟御卿没有发话，张墨阳站在他身后，给众人做了个手势。

作为绿嘉国际的“元老”，张墨阳多少能揣测到钟御卿的想法。他其实是钟御卿的学弟，当初在美国读经济学博士，因为钟御卿要回国创业，所以毅然放弃了学业，跟着他一起回来打拼。

因为钟御卿身上散发着一种令人折服的气味，只要嗅到的人，都会选择信任和跟从，这也是绿嘉国际为什么如此成功的原因。整个公司上下，全部围绕着钟御卿，那种核心的灵魂人物独特的光芒，让他们敬畏又仰慕，愿意生死追随。

眨眼间，临时搭建的更衣室兼化妆间里的人退得一干二净，比外面的海潮速度还要快。

钟御卿的黑眸渐渐变得浓郁起来，他走到唐小爱的身边，看着她泳衣外洁白柔嫩的肌肤，呼吸似乎变得炽热。

只穿着分体式泳衣的唐小爱，腰肢轻软得让人恨不得将她压倒。她以前很少会惊慌羞涩，仿佛永远都是在夕阳下静静享受余晖的不知名的花朵，带着某种古典的意境。现在，唐小爱明显羞涩不安，想抓过一件衣服披在身上，但是在钟御卿的注视下，却动不了。

感觉周围的空气都变得滚烫，灼着她的肌肤，有种黏腻的感觉。

“不想拍摄这组照片？”钟御卿先开口，声音里带着一丝喑哑，好像他最近没有休息好。

“嗯……”唐小爱低着头，站也不是坐也不是，洁白的肌肤浮起烟霞般的红晕。

“这点要求都不做到，以后怎么做艺人？”钟御卿的身体开始燥热，并不只是因为她泳装下的身体那样美丽，还因为她的表情，少女的羞涩，仿佛未经人事的娇怯，会轻易挑起男人霸占的想法。

“钟总……”唐小爱也许真的需要一个心理老师来辅导，她现在浑身都在止不住颤抖，因为在出了那夜的意外之后，再也没有穿着这么少的布料，总有种下一刻会被撕开衣服的错觉。

“我说过，不要这样喊我。”钟御卿不喜欢重复自己说过的话，他在非洲时就对她说过称呼的问题，可惜唐小爱总是忽略。

“钟、钟御卿……”唐小爱觉得自己成了烤箱里的虾子，全身都泛着粉色，燥热得想逃开这里。

被她连名带姓地称呼，钟御卿眼里不觉闪过一丝笑意，她其实很可爱，只是别人从未发觉，被她那微冷又淡定的态度骗过去了。

“你知道秦峻宁喜欢做什么吗？”钟御卿眼神从她纤细的脖颈往下滑去。

“不知道。”唐小爱老老实实地回答，她虽然没有抬头去看钟御卿的眼睛，但是感觉到他的目光就像是一双手，从她的脸上往下抚去，有着真切的触摸感，那样令人燥热难安。

“他最喜欢勉强别人做讨厌的事。如果今天他在这里，知道你不愿意拍泳装，一定会很高兴……很高兴地强迫你去拍。”

唐小爱打了个冷战，怎么觉得自己落在一群变态的手中？不过秦峻宁确实有很多恶趣味，性格又暴躁，她领教过。

“但是我不喜欢强迫人，既然你没做好准备，那就先收工回去休息，等你考虑好再说。”钟御卿看着她那细软的腰肢，眸中有越来越浓郁的黑，闪动着小小的情欲。

他的自制力一向很完美，这也让他在商场上无往而不利，无论对手给他安排什么样的酒局和美女，无论女人有多美，酒有多醉人，都不会失控。

钟御卿伸手拿过一件薄薄的外套，果断地扔给唐小爱：“回去。”

在海边的白色别墅里，唐小爱盘膝坐在楼上的窗户边，看着不远处碧蓝的海水和洁净的沙滩，她根本没有想到，自己在短短的时间里，居然出国两次。

家里应该在准备过年了吧？今天是农历二十三，还有一周就到了除夕之夜，而她却远在万里之外的异国他乡。虽然这里永远感觉不到冬天的寒冷，可唐小爱依旧不觉得温暖，总觉得自己是个游子，快过年了还无法回家。

钟御卿好不容易处理完了所有事务，特意飞到夏威夷的小岛上度假，想在年底前享受几天清闲的生活。

而跟随唐小爱一起过来的团队，也算是跟着享受年底的免费旅游福利——工作很轻松，剩余的绝大多数时间都在享受干爽的天气和悠闲浪漫的异国情调。

“想出去走走吗？”钟御卿端着两杯饮料，走到房间门口，看向里面的唐小爱，问道。

“不了，谢谢。”唐小爱喜欢安静和独处，她面对太喧闹的世界，会觉得孤独，因为无法融入到他们的热闹里。

“……对不起，我耽误了整个工作的进度。”唐小爱沉默了几秒，没等钟御卿说话，她先道歉。

如果换成了秦峻宁，肯定要指着她鼻子大骂，然后给她打着算盘算一天的耽搁费用和损失。而钟御卿不温不火的柔和态度，让她更不好意思。

“没有，刚好让工作人员放松放松。”钟御卿走到她身边，也坐在蒲草垫上，将手中的饮料递给她，微笑着说道。

“你可以骂我……没关系……”唐小爱受不了这样好的人，她一向相信因果，人和人之间，不会有无缘无故的爱，也不会有无缘无故的恨。

这样想来，钟御卿不该对她这么好，即便在他口中，现在他们之间是“商业合作”关系。

“夏威夷的阳光很好。”钟御卿只是看了眼外面的阳光，淡淡说道。

“钟……御卿……”唐小爱鼓足勇气，想对他说，别对自己那么好，可是又觉得这句话说出口很可笑。

钟御卿或许对每个人都这么好，她如果说那句话，似乎有些一厢情愿。

“你很保守。”钟御卿见她欲言又止，抿了口三角杯里的饮料，淡淡问道，“真没想到你会有过一段感情。”

“啊？”不太习惯钟御卿天马行空的思维，唐小爱微微一愣。

“那天在你的学校门口，那个男孩就是你的恋人吧？”钟御卿听她说过很多过去，但是在感情上只是稍稍带过，唐小爱没有细说自己的感情史，只说曾暗恋过，也相恋过，那个人很好很好。

“嗯……那天害你受伤，对不起。”唐小爱想到沈墨，心里一痛。

可钟御卿根本不理会她的话，自顾自问出一个让唐小爱差点吐血的问题：“和他上过床么？”

云淡风轻的口吻，加上他说话时优雅的神态，再冒犯突兀的问题都奇异地显得很和谐，一点也不龌龊，也没有别有用心。

唐小爱觉得谈话的内容有点诡异，她困难地摇头。

“唔，你没有性经验？”钟御卿悠悠然又问道。

在非洲，她只淡淡提过初恋，但是任何细节都没有透露，所以他就装作不知。

唐小爱满脸涨红，完全不知道该怎么回答了，她下意识地喝杯子里的饮料，想缓解一下尴尬。

“我可以不回答吗？”冰镇的饮料让她稍微冷静了点，唐小爱甚至还挤出一丝礼貌的笑容，问道。

“我想知道。”钟御卿的语气依旧温和，但不容反抗。

唐小爱连脖子都红了，她不想在不熟悉的人面前谈论这种事。

不，就算是熟悉亲密的朋友，她也不想谈论这样的事。

“我不想说。”唐小爱原本柔和乖巧的态度突然冷硬起来，即便钟御卿无法令人拒绝，她也不想提及这件事。

站起身，唐小爱往门口走去，握着杯子的手指指节泛着青白色。

钟御卿微微眯起双眸，看着她死死克制着走出去的背影，唇边晃荡出一抹妖异的笑容。

夏威夷的夜很凉，海风从窗户里灌入，掀起白幔，飘荡着无眠。唐小爱从午后回到卧室，就没有出去过，连晚饭也不愿意吃，靠在床上发呆。

礼貌的敲门声响了起来，这种不缓不慢的节奏，应该是钟御卿。

唐小爱被拉回了心神，她装作没有听到敲门声，跳下床，赤着脚往浴室走去。

莲蓬头的水打湿了整个身体，唐小爱想到那个夜晚结束之后，她在学校的澡堂里一遍遍冲洗着身体，怎么也冲刷不掉那些暧昧的痕迹。身体就像永远被弄脏了……

那是她第一次在澡堂用单人浴室，因为怕被同学们看到那些痕迹，即便在学校，很多女生身上都会有恋人留下的吻痕。

抱着胳膊，唐小爱靠着马赛克瓷砖慢慢坐到地上，长发海藻一样散乱在肩背上，让她看上去有一种脆弱的妖娆。

被迫踏入娱乐圈，她知道很快全身都会被脏水泼满，在其他人眼中，再没有什么是纯粹的干净的……但那些都是外界的眼光，与她真正的内心无关。只有钟御卿今天下午似是无意的那句话，才能戳中她真正的痛处。

有过性经历，第一次不知道给了谁……

唐小爱随便挽起湿漉漉的长发，赤裸着身体拉开浴室的门，往房间走去。她已经将那股痛苦镇压下去，花费了整整一下午的时间，现在又藏到心里深处，用厚厚的茧子包裹起来，不准它再痛。

站在卫生间的门口，唐小爱刚刚整理好的心情刹那间又乱了。见鬼！这不是她的房间吗？为什么……好整以暇地坐着钟御卿？

而她站在卫生间门口，头发还往下滴着水珠……

唐小爱躲进浴室，手忙脚乱地扯过浴巾裹住自己，脑中还晃荡着钟御卿那双黑夜般的眸。

她揉着自己湿漉漉的长发，还是没能搞清对方是怎么进来的。

钟御卿站在卫生间的门外，抬手敲了敲门：“小爱，怎么不下来吃晚饭？”

该死啊，他的声音还是那么平静温和，仿佛刚才什么都没看到一样！

唐小爱努力让自己镇定点，对着外面说道：“我……不饿，你……你怎么进来的？”

还是忍不住问了句白痴的话，唐小爱的理性头脑在钟御卿面前不堪一击。

“我以为你生病了，所以拿着钥匙进来看一看。”钟御卿指尖晃着一串钥匙，她以为自己是怎么进来的？从窗户爬进来的吗？

“我……我没事，一会我自己下去弄点东西吃，你先出去吧。”唐小爱也觉得自己的问题很白痴，她有些窘迫地说道。

“没事的话能出来吗？”钟御卿觉得她真是个十分好的消遣对象，温温的软软的静静的，不会和其他女人那样，一看到自己立刻扑上来，她很简单，不会对自己有任何不切实际的幻想，这反而令钟御卿有兴趣，接触起来也不必有任何的顾虑。

“我……没有衣服。”唐小爱想到刚才钟御卿投到她身上的那道炽热的目光，觉得鸡皮疙瘩都快掉到地上去了。

“里面没有浴袍？”钟御卿对这里很熟悉，他每年都会来度假，别墅的每个房间有独立的私人空间，浴室里放置着消过毒的柔软浴巾和浴袍。

楼下的大厅可以开派对，还有漂亮的酒柜和游泳池，对一个追求舒适度的人来说，这间别墅非常符合钟御卿的要求。

唐小爱有点忙乱，她其实很想说，不想这样看到钟御卿。

“夜里有些凉，穿上别冻着。”外面的男人似乎非常有耐心，依旧等待着她。

套着白色的浴袍走出来，唐小爱神情依旧不自然，总觉得自己在钟御卿面前一览无遗。

“要不要尝一点？”坐在别墅外的观景台上，钟御卿摇晃着高脚杯，问道。

唐小爱赶紧摇头，感觉阴影又被勾出来了，那天就是喝了一杯酒，才酿成大错。

“以后总要学会喝酒，否则秦峻宁带你出去，在饭局上怎么撑场面？”钟御卿见她如畏毒蛇的模样，笑了起来。

“我不喝。”唐小爱想到秦峻宁，仿佛看到了自己悲惨的未来。

但是她不会碰酒，哪怕被秦峻宁骂死也不喝。

“小爱，你很特别。”钟御卿今天心情似乎不错，也许是手头的事暂时忙完，难得放松多喝了一点酒，所以像是在说心里话，“让人很安心。”

唐小爱有些愕然，她其实还沉浸在那股尴尬和慌乱中，一直都在游离话题外。

“我挺喜欢你。”钟御卿好像有些醉了，侧过头，看着唐小爱的眼睛微笑。

唐小爱完全不知道自己该说些什么，她感觉风很凉，空气却在缓慢凝固，钟御卿那双黑色的双眸像是要将自己的灵魂吸附住，眼里隐约的笑意仿佛在蚕食她的一切……

钟御卿不再说话，而是探过头去，唇轻轻贴上她的脸颊。

强烈的男人气息，带着一丝迷醉的酒味，让唐小爱刹那石化。她觉得自己出现了幻觉，或者……是钟御卿喝醉了……

一向举止绅士温文尔雅的钟御卿，现在是怎么了？

唇只贴在她柔嫩的面颊上，钟御卿就有些克制不住自己。她在自己面前看上去有些笨拙迟钝，总是无法理解他若有若无的暗示，像个不解风情的木头。木讷又没有野心，在他眼里可爱极了。

"小爱，你呢？"滚烫的薄唇在她的面颊上轻轻移动着，来到她的唇角，钟御卿的声音带着撩人的低哑。

他不仅是一个商场高手，还是个情场高手，只要小小的动作，就能勾起女人身体里潜伏的欲望。但对唐小爱这种不解风情的女人，他有点挫败。

唐小爱还是动不了，她脑子里一团乱麻，如遭电击般僵硬着身体。

如羽毛从肌肤划过，像花瓣落在唇上……钟御卿察觉到她呼吸都断了，一双黑白分明的清澈眼睛也忘了眨动，仿佛被了点穴，蒙上淡淡的雾气。

他忍不住想笑，吻过很多女人的唇，只有她生涩紧张如同情窦未开的少女。

"呼——吸。"在她唇间柔柔地说道，钟御卿轻轻含住她的下唇，细细啃噬着。

唐小爱终于感觉到自己的肺部没有了空气，难怪她的头这么晕，原来因为缺氧……她猛然推开钟御卿，手背挡着唇大口呼吸着，脸色憋得通红，下一刻就拉开椅子，飞快地往房间跑去。

天啊，那个吻没有沈墨的热情和强势，却让她浑身发软，像是生命被他吸去了一样。那是纯粹异性的性感，像是磁极的两端……

钟御卿摸摸自己的唇，眼神渐渐清明起来，他刚才被那个笨笨的女人蛊惑了……不过能在这种时候推开他，唐小爱是第一个。

端起手边的高脚杯，钟御卿浅浅抿了口红酒，将她的味道缓缓吞入腹中。

唐小爱顶着黑眼圈让化妆师恋恋摆布着。倒时差加上昨天夜里失眠，让她看上去很疲惫。

不过有恋恋在，她很快就变得神采奕奕。

钟御卿改变主意了，不用拍比基尼的照片，拍摄一组夏威夷风情的宣传照。所以唐小爱如蒙大赦，如果不是昨天晚上他的吻，唐小爱甚至不介意给他一个拥抱表示感谢。

草帽，飘逸的长裙，沙滩，花朵，蔚蓝的天空和海，白色的浪花……唐小爱被妆点得十分美丽，乖乖地配合摄影师做着造型，希望能尽快结束夏威夷之行，赶快回家过年。

整整拍摄了一天，换了许多造型，唐小爱快累死了，但她宁愿一直累着，也不想回别墅里和钟御卿面对面吃饭聊天。

原本以为他是个天使，但昨晚的举动让唐小爱受到了惊吓，无法理解钟御卿为什么对自己说那些话，更不能理解那个充满诱惑的吻。

钟御卿这样的男人，身边有各式各样的女人，从美丽大方的名媛到艳光四射的明星，每个女人都比她厉害，为什么还要对自己说“喜欢”这样的话？

唐小爱想了整整一夜，最后联想到他下午问自己有没有“性经验”，突然有些了悟：听说男人都有这种情结，而万花丛中过的钟御卿，更是想尝尝新鲜吧？

虽然不想将完美君子想得这么龌龊，但唐小爱实在找不到其他理由解释昨天晚上的事。所以，她决定如果钟御卿再问这种话，会立刻告诉他自己有过这方面的经验!

可惜钟御卿不再问，而是一本正经谈起了公事。

“小爱，你关于代言的事，峻宁和你说了多少?”钟御卿总是很亲昵地称呼她，自然而然，带着不易察觉的微妙暧昧。

“什么都没说。”唐小爱本想吃完饭借口太累，早点溜回自己房间去，可钟御卿一张嘴，她就走不了。这个男人非常会选择话题，知道该在什么时候说怎样的话。

“他已经和我签了合同，绿嘉国际决定让你连续代言五年时间，五年后是解约还是续约，看双方的意向决定。”钟御卿微笑着说道。

唐小爱呆了，五年? 拜托，她和秦峻宁之间的合同关系也没有五年! 秦峻宁真是太过分了，不声不响将她卖了五年，还对她只字不提。

“我……先给老板打个电话。”唐小爱还奇怪为什么秦峻宁不给她电话，也不和她联系，太一反常态了，原来那黑心老板做了这种黑心事!

秦峻宁也在美国，只不过在参加春季走秀，他看到手机上显示的名字，唇角微微抽搐起来，这女人居然还记得自己，看来前段时间调教有成效。

“老板，我和绿嘉国际的合同是怎么回事?”唐小爱走到角落，压低声音问道。

“什么?”秦峻宁听不清楚那边的声音。

“五年合同! 您是怎么帮我签下的?”唐小爱真想把手机扔到大老板的脑门上，秦峻宁是她见过的最不靠谱的老板!

“唔，你不高兴吗? 可以还债了。”秦峻宁终于听清楚内容了，原来这女人打电话过来是兴师问罪，他心里立刻不爽起来。

要不是钟御卿和他约定好，这段时间唐小爱在绿嘉国际，不准他过问任何事，也不准他打电话骚扰，秦峻宁早就想把唐小爱扯回来大骂一顿。跟着绿嘉国际屁股后面，就忘了埃斯克罗，这些天连个电话也不知道打一下，真是可恶。

到底谁才是她的老板？这个女人完全不会讨好上司，今天打电话过来居然还敢兴师问罪！

“但是我们的合同都没到五年，和绿嘉国际的合同怎么会那么长？”唐小爱只想着快点做完这两年，赶紧转行做自己喜欢的事，不要再被黑心老板欺负。

“钟御卿要求的，你去问他！”秦峻宁听见她竟然质问自己，立刻挂断电话，这女人一定是以为有钟御卿当靠山，所以对他一点好态度都没有！等她从绿嘉国际回来，看他怎么折磨她！

“喂？老板？秦总？”唐小爱听到那边断线的声音，皱皱眉头，她打过很多工，遇到过各种刁钻小气的老板，但秦峻宁绝对是最极品的一个！

“五年的代言，是其他人做梦都找不到的机会，你不喜欢？”钟御卿将一杯水推到唐小爱的面前，看到她灰白的脸色，挑眉问道。

“不是不喜欢……是不符合我和秦峻宁之间的条约。”唐小爱毫无防备地端起水杯，灌了一大口，谁都喜欢钱，名利也是世人追逐的对象，但她拿不到一分钱啊！

秦峻宁那个黑心老板，完全在压榨她。不管她以后身价会有多高，代言费会有多少，按照合同，她根本赚不到多少钱，而且还被奴役驱使，未来会被迫参加各种商演活动。

按照条约要求，她即便会有很多的名气，以后也不能在娱乐圈工作，否则依旧是埃斯克罗传媒的人，还要被压榨……反正秦峻宁就是个奸商，将她未来全都算计了！

“你和他之间有什么不平等条约？”说起奸商，秦峻宁哪里比得上钟御卿。

“没有自由，合约期间我就是奴隶，合约解除后，我不能接触娱乐这一行，否则依旧是他的奴隶……”唐小爱突然有点困，可能因为一直没休息好，失眠加上今天忙碌，身体累了，她撑着额头忍着困意说道，“所以对我来说，即便以后可能成为大明星，那些名利光环也不能在未来帮助我多少，反而会成为绊脚石。”

她在这方面不笨，想得非常透彻，所以对自己的未来更觉得黯淡无光。

“不过还是有脱身的方法。”钟御卿像是听懂了，沉吟片刻说道。

“我想过了，想摆脱这样的条约，有三种办法，第一是等他公司倒闭，第二是以后比他厉害，”唐小爱的头昏昏沉沉，她又喝了口水，“还有最后一种，就像电视里放的那样，让顶头上司喜欢自己……我好困……”

“我扶你上楼休息。”钟御卿笑了起来，她怎么没有想到另外一种办法——嫁入豪门，或者找个让秦峻宁无可奈何的老公？

不过她说的第三种方法，着实让人不悦。

“不用，我自己回去……”唐小爱后悔昨晚一整夜没睡，她现在睡意上来，眼睛睁都睁不开。

钟御卿看着她摸到沙发边，一头倒下就睡了起来，忍不住摇摇头，她还是那么轻易相信别人。

钟御卿看着那张卸了妆的脸，平秀的眉头，长长的睫毛，如同那陌上初薰，细腻的肌肤，还有娇艳柔软的唇，她的五官都很耐看，恰到好处地组合到一起，更带着某种隽永的古典的沉静气质。

沈墨会被这样的女孩吸引，并不奇怪，因为她能让心浮气躁的人在刹那间沉淀下来。这是她独特的魅力，要努力靠近才能发现。

钟御卿从非洲回来之后，就知道有什么在改变。和她日夜相处的那几天，让他发现如果两天没有见到她，就会失眠……不过钟御卿不肯承认这是爱情。因为他的世界里，没有什么爱情。

他这种看遍美女的成熟男人，当然也见惯了世间的各种感情。

就像唐小爱说的那样，只有年轻时的初恋，才是真正的爱情。而后只是情欲，最多只是在床上刻骨铭心，下了床，各自生活，谁也不要插手对方的生活，有完整的私人空间，这才是成熟后的感情。

钟御卿只是渴望找个人相伴，对他没有任何威胁力的，听话的，温柔的，能让他的心很安静的女伴。非洲的那几天，他发现唐小爱就是自己寻找的那种女孩。温温的，乖乖的，将自己的锋利爪牙都收起来的安静女生。没有野心，没有幻想，有些无趣，却让他放心。

极力配合着摄影师拍摄最后几组造型，唐小爱一心想着下午的飞机，只要回去了，就不用再这么每天面对钟御卿。

“收工！”终于张墨阳抬手示意可以休息了，唐小爱立刻冲到楼下的洗手间，把脸上的妆容卸掉。每次化完妆，都感觉自己戴着一副面具，捂得透不过气来。

大家都准备好行李要回国，只有拿着手机开电话会议的钟御卿不急不忙，坐在沙发上对着电脑遥控指挥着。

唐小爱洗干净脸，拿出手机拨通弟弟的电话。她到了绿嘉国际才行动自由了点，至少能和朋友亲人通电话，如果回去，可能又会过着关禁闭般的生活，所以这期间能和重要的人联系，就尽量和他们联系。

“姐，你在网络上的人气很高，我真不敢相信……”唐文正已经放寒假了，自从知道姐姐签约影视界之后，他就尽可能搜寻关于姐姐的新闻。

“唐小爱”这个名字在半个月前并没有人知道，可是最近绿嘉国际轰轰烈烈举行的寻求新一届代言人网络活动，将一个陌生的女孩推到了大众的视线里。那就是他的姐姐。

“不要相信那些表面的东西。”唐小爱偶尔听到张墨阳聊这次策划，所以知道大部分数据都是他们控制的，“妈妈从医院回来了吗？”

所有的选秀都会有内幕和推手，这次绿嘉国际下重金打造的未来之星，早就内定好了人选，其他人不过是配角，无论用什么方法，都不可能取代内定的人选，只能为这次选拔活动增加些亮点和拉拢人气而已。

“回来了，去做了两天的检查，身体暂时很稳定，姐姐不用担心。”唐文正顿了顿，迟疑地说道，“不过……有人找我了。”

“谁？”唐小爱没来由地紧张起来。

“是你的同学。”唐文正本来不想说这件事，但是沈墨是个难以对付的家伙。

“沈墨？”唐小爱的脸色苍白起来，这个深埋在心底的名字再次漂浮上来，带着钝钝的痛。

本以为按照沈墨那种性格，绝不可能再找她，他一定恨死自己了……

“嗯，不知道从哪里弄到了我的电话号码，要你和他联系。”唐文正低低说道，“可能……他也看到了这次绿嘉国际的寻找代言人活动。”

“和你还说了什么？”唐小爱不希望弟弟有任何麻烦。

“只是让你和他联系，给他打电话，否则……他说他会抓到你。”在唐文正的心中，姐姐一直都是最美丽的，有人追求很正常。

现在唐小爱是绿嘉国际的热门人物，虽然没有正式在媒体面前亮相，可已经席卷各大论坛和头条新闻。在摄影师的光影魔术下，她的每寸肌肤都充满着不可思议的质感，宁静甜美，如同风中摇曳的花朵，带着悠远的香味，让许多宅男都为之沉醉，人气自然暴涨。

“我知道了……年货已经准备好了吗？”唐小爱深吸了口气，避开沈墨的话题，问道。

“都准备好了，家里只等你回来。”唐文正对姐姐现在的情况既担忧又喜悦，他从心里深处希望姐姐成为全世界瞩目的大明星，让所有人都仰视。

可同时又担心姐姐的心理压力大，工作不开心。加上外面的那些八卦话题，正常人看到都会不堪其扰。

“忙完这几天我就会回去，你在家好好陪妈妈……”唐小爱又询问了妈妈的情况和一些生活细节，这才挂断电话。

没有立刻给沈墨打电话，唐小爱先拨通好友张炜的号码。

“喂……啊？是小爱？！”张炜很郁闷唐小爱的电话号码总是换，而且时不时玩失踪。

“小爱！绿嘉国际购物网上的人气王是你吗？”张炜是个网购狂，当她前几天看到购物网首页上那张小清新照片时，就快疯了，拼命想找唐小爱来确认。

这几天的电话也快被打爆了，因为寒假到了，同学们都回家准备过年，很多人上网时看到唐小爱的照片时，几乎不约而同的给张炜打电话问情况。

平时唐小爱在学校里不爱说话，不爱喧嚣，很少参加文艺活动，除了泡图书馆就是在打工，和其他同学几乎没多少交集，在众人的眼中也只是个学习狂和“打工达人”，没想到就这样一个不喜欢任何娱乐活动的读书狂，竟然一个华丽的转身，即将成为绿嘉国际的代言人。

大家当然不知道唐小爱是怎么被星探发现，尤其是学校里的一众男生，全部跌破眼镜，死命搜索着记忆，这么个气质美女为什么和自己曾在同一个教室上课，而他们却没有注意到？

大家对唐小爱印象最深的不是每年拿奖学金，而是她在元旦后和风云人物沈墨的短暂恋情。一干男生不甘心地点着关于唐小爱的新闻，真是人靠衣装佛靠金装！

唐小爱以前总是裹着旧式保守的衣服，在会打扮穿衣的艺术系女生中，那样的灰败的颜色，将她本身的风采挡得严严实实。加上她每次都是抱着书急急行走，不是在图书馆就在打工的路上，谁会在花枝招展的艺术系女生中关注到她？

而现在，在造型师的手中，清秀沉默的读书狂，完全彰显出隐藏起来的独特气质，喜爱读书和热爱艺术，让她身上有一种特殊的古典艺术气质，温婉可人，简约雅致，仿佛整个人都带着静婉的沉淀内涵，和艺术学院里的校花们相比，不知道甩她们几条街。

众人一边惊叹于唐小爱的美丽蜕变，一边捶胸顿足埋怨自己当初没下手……当然，更多的人是在八卦沈墨的眼光——真是好眼光！

想当初沈墨对唐小爱告白时，多少女生在背后骂唐小爱是癞蛤蟆，议论沈墨这次看走眼了。

可现在，面对唐小爱一张张“流出”的照片，所有人都恨不得戳瞎自己的眼睛，只能惊呼沈墨有上帝之眼，竟然看出唐小爱有明星的潜质……

“不用管其他人怎么说，我想知道沈墨现在的情况。”

张炜在那边竹筒倒豆子般噼里啪啦地说着她走红后的事，唐小爱一点也不关心那些同学在想什么，反正她已经休学，别人的想法和自己无关。

而且她根本不去看任何关于自己的新闻，每天的时间都被安排得满满的，难得的休假让她只想坐在窗边看看书，延续以前上学时的好习惯。

“沈墨？我刚才不是说了嘛，现在所有人都在惊叹沈墨有双星探的眼，以前骂你的那些人酸溜着呢，还故意给我打电话，想问你是不是傍上了老富翁……”张炜十分兴奋，她就知道唐小爱是最勇猛无敌的，虽然平时不爱说话，可一旦爆发，会让所有人刮目相看！

“炜炜，我问的是沈墨的情况。”感觉自己在鸡同鸭讲，唐小爱叹了口气。

“自从你休学了，沈墨也很少出现，反正他在学校有人，旷课旷考都没人敢说……现在只怕也对着你的照片发呆咧！”张炜继续兴奋，好友要成大明星了，她太开心，“真没想到你是用这种方式横空出世，我和陈晨打了赌，赌你一定能成为绿嘉国际的代言人，拿下天价代言费……小爱，我就知道你是天才，知道你以后无论到哪个行业，都是顶尖人物！从你每年拿奖学金和设计大奖时，我就坚信……”

唐小爱揉了揉耳朵，叹了口气，想要打断处于激奋状态中的张炜。不过，她从小到大唯一值得骄傲的，就是学习成绩了。每次无论面临什么考试和比赛，她都没有失手过。

所以唐小爱有时候觉得自己也许应该从事科研技术方面的工作，她的理性思维还不错，从某些方面来说，一个考试型天才，虽然生活上可能有点呆有点木，但做精密的事情不会出错。

可惜命运的安排总是让人哭笑不得，她没能用上自己计算机般的大脑，而是靠脸蛋和身材当上了明星……

被迫听了张炜半个小时的吐槽，唐小爱知道学校的论坛都在议论着曾经的“校友”，沈墨得知自己的消息，也是因为现在她“红”了。

攥着手机，思虑再三，唐小爱没有立刻给沈墨打过电话去。

只有在感情方面，她觉得自己很被动，明明是艺术学院的学生，可她更像个理科生，智商高情商低的理科生。可以轻松应付各种考试和比赛，却不会应付感情。

第九章

钟御卿结束了电话会议，看着唐小爱满腹心事往楼上走去，微微有点不满。她总是忽视自己。

而他的身份容貌和一切，对她来说，比一张考卷都不如，至少一张考试卷也能让她花费时间认真对待，可唐小爱对钟御卿，根本不会多花心思在他身上。

“小爱。”钟御卿决定时刻提醒着她，让她知道自己的存在。

唐小爱想着沈墨的事，听到有人喊她，立刻停下脚步，转过身看到一张英俊的脸庞，离自己只有几公分的距离。

“下午去海边冲浪怎么样？”钟御卿好不容易把公司的其他人全部支走，想和她独处两天，如果这女人一直魂不守舍，那就不好玩了。

“啊？”唐小爱还是只发出一个单音，但脚下却迅速往后上了两个台阶，拉开两个人的距离，脸也突然红了。

“冲浪。”钟御卿露出天使般的微笑，吐字清晰。

“下午不是要回国吗？”唐小爱相信自己现在的表情一定很白痴，在张炜口中学习型的天才，面对钟御卿那么青涩无措。

“他们回去，我们不回。”钟御卿难得有个小假期，他要尽情享受。

“啊？”唐小爱再次发出一个让人抓狂的单音，这才发现屋子里静悄悄空荡荡的，其他的工作人员都不见了。

“陪我玩几天，不好吗？”钟御卿微笑着问道。

他确实很喜欢这个女孩，尤其是相处下来，越觉得安心。她和其他女人不同，不仅对他的身价和容貌没有兴趣，对自己的走红也根本不在意，甚至从不去关注自己的新闻，有时间只是坐在阳光下冥想或者看古典文学。这样超级淡然的心态，在年纪轻轻的小女生身上，根本找不到第二个。

也许正是因为这样的好心态，唐小爱无论面对怎样紧张严格的考试，都游刃有余吧？

又或者是她的大脑构造和其他人不同，她简直就是古代那种贤惠的女子，在贫困的家庭里过早学会承担责任，隐忍，自知，沉静如海。

“我……我们不回去？”唐小爱眼里闪过一丝惊慌和不安，自从钟御卿那天喝多了说“喜欢”她的话，她就觉得两个人之间的关系变得微妙。

原本她对绿嘉国际的总裁，根本不敢有任何想法，在心里就像供着神一样供着钟御卿，可他最近的举动，让唐小爱有些慌乱，供在案桌上的神突然动了，还对她说一些暧昧的话……这多少打碎了唐小爱心中的完美形象。

和钟御卿面对面用餐，唐小爱有些喘不过气来，她自认是一个波澜不惊慢热的人，可面对钟御卿，总有一种畏惧的感觉。

“喜欢水上运动吗？”钟御卿动作优雅地划着牛排，低声问道。

“我……怕水。”唐小爱不会迎合他的口味，“每次面对学校的游泳考试都很头疼。”

“唔，但总会得第一。”钟御卿让人有种如沐春风的感觉，他像是不会发怒的人，脾气好得如天使。

但是见过钟御卿发火的人，这辈子也不会忘记那种战栗感觉。如同看见了地狱里的魔鬼，要吞噬一切光明。

“是……人生需要努力，我努力把每一件事做到最好，这样才不会后悔。”唐小爱从小就习惯全力以赴，在学习上更是不遗余力。

“把每件事都能做到极致的人，是最美的。”钟御卿捕捉到她细微的变化，并不点破，继续说道。

“但是在同学的眼里，我只是个学习狂。”唐小爱苦笑，在学校里，她是老师的宠儿，被标杆成榜样，却没多少真正的朋友。

没有人会喜欢成绩太优异却不苟言笑的死板同学，她以前甚至会被大家孤立，他们把她当成了怪胎，只有很少人愿意接触她，和她成为一生的朋友。她和朋友之间没有太浓墨重彩的色泽，清清淡淡像一杯水，透明清澈，很难变质。

“我以为你不会在意其他人的看法。”钟御卿抿了口红酒，说道。

“没有在意，只是觉得命运很会捉弄人。”唐小爱在以前要忙着学习，忙着赚钱养家，连亲人都照顾不了，哪有时间去考虑别人的想法?

“不过愿意靠近你的人，应该很喜欢你。”钟御卿对唐小爱的一切都了如指掌，她的好朋友也就那两三个，每一个都是真正的朋友，虽然平时也不太联系，可像古代的莫逆之交，可以托付。

“愿意靠近我的人很少。”唐小爱自嘲地说道，“可能在他们眼中，我是个只知道学习的怪物，没有任何的情调，也不有趣，不喜欢热闹，不爱聊他们喜欢的话题，所以与我相处很……没劲。”

“你一定读过这句话，醲肥辛甘非真味，真味只是淡。”钟御卿不急不忙地说道，“还有那句，蜜饯不甜，海味不咸，才是懿德。”

“你也读这种书？”唐小爱有些惊讶，她听说过钟御卿的经历，他在国外留学，读的是国际经济学，没想到对中国古代的文学还有研究。

“毛主席教导的，嚼得菜根者，百事可做。”钟御卿笑了，难道从商的人就不用看书了吗？

“我……只是惊讶你能记得那么清楚。”唐小爱立刻解释，她是书呆子，不喜欢说太多的话，但如果谈论起文学来，会立刻滔滔不绝。

“你以为我读的都是经济学管理学，最多看看哲学和心理学，对不对？”钟御卿见她有点尴尬，贴心地给她缓解。

唐小爱心中的钟御卿，就是一个空闲时会读德语或俄文版厚厚的《资本论》，看《厚黑学》，《企业家的方与圆》那种书……

她从没有想过去了解钟御卿。如果用考试作比喻，对考试天才的唐小爱来说，钟御卿就像是不属于自己专业领域的试卷，她即便认真做完每一道题，也徒劳无功，只会浪费自己的时间和精力。

不过钟御卿是一张很有魅力的试卷，如果不小心瞥到其中内容，一定会被吸引。

第二天，唐小爱是被手机铃声吵醒的，她闭着眼睛摸到噪音的来源，看也没看电话号码，直接接听。

“喂？”在沈墨的耳中，这声还带着浓浓睡意的声音，和唐小爱平日静淡如菊的形象大不相同，仿佛带着一丝情欲后的慵懒和性感。

是的，沈墨已经无数次想象着她被各种有权势的男人潜规则，取悦着所谓的高层老板，来换取自己出人头地的机会。所以，她才有这次机会，去争夺绿嘉国际购物网的形象代言。

“嗯？哪位？”唐小爱没有听到那边声音，勉强睁开眼睛，看到电话号码之后，猛然清醒过来。

她的记忆力非常好，十一位数的电话号码看一眼就能背下来，而这个号码，是她刻进心里的……沈墨。

“唐小爱，你在谁的床上？”沈墨终于开口，嗓音暗哑，仿佛冒着烟。

唐小爱攥着手机，半晌没说出话来。

沈墨怎么知道她的电话？ 是张炜还是弟弟给他的？

“为什么不说话？ 不方便？ 身边还睡着谁？”沈墨怒极反笑，他曾发誓不要再想这个女人，彻底斩断那段感情，但是……唐小爱身上有一种让人欲罢不能的美。

那是其他人所不能发现的诱惑，除非他们愿意一点点接近这个看似冷漠的学习狂。

沈墨尝过，所以永远忘不掉。 他每次都会梦到自己在吻她，她的唇那么软，她的腰也那么软，身体轻软如同洁白的云层，让人陷进去就拔不出来……

唐小爱如果没有听到这么尖锐嘲讽的话，或许还以为自己在醒来时做了个好梦。 她现在不经常梦到沈墨，因为开始工作，压力渐渐大了起来，所以每夜都会噩梦连连，休息不好。

如果有沈墨的梦，会甜蜜到心痛。

“沈墨……”唐小爱困难地开口，本来以为这辈子和沈墨都不会有交集，他们也不会再见面，不会通话，不会有任何接触。 但是没想到这么快就听到他的声音。

年轻的，张扬的，明亮的声音，即便带着怒火，也青春洋溢。

听到她没有褪去慵懒睡意的声音，轻轻唤着自己的名字，沈墨的心再次揪到一起，他喜欢唐小爱，单纯地喜欢。

人们常说，这世界上这世上只有一种爱情，是纯粹无垢的爱，不掺杂任何的欲望，那就是——初恋。

对唐小爱来说，沈墨就是她的初恋，永远不可能忘记。

而对沈墨来说，唐小爱是他的欲望。 他想得到她的身心，无法忘掉她带给自己的悸动和颤抖。

之后，无论换多少女伴，沈墨也感觉不到她那种温温的、如水的、安静的、永不褪色的温柔。

“唐小爱，回到我的身边，立刻！ 马上！”沈墨想骂她，想嘲讽她，想羞辱她，可听到她柔柔地叫了一声自己的名字，立刻变得虚软，他爱她，怎么忍心用恶毒的语言去对待心爱的人?

拿破仑说得真对，爱情是一种严重的精神病，在爱情的战场上唯一获胜的秘诀就是逃跑。

可是他还是失去理智沉湎于爱情，无法自拔。

“沈墨，不可能……”唐小爱从胸腔里挤出这些字时，有种尖锐的刺痛感。

“唐小爱，你说什么不可能? 再说一次！”

外面传来礼貌的敲门声，钟御卿的声音从扩音器边传了进来：“小爱，该吃早饭了。”

唐小爱听到钟御卿的声音，立刻从被子里坐起身，对着沈墨说道：“沈墨，好好过你的生活，我们之间不可能，再见。”

挂断电话，关了手机，唐小爱慌忙套着衣服，她昨天晚上记得自己有一点困意之后，立马跑回房间先睡。

“钟总，不好意思，我睡过头了。”唐小爱拉开门，看见钟御卿靠在栏杆边，像是等她很久了，立刻道歉。

听到她的称呼，钟御卿心里有些不悦，可脸上依旧和煦：“前几天工作太累的缘故。”

“可能是……我这两天太贪睡。”唐小爱很感激他给自己找借口，他总是那么善解人意，十分会给对方找台阶下。 这么和善绅士的人，是怎么成为商场上人人敬畏的猎鹰?

唐小爱无暇顾及这个论题，因为钟御卿不是她的研究对象。 她此刻魂不守舍，脑中纷纷乱乱地掠过和沈墨之间的各种片段，只想着自己的初恋男友。

“小爱，你的汤冷了。”钟御卿温和地提醒。

但是他心里更加不悦。不过是接了初恋对象的电话，至于吃饭时这么走神吗？

没有女人在他面前想着另外一个男人，他开始怀疑唐小爱是不是个怪胎，为什么和他接触的那些女人相差那么多。

“我忘了……对不起……”唐小爱完全“神游物外”，和钟御卿沟通不到一起。

“我比你大六岁，从属相上来说，刚好相冲，不过看上去不仅是属相的问题，我们之间的代沟也不小。”钟御卿说话的方式总是很特别，他在不高兴的时候，会若无其事地提醒对方。

如果对方很笨，一直没有察觉的话，他就会采用其他手段，让他们知道自己一生气，后果很严重。至于这手段会是什么，因人而异。

“钟总今年二十六岁？”

“元旦已经过了不是？”见钟御卿微笑，她终于把思绪拉了回来。

“二十七。”

“好年轻。”唐小爱不由感叹，二十六岁已经成了最有影响力的购物网总裁，再过十年，他不知道会成为怎样的风云领袖人物。

“对你来说，我已经老了。”钟御卿挑起唇，继续提醒着，“和那些活力四射大学生相比，我让你很害怕吧？”

“您是大老板，怎么能和学生相比？”唐小爱微微一愣，感觉他们之间的谈话又变得诡异起来。

像在埃斯克罗传媒里一样，她的通讯都会先转入钟御卿秘书柳青玉那里，所有电话都被同步录下。也就是说，昨天中午唐小爱打出去的电话，和今天早上接到的电话，钟御卿都知道。

“钟总……我们什么时候回去？”唐小爱见他沉沉地盯着自己不说话，心中没来由地紧张起来，不自在地问道。

好想立刻摆脱这种“两人世界”，她招架不住精英型男的相处方式。虽然钟御卿说他们之间是合作伙伴的关系，一起度假无可厚非，但唐小爱不觉得自己和他平起平坐，她始终是压迫剥削的女仆，哪里奢望能飞上枝头？

“很想回去？”钟御卿盯着她，虽然声音依旧温和，可是那眼神，让游离中的唐小爱也感觉到莫名的危险。

“嗯。”唐小爱困难地点点头，避开钟御卿的眼神，今天的老板身边是看不见的低气压，让人觉得压抑。

“因为快过年了，我很想家。”唐小爱随即补充一句，好像是想解释什么。

“我这个人对你来说，很难相处？”钟御卿含着笑，又问道。

“没有，钟总是个很好的人，很好……”唐小爱不知道为什么，后背冒出冷汗来，觉得钟御卿变得越来越难以捉摸。

钟御卿盯着她不自然的脸，伸手拿起手机，按了按放到耳边：“蓝逸，订机票，两个小时内将唐小姐送去机场。”

唐小爱听到他淡然的口吻，却心惊胆战起来，他称自己为“唐小姐”，很疏远礼貌的称呼，也意味着两个人之间距离的拉远。

静静地听着他挂断电话，可能是动物对危险的本能反应，唐小爱直觉钟御卿心情很阴郁，要小心应付着，否则自己的下场也许会很悲惨。可他为什么会不高兴？早餐很美好，外面的天气也不错，难道是生意上出了点麻烦？

“我不是秦峻宁，你不用怕。”钟御卿像是一眼看穿她心里的畏惧，淡淡说道，“很快就有人来接你，你不用再这么别扭地跟我一起吃饭、聊天。”

“对不起……我不是讨厌你……”唐小爱一张口就知道自己说错话了，怎么可以在这种时候说“讨厌”两个字？

“嗯，我知道。”钟御卿依旧那么善解人意，但是口吻稍微有点冷，眼底闪过一抹寒光，让人心中一颤，“你只是不喜欢我而已。”

“不不……钟总是我见过最好的人。”唐小爱满头大汗，钟御卿真是一个可以杀人于无形的高手，淡然自若的谈吐中，看似风度优雅，可每句话都藏着看不到的锋刃，带着回勾，会拉得人血肉模糊。

“不用说了。”钟御卿站起身，依旧绅士迷人，“失陪一会，你慢用。”

唐小爱看着他走回楼上的房间，恨不得咬掉自己的舌头，她的智商为什么在钟御卿面前就成了负数?

明明也学过心理学，辅修过人际关系和社会学……参加辩论会还拿过最佳辩手，可面对钟御卿，总有种高度紧张下的神经错乱。

钟御卿关上卧室的门，狠狠一脚踹在床脚。他很少会这么控制不住自己的脾气，就算面前数十亿的生意亏损，钟御卿也不会皱一下眉头，但是唐小爱……那个笨笨呆呆沉默内向的女人，成功让他失控了。

按着手机，钟御卿放到耳边，深吸了口气，等着对方接电话。

“青玉，联系沈墨。”钟御卿沉沉说道。

“老板，让我联系沈墨？”柳青玉正在没命地加班，作为老板的“小秘”，他的压力着实很大，如今听到这句话微微一愣。

“告诉他，唐小爱乘坐的班机型号。”钟御卿冷声吩咐。

柳青玉真的好想问自己是不是听错了，可是他了解钟御卿，要是现在废话一个字，保证老板的怒气会转移到自己身上。

谁也吃罪不起钟御卿发火，所以柳青玉挂断电话之后，立刻行动。

钟御卿暗沉着双眸，轻轻抚着自己的唇，她不是不想见沈墨嘛?他偏要让她见到初恋情人!

唐小爱哪里吃得下早餐，她默然地站在楼梯下，清秀宁静的脸上有淡淡的忧愁和焦虑。

一直到蓝逸驱车前来，唐小爱还在楼下傻站着，像是不敢上楼。

“唐小姐，行李收拾好了吗？”蓝逸作为钟御卿的贴身保镖兼司机，这几天也在小岛上，只不过在享受难得的休假，一旦钟御卿有什么要求，依旧随叫随到。

“马上就好……请等我五分钟。”唐小爱终于抬起腿往楼上走去，她的卧室和钟御卿的睡房挨在一起，她刚才一直在想天使般的男人是不是生气了。

因为吃饭时她有点心不在焉，和钟御卿说话也提不起精神来，也许是自己的态度让高高在上的总裁感觉到不舒服。

唐小爱的东西很少，只有一个小小的行李箱，她看着扔在床上的手机，想到沈墨的声音，不觉心里一痛，有种想哭的冲动。

最难忘的初恋，最单纯的爱恋，以后她再也不会碰到第二段这样美好纯粹的感情。

提着行李箱，唐小爱走出房间，在钟御卿的卧室门前站住，深呼吸，然后抬起手，准备敲门告别。

还没等她的手指落到门上，钟御卿已经拉开了门，看着她的手尴尬地举在空中。

“蓝逸已经来了？”钟御卿的表情依旧无懈可击，他不管高兴还是生气，都不会让别人看出来。

只有吃过钟御卿给的苦头的人，才知道他喜怒不形于色的表面下，藏着怎样的恶魔。

“是的……我正要向你告别。”唐小爱急忙收回手，勉强挤出一丝微笑，“谢谢这几天的照顾，我……我先回公司了。”

唐小爱原本准备好的说辞，眨眼间溜走，她又不知道该怎么和钟御卿说话。

“路上平安。”钟御卿只是淡淡吐出四个字来。

“你……也玩得开心。”唐小爱咬咬唇，立刻转过身，提着行李往楼下走去。

钟御卿点燃一支烟，深深地吸了口，然后吐出一个寂寞的圈，沉沉的黑眸里，闪过一道凌厉的锋芒。

DAK 国际机场。

时值年底，机场的人非常多。唐小爱孤身一人回国，身边没有助理和其他工作人员，她倒觉得轻松自在。

自从签约成为秦峻宁的艺人之后，她几乎没有这种独自出门的机会。每天在埃斯克罗传媒的大厦里待着，仿佛是一只被囚禁在金丝笼里的小鸟，虽然不用担心被饿死，也不会被风吹日晒，可是没有自由的感觉，让唐小爱备感压抑。

跟随着人潮往外走去，唐小爱丝毫也没有察觉，远处已经有人盯上了她，不止一个，而是很多人。她现在的衣服全部由钟御卿指定的造型师小灰来打理，以前的那些学生装全被扔到了垃圾桶里，现在的唐小爱，还没有意识到自己在人群中是多么显目。

她只顾着去想沈墨，柔顺的长发清爽地盘在脑后，简单到极致，却有种说不出的典雅和沉静，而裸色的大衣和坡跟短靴看起来太有柔美的女人味，偏偏她又那么年轻，眼眸明亮清澈，有着少女的娇憨和甜美。

这让唐小爱的身上呈现出一半女人的优雅温婉，一半少女的甜美纯净，让人忍不住会多看她几眼。

沈墨在人群中，第一眼就看到了唐小爱。

她低着头，安静得像一朵行走的鸢尾花，对周围的嘈杂的声音和各种目光丝毫不在意。沈墨仿佛又看到了那个在学校里总是安静沉默的女生。

那时的唐小爱，也从不会在意身边的目光和议论话题，她总是静静做着自己的事，学习，或者赚钱。

有拍照的声音响起。还有闪光灯的光芒，在前方闪过。

唐小爱依旧低头大步行走，她想着很多心事，没有发觉竟然被狗仔盯上了。她根本就不适应自己的新身份，所以更不会有这方面的警惕。

最近爆红的网络美少女？被无数男性网友推崇的宅男女神？绿嘉国际最热门的下一届代言人？

直到人群越来越骚动，唐小爱才微微皱起眉，抬起头，看着眼前一长溜的长枪短炮，完全愣住。

她愣在原地几秒后，缓缓回过头，想看看身后是不是来了哪个国际巨星，让这些媒体这么兴奋。

“唐小爱！唐小爱！”

“唐小爱！”

但是身后空无一人，所有人都快速躲避镜头，急着赶路回家，只有她一个人孤零零地站在媒体面前，听着众人嘈杂的喊声。

这又是绿嘉国际安排的炒作？但是为什么没有人通知她这一出戏？唐小爱震惊了半分钟，这才又提起脚，低着头匆匆往外走去。

耳边不停充斥着各种问题，唐小爱什么都不说，也不看任何镜头，只想冲出这些人的围堵。

她还不是明星！根本没有见过这样的场面，虽然学习过怎么应付媒体，但现在无论什么手段都派不上用场，因为周围的声音和各种探过来的手，让唐小爱举步维艰，想跑都没办法。她根本没见过这样可怕的阵势，就算心态淡定从容，也生出几分慌张。

因为被一群媒体围住，没有任何人来救她，而且还有人在趁机揩油，她的臀部和腰上不知道被谁重重捏了一下，让她差点惊叫出来。

“唐小姐，对绿嘉国际这次举办的代言人选拔活动，你有信心夺魁吗？”周围的娱记和狗仔不停问着问题。

“唐小姐，你在学校的成绩十分优异，为什么突然休学？”

“听说您的休学和绿嘉国际的首席执行官有关系，真的吗？”

“唐小姐，我们采访过您的同学，知道您曾经有过一段校园恋情，但是不知道什么原因终止，请问是因为找到更好的未来还是……”问题越来越尖锐。

“是不是准备进入娱乐圈，所以才和前男友分手？”另外的人干脆更直接地问道，“还有这次绿嘉国际的寻找最美代言人活动，是不是已经内定了人选？”

“您对被富商包养的传闻怎么看？ 是真的有这件事还只是炒作呢？”

唐小爱在镁光灯下，脸色越来越苍白，她没有见过这种要生吞活剥了她的阵势。

而且身边没有任何有经验的工作人员帮她护驾，如果冲不出这群人的包围，她可能会被困死在这里。

就在唐小爱要崩溃时，一个俊秀阳光的男生挤了进来，伸手抓住她的手腕，拉着她强行推开人群，想要闯出去。

突然的变故让唐小爱愣住，也让周围的媒体狗仔更兴奋：这个漂亮的男生不就是唐小爱之前的绯闻男友吗？ 媒体就如嗅觉最敏锐的猎狗，早就把唐小爱的很多事摸查得一清二楚，生怕挖不到猛料。

“沈墨？”唐小爱的腿差点软了，如果不是磕磕碰碰的人群，她会以为自己是在做梦。

“沈墨？！”媒体更激烈围过来，镜头对准沈墨阴沉的面容。

“沈公子，请问您父母对这段恋情支持吗？”

“唐小姐见过你的家人吗？”

“沈公子，你知道唐小姐和绿嘉国际的高层之间的事吗？”

“唐小姐和绿嘉国际的老板一起出国度假，两个人住在同一栋高级别墅里，这件事沈公子知道吧？”

周围的问话又提高了一个八卦水准，大家都想发掘出更多的猛料。

沈墨动手了。

“沈墨，不要这样！”唐小爱阻止得太慢，沈墨对着那么多摄像机，将前面挡着的记者一脚踹倒。

“别！沈墨，别乱来。”唐小爱伸手想拉住他，但是自己差点被牵倒，眼睁睁地看着沈墨抡起记者掉在地上的摄像机，往另一个狗仔身上扔去。

也只有热血冲动的少年，才会做这么不顾影响的事情来。

眨眼间，一片哀嚎声，所有记者都纷纷让道，眼睁睁地看着沈墨前去。

“沈墨，你会害死自己的！”唐小爱还没说完被他塞到计程车里。

“谁让你去做明星？知不知道你那些照片有多低级？”沈墨喘着气，将她按在椅子上，哑着声音，“喜欢男人对着自己的照片意淫？你觉得那样很有成就感？”

“沈墨，你快停下，听我说……”唐小爱被他滚烫的吻灼伤了心脏，她想要解释，却被他搂得更紧，吻得更深。

“陪了多少男人才取得这样的成绩？唐小爱……你可真有本事，一个半月而已，从元旦时坐在图书馆里哭的女孩，变成了让所有人关注的新星……真是漂亮的蜕变！每天晚上忙死了吧？”

“不，沈墨……”唐小爱的声音断断续续，她还没说话，快要溺死的感觉让她呼吸困难。

“嗯，现在大家都说我有一双星探的眼睛呢……我怀疑会有一些男生觉得我配不上你，你成功逆转了……当明星的感觉怎么样？”沈墨突然狠狠咬住她的唇，直到鲜血渗出，充斥着整个口腔，他才放开唐小爱，像是个稍微发泄了悲伤的孩子，胸口起伏着，转过脸看着外面疾驰的风景，眼眸中流露出掩藏不住的难过。

“沈墨，你忘了我吧……”唐小爱捂着受伤的唇，从惊涛骇浪般的狂吻中恢复了一丝镇定，可她的心也在抽痛着，有种抑制不住眼泪的悲伤，“我现在和你……更没可能。”

干脆让他伤透心，也就不会再想着自己。秦峻宁告诉过她，男人受的伤很容易恢复，只要找一个新的女人来填充就够了。

“你真的想做明星？”沈墨看上去似乎平静了很多，问道。

“我没有选择……我现在喜欢这样的生活。”唐小爱扭过头看着外面，眼泪再也控制不住地滑落。她从上学之后就很少哭，无论面对拳头还是风雨，都坚强像一块顽石。但是沈墨，让她哭了一次又一次。

是不是爱情都是这样，让顽石缠满了温柔的藤蔓，那么美丽，可轻轻一扯就痛不欲生？

“唐小爱，你不要这么庸俗，难道我养不起你吗？……你必须给我离开娱乐圈，跟我走。”沈墨越来越生气，他勉强按捺住气愤，抿了抿唇，终于说道，“你也没有选择。”

唐小爱无法解释太多，她宁愿沈墨也误解她，将她当成一个庸俗低贱的人。

“别想再逃开我，别想。”沈墨像个受伤的孩子，紧紧攥着她的手，恨恨地说着。

“沈墨……你要带我去哪？”唐小爱这才发现，这辆出租车好像是事先安排好的，从机场出去后，就不是往市区的方向行驶，而是向一个不知名的市级城市飞奔。

“带你去自由的地方。”沈墨眼疾手快按住她的手腕，将她手中的电话往窗外扔去，恶狠狠地说道，“以后休想再和其他男人来往，你是我的，我一个人的！”

“沈墨，你何必……”唐小爱被他的举动惊动，在同学们眼中阳光俊朗的白马王子，此刻变成了阴郁可怕的魔鬼。

“很可笑是吧？ 我们真正确立关系只有三天……我沈墨什么时候变成了痴情种子？ 哪个女生能让我神魂颠倒？”沈墨自嘲地苦笑起来，俊朗的面容有些扭曲，“可是你……唐小爱，你对我下了什么毒？明明那么温吞平淡的女人，可为什么每天我都要想着你……”

“沈墨，我们回去好不好？”唐小爱紧张地打断他的话，她发现出租车上了高速，让她有种流亡天涯的感觉。

沈墨看着她哀求的眼神，她一旦有了其他表情，沉静的面容会绽放出一种特别的美，让男人想保护的美。

“不好。”沈墨对她缓缓露出一个笑容，和球场上一样的阳光俊朗，却带着回不去的悲伤。

唐小爱深吸了口气，垂下眼眸，沈墨变得陌生，她也开始迷茫，自己到底要怎么办。

唐小爱在机场和人私奔。

这种劲爆的新闻传到秦峻宁的耳中时，他勃然大怒。

“那个臭小子是不是你安排去搅局的？”秦峻宁几乎要爬上办公桌上去，逼视着神情淡然的钟御卿怒吼。

“钟御卿，快点把我的人找回来，否则老子砸了这里！”见钟御卿一直泰然自若翻阅着文件，看也不看自己一眼，秦峻宁将他桌上的一叠文件狠狠挥落在地上。

钟御卿终于抬起眸，淡淡看了秦峻宁一眼：“赔得起的话，请便。”

秦峻宁一发狠，不仅会爆粗口，还会动手打人，“谁让你那样安排的？ 唐小爱是我的人，她要怎么出场由我来安排，机场上的事你做得太过分！”

“不是很好吗？ 她现在彻底红了。”钟御卿转了下椅子，像是不想看到秦峻宁那张脸，背对着他，看着手里的那份文件，黑眸中流露出一丝烦躁。 他是喜怒不形于色的人，眼眸有不耐和烦恼，表示他准备发飙了。

“那我该谢谢你？”秦峻宁本来想将唐小爱打造成一个清新文艺范的明星，让她在其他艺人中能一眼被大家记住。 可是现在，报纸上铺天盖地都是唐小爱的绯闻和负面消息，他准备打造的优质偶像路线完全被毁。

“不客气。”钟御卿的声音从椅子后面传过来。

“谢谢你将我的艺人抹黑，谢谢你把她弄丢，谢谢你丢给我这么一大堆麻烦事！”秦峻宁大步冲到钟御卿面前，怒声说道，“现在你如愿了吧？ 绿嘉国际购物网现在被关注到顶峰，真是个极好的策划，你真不愧是商界的狐狸精……”

“过奖。”钟御卿抬起双眸，看着秦峻宁，“如果我是你，可没时间来这里骂人。”

“对，你说的对。”秦峻宁双手撑在老板椅的扶手上，用一种很暧昧的姿势围住钟御卿，压低身体紧紧盯着他，两个人高挺的鼻梁几乎要碰到一起，这才气沉丹田，猛然爆发，“限定你在一天之内把唐小爱给我找回来，否则，我真的会杀人！”

钟御卿只是挑了挑墨黑的眉，淡淡说道：“我正想问你要人，宣传期间，你的艺人无视合约，私自和情人逃跑，还当着那么多媒体的面打伤娱记，形象恶劣到极致，如果真为绿嘉国际做代言人，会让我们公司的形象跌到最低点，这个损失，你准备好赔偿了吗？”

“钟御卿，你你你……”秦峻宁永远不是气定神闲的狐狸的对手，他太容易发怒，而且一生气就会难以自控，“你太狡猾！不讲道理！”

“我现在被迫要换代言人，到时候准备好代言费，这笔钱你来出。”钟御卿生气时很可怕，因为让人感觉不到他的喜怒，这才是最可怕的地方。

他在夏威夷的时候就生气了，面对唐小爱的木和笨，他能包容，可是面对唐小爱还喜欢着以前的初恋，钟御卿再也没法容忍。

也许对其他艺人来说，不动声色地用这种自然抹黑的方式，让他们丢掉一个绝佳的代言机会，等于毁了他们以后的演艺生涯。

钟御卿的狠绝之处在于，他有时候并不会立刻锋锐地斩断对方的手脚，而是用另一种缓慢渗透的方式，将对方的生活全部腐蚀，让对方的未来变得无比黑暗。

“凭什么？你怎么不让那个官二代出？”秦峻宁恨得想把他咬烂，尤其是那两片薄薄的唇，张合之间就能气死他。

“别给我转移话题，明明是你应该赔偿我的损失才对，你毁了我的艺人，她本来可以成为我的摇钱树！”秦峻宁突然觉得话题又被钟御卿扯偏了，怒吼，“还有，不准换代言人，无论她现在有多少负面新闻，无论她的形象被你抹得有多黑，你都必须让她成为新一季代言人，这个结果由你们绿嘉国际来承受，我不管绿嘉会承担多少损失和影响，反正你……钟御卿，你不是最会玩商界的各种游戏？转败为胜的手段也很高，不需要我来担心对不对？”

“我准备启用新生代国际名模来代言我们的网站，唐小爱现在对我而言没用了，她让绿嘉国际在前段时间出过风头了……”

“你这样对她是不是太过分了点？”秦峻宁深吸了口气，咬咬唇，“她惹到你了？”

“没有。”钟御卿口是心非，脸上神情很淡定。

“那就是我惹到你了？”秦峻宁悲催地将责任往自己身上揽，他这个看似黑心的老板容易吗？

“没有。”钟御卿依旧是这两个字，甚至对他露出迷人的笑容。

“那你为什么和我的人过不去？ 年底压力大找减压方式，也不该惹我的人！”秦峻宁爆粗口了，而且还动手了，狠狠一拳往对方英俊的狐狸脸上打去。

钟御卿的椅子往后滑了一尺，连神情也没变化，避开他的拳头，依旧微笑：“你的减压方式是打架？”

他真不明白自己精明一世，为什么和秦峻宁这种暴躁的笨蛋成为好友，每次帮他善后擦屁股，有时候钟御卿会阴暗地想，什么时候能让秦峻宁帮自己擦一次屁股，也许这个所谓的艺术派“大师”会知道做事考虑周全是多么重要的事情。

“总之，如果不给我找到唐小爱，埃斯克罗里的人会在今天晚上全部搬到绿嘉国际里来，相信那么多俊男美女，一定能让绿嘉国际的员工激情亢奋，工作起来更有效率。”秦峻宁赤裸裸地威胁，现在年底如此忙碌，他知道钟御卿不会任由自己胡来。

钟御卿静静地看着他，秦峻宁为了唐小爱，和自己打了两次架，还不要命地威胁他……

果然自己看中的女人，对某些男人有着致命的吸引力。 比如和自己性格迥然相反，却又有很多习惯一致的秦峻宁。

唐小爱现在正痛苦地抱着膝盖，坐在床上一声不吭。

沈墨这是有预谋的绑架。 因为他安排好了一切，包括住处。

唐小爱被“挟持”到这个小城市里的一个小别墅里。 她不知道这里的具体地址，沈墨像对待捡来的小狗一样对待她，到点了给她喂食，晚上拉着她在别墅附近无人的地方放风，然后再回去休息……

“小爱，明天去领证怎么样？”沈墨每天晚上都会问这句话。

“小爱，跟我说说话。”沈墨坐到床边，伸手去拉唐小爱的胳膊，他不敢对她再用强。

“你是极端分子。”唐小爱终于开口，依旧温温婉婉，“沈墨，你知不知道自己闯了祸？！”

“无所谓，只要你跟我在一起，什么都不重要。”沈墨耸耸肩，将她拽到自己面前，低头吻上她受伤的唇，低低问道，“什么时候和我去领证？”

“沈墨，我现在没有自由，我……什么都没有！ 你停下……我们玩不起这样的游戏。”唐小爱扭过头，避开他的唇。

唐小爱一直想着自己的家人，也想着沈墨的家人。 现在，她的债主肯定气疯了，而沈墨的父母也肯定急坏了。 成熟稳重的沈墨，为什么现在比高中生还要幼稚？

“我知道你怕什么……”沈墨不依不饶追逐着她的唇，将她圈在自己怀中，“你怕自己的家人受到牵累，怕埃斯克罗和绿嘉国际找你麻烦对吗？”

“你也要想想自己的家人。”唐小爱很喜欢很喜欢沈墨，喜欢得不知道怎么办才好，但是她很现实，知道这件事不可能。

他们就像一对出逃的小学生，最终还是会被老师和家长找到。 尤其是沈墨的家庭，不仅有个厉害的妈妈，沈墨的父亲是高官，也会头疼的人物。

“只要我们在一起，等有了孩子之后，抱着宝宝回家，我父母一定不会拒绝你。”沈墨早就想好了出逃计划，原本他准备和唐小爱出国，但是那样太容易在机场被堵住，所以改变路线，先来到周边的小城市躲避。

“你的经纪公司和绿嘉国际也不会对你家人怎么样，等我们一切都准备好，我会请我爸爸出面……”

“沈墨，你准备囚禁我几年？”唐小爱终于忍不住打断沈墨的话，这种策划太糟糕了，用她逻辑性很强的大脑一想，就觉得不可能实行。她爱沈墨，甚至愿意为他付出自己的幸福，但是沈墨这个计划还是太幼稚，她绝不对配合这种计划，酿成更大的错误。

唐小爱丝毫不怀疑，沈墨那异常精明的母亲会找到这里，埃斯克罗和绿嘉国际的巨额赔偿金，自己家人的处境……唐小爱不能任由事情这样恶化，她要提前斩断沈墨的妄想。

“为什么不？ 你不是说，年轻的时候如果不能纵容自己痛痛快快爱一场，以后再也没有随心所欲了吗？”沈墨的手从她腰间往上探去，唇顺着她的下巴往下移动，“小爱，你的身体真暖……我好嫉妒你和别的男人在一起……”

“沈墨，我们现在回去还来得及，真的来得及……”唐小爱死命推开沈墨，她听到最后那句话，眼睛不觉湿润了。

是的，年轻的爱，那么单纯动人，那么肆无忌惮轰轰烈烈，那么不计后果，她这一生都不会忘记沈墨给她的记忆。

“啪”！ 灯光突然关闭，一切都陷入黑暗中。

沈墨顺势就压住了她，对付女生，一定要强硬点，如果一直心软，只能让自己的幸福跑得更远。

唐小爱眼前一片漆黑，她僵硬了几秒，突然剧烈挣扎起来，声音里染上少见的恐惧：“不要！ 沈墨，不要乱来！”

黑暗，让她觉得自己像是回到了那个黑色的梦境里，仿佛灵魂被灼伤……

“沈墨，我害怕……沈墨！”唐小爱的声音里已经染上了哭腔，“开灯，不要碰我！”

沈墨被她激烈的挣扎踹打和哭喊弄得很无奈，开了灯，坐在床边平息着欲望。

她说自己配不上他，可沈墨不在乎，想想只要以后能在一起，他不奢求太多。

可唐小爱很怕被人碰。如果只是温柔的接吻，她会慌乱羞涩，不会恐惧。但一到了床上，唐小爱就像个烈女，手脚并用死命挣扎，不准他碰自己。

“我想回去！我已经不喜欢你了！被你碰到我很难受！”唐小爱缩到床角，无论她对沈墨说多少次不喜欢和讨厌，沈墨都不在乎。

“收回这些话！”沈墨突然恼怒地吼道。

“我根本就不喜欢你，谁会把那种幼稚的感情当真？！”唐小爱的心在滴血，每说一次这样的话，她就觉得自己死了一次，“别挡着我的明星路，我的未来你买不起！”

再不是以前的唐小爱，她也不认识自己了。

“尼采说得真对。”沈墨怒极反笑，突然站起来，解开皮带，“到女人那里去，得带上皮鞭。”

他本来想好好对待唐小爱，不去管她的曾经，可是她一再拒绝，还总是说出这种话，让沈墨已经到了暴怒的边缘。

“啪！”皮带抽碎了空气，也抽碎了两颗年轻相爱的心。

唐小爱咬紧牙，闷哼一声，牛皮的腰带很有韧劲，让她想到了曾经，自己一边读书一边为债主洗衣做饭，回到家后又会挨爸爸的皮带……

那样的日子，都不觉得悲苦，为了生活奔波而不觉得愁苦的，只有童年。

一出手，就再也收不回来。沈墨红了眼，疯狂地挥着皮带，他想占有她的一切。就算打她，也是因为狂热的爱。

“唐小爱，不要再和我提那些肮脏的过去，从今天开始，你是我一个人的！”

“唐小爱，我知道你爱我，那三年的日记不是一朝一夕写成的，你只是害怕他们的报复对不对？ 你怕我们之间不会幸福对不对？ 说话啊！”

皮鞭疯狂地落在唐小爱身上，如同雨点般，沈墨歇斯底里地喊道：“唐小爱，我爱你！ 你也爱我！ 别逃避了，如果不趁着年轻狠狠爱一场，你一定会后悔！”

唐小爱紧紧咬着唇，也不躲避没头没脑的皮带，她的身体不疼，和心的疼痛比起来……

世界上最远的距离是什么？ 两个相爱的人不能在一起，还是我站在你面前，你却不知道我爱你！

眼前渐渐黑了起来，沈墨的声音越来越遥远，唐小爱终于挤出几个字来：“别、别关灯……”

沈墨丢下皮带，怔怔地看着蜷缩着晕倒过去的唐小爱。 他刚才在做什么？ 根本不想伤害她，他只想这一生好好爱一场……

“小爱，小爱！”沈墨急忙抱住她，伸手摸着她汗湿的苍白面颊。

她不管多痛，都不愿意说出来，总是这样的隐忍和倔强。

她唇上渗着鲜血，唇色也是苍白的，印染着鲜血的模样，惊心动魄的妖艳。

沈墨想抱着她去医院，可这里是偏僻的别墅区，很难叫到车，只能打电话给急救中心。

沈墨一直没有用任何会泄露自己身份的东西，比如信用卡，手机，还有身份证。 他尽量减少外出，几乎不在任何热闹场所出现，只会到一些最低级的批发市场和农贸市场买东西。

沈墨也担心被父母找到，尤其是爸爸，和许多领导都交好，如果像寻找一个人，完全可以借用公安厅的力量来地毯式搜索。 现在为了唐小爱，沈墨不得不抱着她准备出门。

救护车的声音很快在外面响了起来，沈墨揪心地看着急救人员把唐小爱抬到救护车上，他正要一起上车，却被一个白大褂的人拦住。

“沈公子，我们公司的人，不需要你的照顾。”说话的人声音很熟，带着压制的恼怒。

沈墨一直揪心唐小爱的情况，听到似曾相识的声音，看向白大褂的“医生”，却见他拉下口罩，一张俊朗英气的面容露了出来，正是那次在学校带走唐小爱的人——秦峻宁。

第十章

秦峻宁非常火大，他已经整整骂了一上午。

现在公司里所有员工都不敢靠近这个火药罐子，直到钟御卿的出现，才松了口气。

只要钟御卿出现，秦峻宁很快就会安静下来。

“什么策划书？ 重新做一份！”

“下部戏开机时间？ 滚去火星！ 谁说下部戏要开拍了？ 宣传计划书在哪里？”

“哪家媒体要采访？ 唐小爱的事说了多少次，不准任何媒体报道！ 我不管你们用什么方法，塞红包也好，砸了报社也好，反正不要让我看到任何新闻，否则你们给我滚蛋！”

“还有年度财务报表，全部……”秦峻宁一个部门一个部门打电话，眼看着放年假，很多人都已经先回去了，他也不放过休年假的人，“不敲门谁准你进来，滚出去！”

钟御卿推开门，秦峻宁伸手将电话机往他脑门上砸去。

钟御卿皱起眉头，侧头避过往面门飞奔的电话，从容自若地走到沙发边坐下，点燃一支烟，模样惬意悠闲。

“你没听到我说话？”秦峻宁愤愤起身，一巴掌往钟御卿身上呼去。

钟御卿只是抬起夹着烟的手，挡住秦峻宁的那巴掌，然后指尖轻轻点了点烟灰，立刻烫得秦峻宁触电般地缩回手。

“秦总过年了也不让别人安歇。”钟御卿淡淡说道。

“谁说我不让别人安歇？ 我恨不得让你们所有人安息！ 一辈子都别在我面前出现！”秦峻宁揉着被烟灰烫到的手，恼怒地说道。

“因为一个新人，至于这样生气吗？”钟御卿吐出一口烟，似笑非笑地看着秦峻宁，“或者说，你和沈家的公子一样，也喜欢上她了？”

“呸！ 你还好意思说，如果不是你，我的艺人能奄奄一息地躺在病床上到现在都不起来赚钱？”秦峻宁一口气说道，“如果不是你，我至于要花那些时间和精力还有医疗费在唐小爱身上？”

“没人让你亲自去接她回公司，是你自己喜欢……”

“给我闭嘴！”秦峻宁发起火来六亲不认，“知道你做了一件多么恶心的事情吗？ 唐小爱和你有世仇？ 别以为我不知道，这一切都是你策划的对不对？”

他亲自去接唐小爱，是因为现在沈墨和唐小爱的事闹得满城风雨，秦峻宁怕再出纰漏，到时候更不好收场。

而这一切的始作俑者就是钟御卿！ 只有秦峻宁知道钟御卿变态起来有多可怕，简直就是撒旦附身！

“好，就算我的人不懂事，惹了大老板您，”秦峻宁见钟御卿不说话，只抽着烟，闲闲地吐着烟圈，“您不看僧面看佛面，打狗也得看主人……”

“这样说，你到底是佛还是狗？”钟御卿终于悠悠插话，问道。

“闭嘴！”秦峻宁恨不得掐死他，唐小爱现在还躺在病床上爬不起来，高烧也没有退，这男人还好意思说风凉话。

“现在你舒坦了吧？ 沈家公子也被捉回去关禁闭了，唐小爱也半死不活地在医疗室躺着，我就纳闷了，到底我的人怎么惹到你……”

“唔，不要对恶魔用这样的态度说话，否则下次躺在床上起不来的会是你。”钟御卿微笑着提醒。

“不要让我见到你！”秦峻宁伸脚往他膝骨上踢去。

“我好心好意和你谈谈代言人的事，没想到你的态度这么差……”钟御卿遗憾地摇摇头，站起身，避过他的脚，“算了，我还是和 LK 公司的签约吧，至少他们那里，没有人敢这样对我不敬。”

“你说什么？”秦峻宁硬生生收住脚，冷着脸问道。

“不过 LK 是你的死对头啊，他们可能也不敢相信我竟没有从自己人身边……”钟御卿作势要走。

“你要是敢和 LK 有来往，我绝对会阉了你！”秦峻宁立刻打断他的话，挡在他面前，凶狠地威胁。

“唔，那就带我去看看绿嘉国际的下一届代言人，如果毁容了，我肯定和 LK 合作。”钟御卿依旧用漫不经心的口吻，看不出他真实的心思。

秦峻宁将唐小爱带回来之后，就把她送进埃斯克罗的特别医疗室，这里没有秦峻宁的命令，连钟御卿都没法进去。

唐小爱像一朵失去鲜艳色泽的花朵，静静地躺在洁白的病房里，她持续高烧，身上的皮带伤痕依旧没有消肿，裸露在脖子和手背上的青紫痕迹触目惊心。记忆像是被抽成了碎片，唐小爱持续梦到自己的童年，被鞭打辱骂的童年，为生活劳碌的少年，还有以为未来会越来越好的大学时代。

秦峻宁抱着胳膊站在门口，不肯走进去，不想再看一眼她的伤。

相比拍戏中的受伤，她身上的那些痕迹太刺眼，秦峻宁当时扶着沈墨的肩，笑着问他是不是有 SM 倾向，其实手已经按在自己的裤腰带上，想抽出来把这冲动的男生扁一顿。

还好除了在钟御卿面前，秦峻宁在别人面前还是有理智的，招惹到沈姓官员，他这个年又得忙碌了。

钟御卿站在床边，居高临下地看着唐小爱苍白的脸，静默了几秒后，伸手掀开床单。

唐小爱又闻到那股熟悉的味道，在梦境里漂移着，有滚烫的手在轻抚她的身体，带来战栗的恐惧。

“伤得不是很重，怎么还没醒？”钟御卿检查着她身上的伤，淡淡问道。

“伤得不重？ 你看到她背后的伤没有？ 皮带头打到她的大颈椎骨，后腰上也伤筋动骨，你是不是要看到一具死尸在这里躺着，才觉得伤很严重？”秦峻宁立刻爆粗口，恨不得也把钟御卿抽上几皮带，让他尝尝痛。

“那个沈公子，竟然和你一样喜好玩皮鞭游戏。”钟御卿语气依旧清淡，听不出他的心情。

可他闲雅的语气，却刺激得秦峻宁差点就抽出腰里的皮带，狠狠给他几鞭子。 这两者性质根本不同好不好！

“沈公子的母亲，是做家电行业生意的吧？”不等秦峻宁再骂人，钟御卿将话题转移到周女士身上。

“早就转移到房地产上来了，用政府的名义圈地建楼……不过这一切都是暗中操作，表面上她还是做企业。”秦峻宁在得知唐小爱和沈墨谈恋爱时，就将这一切调查得清清楚楚，当时觉得沈墨很棘手，正是因为沈墨的父亲是高官。

秦峻宁最讨厌和政府打交道，虽然有时候避免不了与各地官员接触，但他宁愿和满身铜臭味又狡猾的商人来往，也懒得理会官场的人。

“唔，挺好。”钟御卿意义不明地说道。

“有什么好？”秦峻宁和好友相处那么久，有时候还是摸不到好友的心思。

钟御卿在秦峻宁的心中，简直就是黑暗的代言词。无论这家伙外表有多迷人完美，对他有多大方真诚，秦峻宁就觉得他是披着天使外衣的恶魔。

“你们这里的医生是不是该来个定期考核？”钟御卿的话题又移开了，淡淡问道。

“我们这里的医生是全市最好的医疗团队，你想干嘛？”秦峻宁警惕地问道。

“如果我雇下这种草包，会让他们立刻滚蛋。”钟御卿一个字一个字说道，柔和的语调终于浮起一丝冷淡的煞气，让温暖的室内空气立刻冻结。

唐小爱已经回来十六个小时，那群只会拿工资混日子的庸医们居然还没救醒她，真可恶！

秦峻宁愣住，钟御卿背对着他，看不到对方脸上的表情。

从看到她身上的皮带伤痕开始，钟御卿的心，没来由地微微一缩，他知道这次这个女人会吃苦头，但是没想到看上去阳光温柔的沈墨竟然下狠手。

他不喜欢折磨一个人的身体，这样太低级，而且看得见的伤口，附在漂亮的肌肤上，总让人会反胃。这一次，钟御卿原本是想让沈墨和唐小爱互相折磨对方的心和感情，结果事情超过了他的预料。

“钟大少，我能把你刚才那句话理解为你生气了吗？”秦峻宁几秒后，凉凉地问道。

“我差点忘了埃斯克罗还有自己的股份。”钟御卿拿出手机，低低地说道，“我可不管你怎么折腾自己的事业，但是埃斯克罗的医疗条件，着实让我失望。”

“墨阳，通知绿嘉国际的医疗队过来。”钟御卿对着电话说道。

唐小爱终于从噩梦中挣脱出来。雪白的病房映着她苍白的面容，有种奇异的干净和柔弱。仿佛她就是一个雪白到通透的女人，容不得半点尘埃落上。

“醒了？”五官深邃英俊的男人，闲闲地坐在落地玻璃边削苹果。他的技术很好，苹果的皮都非常薄，不会中断。

唐小爱还没见过这么大的病房，如果不是全部都是白色，她会以为自己在海边的哪个度假别墅。

“你……”唐小爱张了张嘴，她很怀疑自己是不是还在梦里，因为坐在落地窗边晒着太阳的男人是钟御卿。

沈墨哪里去了？那一切都只是噩梦吗？

“伤还疼吗？”钟御卿已经削到第八个苹果，他对这里的医生主任龙三放过话，在削完第十个苹果之前，她必须要醒过来，否则，他也可以带着自己的团队滚蛋。

“你……怎么……”唐小爱发现自己只能发出微弱的声音，她不该这么娇弱才对。

“你想问我为什么在这里？”钟御卿从摇椅上站起身，走到床边，看着唐小爱，“我为什么不能在这里？”

他依旧很温和，甚至还带着迷人的笑容，但是在唐小爱的眼中，却觉得暗藏着某种危险。

隐约能感觉到钟御卿的心情不好，就像那天她离开夏威夷，对他告别时那样。

“还有三天时间，如果你不能恢复完好，那就不能回家和亲人团聚。”钟御卿见她突然移开眼神，不再看自己的眼睛，他又说道。

“沈……沈墨呢？”唐小爱从烟熏般的喉咙里，挤出自己最想知道的那个名字。

钟御卿沉默下来。他的沉默和别人不同。钟御卿在不说话的时候，有着可怕的压迫感。

仿佛有看不见的火山熔浆，一点点将对方淹没，那样绝望灼热的痛苦。唐小爱也不由自主闭上嘴，不再说话。她觉得心目中的完美天使钟御卿变了，可到底哪里变了，也说不上来。

只觉得有种危险的质感，好像不能靠得太近，也不能离得太远，要保持刚刚好的距离才不会被伤到。

“除了沈墨，能说点其他的吗？”钟御卿忍了忍，不想和病人生气。

但是他能不生气吗？这个女人被沈墨伤害成这样，一睁眼，吐出来的名字还是沈墨。

“抱歉……我……想喝水。”唐小爱的喉咙太干，高烧让她差点全身脱水。

钟御卿端起一边的水杯，龙三不愧是最好的全科医师，不但在短时间里把昏迷不醒的唐小爱弄醒，还细心备至地放了一杯特别的水，知道唐小爱醒来后会渴。

钟御卿本想将她扶起来，但是手刚刚穿过她的后颈，唐小爱轻轻皱了皱眉头，眼里闪过一丝痛苦。这个微小的表情被钟御卿看在眼中，他立刻收回手，端起杯子往自己口中灌去。

她后颈的伤很严重，虽然上了药，但碰到仍然会有痛感。只是唐小爱习惯忍受痛苦，无论多难受，都紧咬着唇，不愿喊出来。这个白痴女人的各种白痴性格，简直比古代人还要古代人！

可是他却被吸引了。

隐忍，沉静，柔软，干净，她的身上有古代女子的那种温婉和贤惠，即便男人心里很喜欢开放的女人，可现实中，依旧会被这种传统古典的女生吸引。

因为看到她，仿佛就看到了一生一世，天长地久的宁静，海枯石烂的温柔。

唐小爱看到钟御卿灌了一口水，她没有反应过来他想做什么，直到钟御卿低下头，捏住她的腮，唐小爱眼中才闪过一丝慌张。

他怎么……这样做？

带着淡淡烟草香味的薄唇，紧紧压在她的唇上，钟御卿撬开她紧闭的牙齿，一点点往里面喂着水。

唐小爱苍白的面容立刻变得绯红，犹如洁白的栀子花上染上了艳红的晚霞，说不出的妖艳。

唐小爱成功被呛住，她无法接受这种喝水方式，而钟御卿整个人都变得那么强势，紧紧捏住她的面颊，不准她反抗。

肺部的不适带动整个身体的肌肉，让唐小爱又露出一丝痛苦的表情。

“配合一点就不会吃苦头。”钟御卿伸手擦去她唇边的水，意有所指，可惜唐小爱现在只顾着咳嗽，哪里知道他这句话的真意。

“不要！”终于，在钟御卿放开她的时候，唐小爱挤出两个字来。

“我不渴了……不要喂……”最后一个字几不可闻，唐小爱的心律失常，这样亲热的姿势喂水，唐小爱很难说服自己钟御卿只是本着人道主义的精神给她解渴。

“才喝了一点点。”钟御卿的手指在她唇边轻轻擦过，那双微微上扬的狭长黑眸中，似乎在沉思什么。

唐小爱微微瑟缩，想躲避他的手指，这个细小的躲避动作，让钟御卿的心中闪过一丝无名怒火。

她竟然还想躲着自己。虽然钟御卿平时待人接物极有分寸，比起秦峻宁不知道要绅士多少倍，可是，他不喜欢唐小爱对自己这种躲避的态度。

手指重重擦过她苍白的唇，钟御卿深吸了口气，她现在不过是个可怜的伤患，自己何必跟一个小女孩过不去？ 而且，她看上去那么柔弱，根本经不起自己的怒火。

“谢谢……我不渴了……”唐小爱被钟御卿的举动吓到了。

一个据说身家已经有千亿的年轻总裁，为什么会和她暧昧不清？

钟御卿曾问过她有没有性经验这样的话，如果说那时他觉得她是个处女，所以有点兴趣，那现在，她被沈墨带走两天，钟御卿怎么也不会再对自己有兴趣吧？

“我给你们带麻烦了吧？”唐小爱为了摆脱尴尬的气氛，问道。

“还好，不算特大麻烦。”钟御卿将水杯放到床头，走回落地窗边，坐到椅子上，双手交叉在胸前看着唐小爱，又开始那种若有若无的压迫感。

“对不起……都是我的错，我会听从你们的安排去消除影响，绝对不会再出现意外……”唐小爱虽然没有正式接触过娱记媒体，但是在埃斯克罗里，她曾经受到这方面的训练，知道自己在机场闯了多大的祸。

她只能用自己真诚的态度去赢得秦峻宁和钟御卿网开一面，尽量不要让沈墨受到牵连。

虽然沈墨的父母肯定早就看到了那些新闻，沈墨这个年也会过得很艰难。

“嗯。”钟御卿只是从鼻子里发出一个音节。

他逆着阳光，英俊深邃的眉眼在浮动的光线里，有一种说不出的质感，仿佛浮雕。

“那……秦总在吗？”唐小爱有种被压迫的感觉，她甚至巴不得对她指手画脚破口大骂的秦峻宁出现，也好过与钟御卿这样静默相对。

而且，不由自主地不敢问沈墨的事，在钟御卿的面前，她又成了小学生。

"想见他？"钟御卿看着她苍白的唇，想起刚才喂水时的感觉，她的舌非常软滑，被他侵入时候又惊又怕，却又乖乖地一动也不敢动，没有抵抗也不顺从，任他占尽芬芳。

她的人也是这样，遇到变故，也是一动不动，静静的，像一颗不能移动的树，只能柔顺地承受所有的风雨。

这和唐小爱的家庭有关，穷人家的孩子早当家，她很小就知道怎么在艰难的逆境中生活，所以长大后，面对无法违逆的人或者事情，她只能逆来顺受，用惊人的忍耐力和静默心态来对待。

"我也给他添麻烦了……按照合同规定，如果不是公司策划的活动和商业炒作，我不能让媒体抓住任何……"

"哼，你还知道？！"门被粗鲁地踹开，秦峻宁脸色难看地走进来。

"秦总！"唐小爱看到秦峻宁，几乎要哭了——终于有人来救她了，上帝知道她和钟御卿独处一室有多压抑尴尬啊！

"别跟我装可怜，你让我动用了很多乱七八糟的力量，包了很多新年红包，才堵住那些媒体的嘴，这一切都要你拼命工作来还债！"秦峻宁咬牙切齿地说道。

"对不起，是我不好，我一定好好工作来补偿。"唐小爱也不知道那天为什么机场上围着那么多的媒体，本来她以为是埃斯克罗安排的，可看秦峻宁怒气冲天的模样，她哪里敢诉苦申冤。

"补偿补偿！ 你知不知道，我从来没有签过这么会给我惹事的艺人！"秦峻宁走到床边，俯下身盯着她，深吸一口气，然后中气十足地大骂，"唐小爱，你自从签约给我之后，看看你做过什么事？ 偷溜出埃斯克罗，去非洲迷路，在机场和绯闻男友打记者，我还真期待啊，期待再过段时间，你能给我捅多大娄子出来！”

“对不起，对不起！”面对盛怒的人，得避其锋芒，道歉或者沉默都是很好的选择。

“对不起有什么用？你以为你也有个沈墨那样的老爹吗？”秦峻宁还在怒气中，怒声问道，“在你闯祸之前，能不能先考虑自己的家庭可以不可以支付赔偿，或者你那赌鬼老爸能不能帮你摆平这种事？”

唐小爱的脸色更难看，她被人当着面戳到自己的家庭和父亲，那种感觉非常糟糕。是的，她的父亲，是个人人躲避唾骂的赌鬼……所以，她从一出生起，就被迫承受各种各样白眼和打击。

而沈墨的父亲有权有势，她不该担心沈墨，因为有那样的老爹，沈墨一直都是天之骄子。无论惹了什么麻烦，沈墨的父母都能轻松帮他解决。

“还有，你知道沈墨的父亲是怎么‘关照’你的吗？”秦峻宁最讨厌和官员打交道，那种官腔烦都烦死了。

“病人刚醒，还是少说两句。”钟御卿沉沉地发话了，显然不想让唐小爱知道太多和沈墨有关的事情。

“你最好给我快点好起来，然后当牛做马还债。”秦峻宁忍住下面的话，凶神恶煞地威胁。

“我的医疗团队可不像你养的那群草包。”钟御卿唇角微微扬起，可那笑容似乎带着两分阴寒，说道。

“我想说，你的策划团队才是真正的草包。”秦峻宁喜欢温柔时的钟御卿，哪怕带着那么点腹黑。

但是他非常不喜欢强势独断起来的钟御卿，太过强势的手段，和不容人置喙的霸道，雷厉风行的速度，都让“艺术家”秦峻宁觉得吃不消。

“怎么，你不喜欢我的新年策划？”钟御卿温柔问道。

“非常！ 不喜欢！”秦峻宁讨厌钟御卿手下做的宣传策划。

为了让唐小爱维持住人气和形象，钟御卿也不管沈墨的家人会有怎样的态度，更不管沈墨的父母来找他的麻烦……

“我很喜欢。”钟御卿对着秦峻宁露出洁白的牙齿，他不出手就算了，一出手就要置人于死地。

“你会惹到不该惹的人。”秦峻宁今天又接到一通沈大人的电话，让他和媒体协商，消除所有关于他儿子的影响，“而且最直接的拖累，是我！”

“是他惹到不该惹的人了。”钟御卿低低笑道，狭长的黑眸中一片慑人的森寒。

秦峻宁看到他眼里毫不掩饰的煞气，不觉打了个冷噤，和现在这种变身恶魔状态的钟御卿相比，他宁愿面对沈老爷子。

大年三十的午后，唐小爱才在专车的护送下，回到家里。

对小镇来说，过年的气氛肯定比城市要热闹，但是街道上的行人却很少，家家户户正在贴红对联，有的人家已经在准备除夕夜的大餐，只有一些孩童在街上玩耍。

“唐小姐，你要定时服药，不能碰到生发的食物，牛肉羊肉狗肉最好不好吃，海鲜也要少碰……”副驾驶位置上坐着的男人非常斯文，戴着一副金丝眼镜，对唐小爱恭恭敬敬地提醒着。

龙三，曾是市里最负盛名的全科医师，在国际的医学论坛上发表过很多有重大意义的论文，最后被钟御卿“请”到绿嘉国际，成为绿嘉国际全体员工的健康守护神……

“我都记下了。”唐小爱的大脑如同刻录机，她对这些需要记背的东西很敏感，会像对待考试那样。

“还有，身体一旦出现什么不舒服的状况，要及时和我联系。”龙三抬手推了推眼镜，这个女人很能忍痛，伤口全部都控制住了，稍微注意一点就好。

但是，如果唐小爱在回家期间伤口恶化，老板就要对他用非人道的手段惩罚，龙三可不想惹钟御卿，所以一路上不停吩咐着。

“好，谢谢你。”唐小爱对他感激地说道，一颗心已经往家里飞去，“能不能就在这里停？”

蓝逸靠着路边缓缓停下车，唐小爱再次道谢，下车往巷口走去。

唐小爱回来之前打过电话，所以弟弟一直站在门口等待着。

看到熟悉的亲人，唐小爱这才觉得，人生的很多忍耐和努力都是值得的。

“姐！”唐文正远远看到姐姐，飞奔过来，一把攥住她的手。

唐小爱微微抽气，手背上的伤口很疼。

“我看到那些新闻……担心死了。”唐文正会去寻找关于姐姐的新闻，当知道她在机场被人带走，流言四起时，他几乎想要报警。

而这段时间一直在家里，父母除了看新闻联播收听地方台的收音机之外，不会关注任何娱乐方面的新闻，所以对唐小爱的一切都不知道。小镇上喜欢上网和关注娱乐的人，都知道唐小爱，但是没有人会跑到唐小爱的家里去考证。喜欢上网和看娱乐的人，大多是年青一代，对唐小爱父亲唐焕敬而远之，谁愿意没事在过年去触霉头？

“姐，你只在家里过三天？”唐文正惊讶地问道。

“能回来和你们过除夕，已经是万幸。”唐小爱看了眼窗外，菜园地里，爸爸正在挖着卷心菜，她压低声音，“我现在……没有自由，至少在偿还完所有的债务之前，要听从公司的安排。”

“我……以后会赚钱给你……”唐文正听到这句话，心里不由一酸，他也算半个男人了，一直以来都是姐姐在照顾自己，什么时候才能换成他保护整个家庭？

“嘘，别让妈妈知道。”唐小爱听到门口的动静，立刻对弟弟说道。

“小爱，先喝点老母鸡汤暖暖身。”妈妈端着一碗热腾腾的鸡汤走进来，笑着说道，“你们姐弟还是和以前一样，凑在一起就说个不停。”

“文正，去帮爸爸洗菜。”妈妈一边说着，一边把唐文正支走。

看着儿子走出门，妈妈脸上的笑容慢慢消失。

“妈，你一定要定期去医院做检查，还有……”

“小爱，跟妈妈说实话。”妈妈打断唐小爱的话，慈爱的脸上满是忧愁，“那些钱从哪里来的？”

“从朋友手中借了一部分，妈妈你知道吗？ 艺术学院的学生，最不缺的就是钱。”唐小爱笑着说道，“有一次舍友买了个包包，你猜多少钱？ 六十万！”

“小爱，别骗妈妈。”妈妈叹了口气，“妈妈从小就对你说，君子爱财取之以道，你不能像你爸爸那样……”

“妈，我没有偷，也没有抢，更不赌博。”唐小爱立刻打断妈妈的话。

“我一直在想，如果因为那死不悔改的老鬼，搭上你们的幸福，我宁愿和他做个了断，结束这一切，也不要拖累你们……”妈妈知道不该在大过年的说丧气的话，可她真的好担心，尤其是对女儿，从小就让她受尽苦楚和白眼……

“妈妈觉得现在的日子，比起十年前还要痛苦吗？”唐小爱平静地问道。

十年前，他们住在茅房里，下雨的时候要放许多的盆和瓦罐接着水，晚上母子三人挤在木板床上，听着风雨飘摇的声音，时刻担心着债主们把他们的茅房一把火烧了。

十年前，她还在上小学，每天拉着弟弟上学放学，虽然成绩优异，可老师从来不敢来她的家里家访，纷纷躲着她的父亲。

十年前，她和弟弟经常被债主的孩子堵在破旧的小巷子里，被人丢石块，编着打油诗骂，妈妈为她买的扎头花，也被其他人抢走……

十年前，她带着弟弟给别人洗衣服，踩在凳子上做饭，还会赤脚走十多里路，去山上挖葛根之类的中药……

“小爱，我只是觉得太对不起你和文正，尤其是你，比文正年长两岁，就要承担那么多的压力。”妈妈眼圈红了，她很不幸，此生所托非人。

可她生了两个这样懂事乖巧的孩子，又何其幸运?

“如果妈妈觉得现在的情况更糟糕，已经糟糕到让你再也不能忍受的地步，那我和弟弟愿意……”

“妈妈只想知道，你到底从哪里弄来那笔钱……我怕你被欺负，小爱，我只是怕你被别人欺负，妈妈这辈子也没能好好保护你，我怕你受了委屈，总是不说……”妈妈忍不住哭了起来，一把搂过唐小爱，哽咽着说道，“你从小就不爱说话，不爱诉苦，不爱撒娇……我一直希望你也能像其他孩子那样，跌倒了就躺在那里哭，对我伸出手说抱抱……可你总是不说，总是一声不吭地爬起来……”

唐小爱背上的伤被妈妈这么一抱，阵阵发疼。

“妈妈希望看到你能幸福，哪怕摆脱我和你爸爸，只要你以后能嫁个好人家，我绝对不会和你爸爸成为你的负担……”妈妈哭着说道，“你不用管我们的生活……真的不用再管，只要能带着你弟弟好好生活……”

“那我活着还有什么意思？”唐小爱闭上眼睛，只有在家人这里，她才能获得巨大的能量。

那是至亲骨肉间的爱，没有任何利益和利用，只有最宝贵的亲情，无论地位、财富、名声，都无法换来的最珍贵的，也是唯一的感情。

“沈墨……是谁？”妈妈哽咽着问道。

唐小爱的眼里闪过一丝惊讶和紧张。

“别骗妈妈了，你的那些钱到底从哪里来的？沈墨……很喜欢你吗？你们分开……是不是因为我们家里的情况？”妈妈前两天接到城里的表姐打电话过来问唐小爱的事，只大概知道唐小爱成明星了，有个富家子弟官二代追求她，结果可能因为门不当户不对吹了。

“妈，我是签约了一个很好的公司，所以……有部分钱是老板预支的工资，还有一部分是借同学的。”唐小爱说道。

既然有消息传入妈妈的耳中，她干脆说清楚点，顺便为以后可能发生的八卦，给妈妈铺好心理准备，让她不至于听到风就是雨。

“我的公司很大……是娱乐公司，以后我可能会成为一个明星，所以会有各种乱七八糟的新闻出来，但那些都是假的，你千万不要相信……”

唐小爱对妈妈这样老实本分没见过世面的人，只能这么说。她原本想用艺名来闯荡娱乐圈，至少这样可以尽量掩藏住自己的身份，可是……秦峻宁不准她用艺名出道，只答应她尽量保护她的个人隐私。

可现在，还有什么隐私？那些狗仔和媒体，想尽办法从她的学校、朋友老师那里挖自己的所有资料，加上机场的意外事件之后，唐小爱现在如履薄冰。

只希望不要给家人带来太多的麻烦，尤其是爸爸……他要是以为自己成了大明星可以赚很多钱，那赌瘾上来肯定不可收拾。

唐小爱要十分谨慎，让妈妈这知道这件事也不是件坏事，至少妈妈在爸爸面前，可以替她抵挡一阵，就算她真的出名了，在这孤陋寡闻的小镇上，应该也不会生太多的风波。

过年，在城市里的确没多少气氛，尤其是大城市。

秦峻宁就这么感觉的，他甚至开始羡慕钟御卿。因为钟御卿的老家在农村，那里四世同堂，亲朋好友聚在一起，热闹非凡。

秦峻宁在钟御卿的老家待着，不想回去。

这恶魔真是会享受人生，如今这么有钱，却不接家人来城市里安居，反而在农村里修建了一座豪华别墅，让父母和亲人在别墅里享受着山林新鲜的空气，鸟鸣枝头的闲雅乐趣，垂钓池塘的悠然快乐……

秦峻宁都想快点退休，过这样的快乐日子。不过钟御卿今年回家，没有往年那么轻松。

从祖母到老妈，都在唠叨着他快点找个媳妇，生两个孩子。

钟御卿对长辈们的殷勤叮嘱，只能默然应承。

“今年年底，如果没有看到大胖孙子，你就不用回来和大家一起过年。”奶奶在钟御卿临走前丢下威胁。

钟御卿苦笑，他也只有在家里会受到这种威胁却无可奈何。

“你也不想想，在农村你这个年纪的人，小孩都到处乱跑能打酱油了。”秦峻宁坐在车里一直乐，想到钟御卿被家里逼婚，就觉得他很苦，“成家立业，立业成家，现在事业已经做到这么大，他们当然想要你成家室。”

“别再提这件事，昨天让助手传给你的策划书看了吗？”

“年还没过完，你就和我谈工作，让不让人活？”秦峻宁一副纨绔少爷只想享乐的无赖嘴脸。

钟御卿看了眼手表，他可不想和这大少爷浪费时间。

“别看了，陪我玩桥牌，我喊了几个大美女过来陪，肯定有你喜欢的类型。”秦峻宁见他看时间，知道他想离开，立刻说道，最后还不忘调笑，“说不准还能挑个老婆回去，陪你父母颐养天年……”

“峻宁。”钟御卿微微皱了皱了眉头。

“好，我不说，不说行了吧。”秦峻宁就怕他沉脸，立刻打着哈哈。

此刻，唐小爱正与家人告别，公司已经派车来接她，一大清早，轿车依旧停在巷口，引来了一些目光。

唐小爱只让弟弟送到巷口，她围着厚厚的毛线围巾，戴着帽子，一低头，整张脸都藏了起来，她不想让邻居或者亲友看到自己坐私家车离开，免得又传出什么风言风语。

路上的积雪还没有化，带着寒冷的气息。路上需要四个小时的路程。一路上，唐小爱都在睡觉，因为昨天晚上和妈妈睡一张床上，不知不觉聊到天亮，所以精神很差。

车子一路往东行驶，下了高速直奔城市边缘的一座山上，那是富人集聚的别墅区。

别墅外的玻璃庭院很大，挡住了凛冽的寒风，空调的温度很适宜，庭院里的花误以为这里永远都是春天，正轰轰烈烈绽放着。

钟御卿撑着额头接电话，桥牌丢到一边，他不喜欢和胸大无脑的女人玩智力游戏。这会让他觉得人生很糟糕，美好的东西全被毁了。

而秦峻宁则是津津有味，和美女们玩最简单的斗地主。

黑色的轿车缓缓驶到一边的停车场所，司机老白下了车，绅士有礼地绕到另一侧，为唐小爱打开车门。唐小爱揉着眼睛从车里走出来，小镇上是阴天，而这里阳光四射，让刚被喊醒的她睁不开眼。

钟御卿一直平静的双眸，似乎闪过一丝笑意。他本来快被这种无聊的游戏弄得打瞌睡了，可看见满脸睡意的唐小爱从车里钻出来，立刻觉得，无聊的时间开始变得有趣。今天或许是个令人难忘的好日子。

“唐小姐，请跟我来。”老白为唐小爱引路。

唐小爱半天没动，因为她看到了超大的玻璃阳光房里，一群美女围着两个男人……

“唐小姐？”老白又喊了一声。

“我……能直接回公司吗？”唐小爱从淳朴保守的家乡刚刚走出来，还不太能接受这么开放的环境。

“当然……不能。”

唐小爱心不甘情不愿地跟着老白来到阳光房里，觉得自己在一群美女中，穿的真是……太北极熊了！

“小爱，过来。”秦峻宁一副和她熟到不能熟的模样，亲热地喊道。

唐小爱头皮发麻，因为她刚才的余光看到钟御卿闲闲地托着腮，一双鹰眸饶有兴趣地盯着她。几天不见，总觉得钟御卿又变成了高高在上的神仙，让她不由自主地紧张。唇上还残留着他的烟草味，浑身的伤口像是被蚂蚁爬过般的闪过细小的瘙痒，唐小爱深吸了口气，压住那令人不安的回忆，努力忘记钟御卿让人捉摸不透的举动。

唐小爱穿着棉袜，在厚厚的地毯上走着，一点声音也没有，但她却觉得自己每一步都发出巨大的声响，让所有人的视线都集中在自己身上。

“天啊，你穿的这是什么？今年最流行的冬装？”秦峻宁从美女堆中站起身，上下打量着唐小爱。

她的围巾和帽子是妈妈织出来的，款式简洁，颜色很适合她白皙的肤色，虽然有那么点乡土味，但是和她身上那件厚重的羽绒服相比，不知道洋气多少。

那件羽绒服才是真正的小镇成品，款式恶俗难看得让人抓狂，完全将她那么好的身材遮挡住了。

“秦总……我是不是应该去公司报到？”唐小爱忍受着众人嘲笑的目光，低声问道。

她从小就穿这些衣服长大，公司为她配的服装虽然好看，但是根本不保暖！ 妈妈担心她受凉，让她穿上最暖和的衣服，细细叮嘱很多次，不能因为爱美让身体生病。

“唐小爱，你穿的真……复古！”秦峻宁突然大笑起来，伸手将唐小爱扯到桌边坐下，“来，开牌。”

“我不会玩。”唐小爱看到推到自己面前的牌，立刻摇头。

但是秦峻宁多少转移了她对钟御卿的那种紧张心情，至少面对魔鬼上司，没有那分尴尬。

“我就喜欢和不会玩的人玩。”秦峻宁露出坏坏的笑容，说道。

“可是我真的……”唐小爱突然想起钟御卿的话，他说秦峻宁最喜欢做的事，就是强迫别人做不喜欢的事。

“能不能先把这件羽绒服脱了？ 我看着好热。”秦峻宁打断她的话，问道。

“我可以脱，但是我们换个游戏好不好？”唐小爱机智地说。 她非常厌恶和赌博有关的一切东西，牌类游戏，麻将，还有骰子，都是她最憎恨的东西。 但是，她又很清楚，不能惹秦峻宁，而且一边还坐着个大神仙，她惹不起这两位，必须想其他办法。

“唔，你先脱。 脱了才有资格和我谈条件。”秦峻宁看见她穿这种衣服，就想打电话把造型师喊过来，好好的一根苗子就毁在这种衣服上。

见她一上来就一本正经地和老板谈条件，周围的美女们各怀心思，有人妒恨，有人冷笑，有人羡慕……

唐小爱立刻脱掉自己厚重的外套，这里空调开得太高，她被捂得也受不了。

围巾和蚕宝宝一样的羽绒服脱掉了，唐小爱里面穿着的毛衣，也是妈妈亲手织的，依旧是很简洁的款式，如果不是衣服右下角绣着一个“爱”字，在行走于各大时装周的秦峻宁眼中，这件毛衣还算不错，至少非常合身，把她的身材显露无遗。

唯一的缺憾是那个红色丝线绣着的“爱”字，让他忍不住问道：“唐小爱，你是不是袜子上也绣着自己的名字？”

旁边的美女有人忍不住笑了出来。

“绣着‘踩小人’三个字。”唐小爱平静地回答。

她不觉得在这群衣香鬓影的美女中，自己穿得有多寒碜。妈妈亲手织的毛衣，都会绣上名字，这是城市里所享受不到的温暖，他们不会懂。

“哈哈哈，唐小爱，你真是太可爱了。”秦峻宁今天心情真的很好，他大笑起来，称赞道。

唐小爱的表情依旧平静，端坐在椅子上，仿佛是一个和现代气息格格不入的古代女子。

尤其在一直沉默不语的钟御卿眼中，她那种静定的挺拔和温柔的古秀，让周围一群浓妆艳抹妖娆风情的女人立刻失去了颜色。

钟御卿也知道那种毛衣，绣上自己名字的毛衣，是很多农村妈妈曾经做过的事情。他在小学时就穿过，好怀恋那无忧无虑的时光，即便贫困，依旧幸福。

“好了，说说你会玩什么游戏？”秦峻宁止住笑，问道。

“棋类游戏。”唐小爱静静回答。

这次换成钟御卿笑了，他始终没有说话，在看一场难得开年好戏。当他脸上露出一丝微笑时，一直偷偷关注着他的美女们，立刻有两个人靠了过去。

之前钟御卿身上散发着生人勿近的冷淡气息，他坐在单人沙发上，和热闹的气氛有些不融入，这让其他美女不敢打搅。

“小爱，你想在这么好的天气里玩那么枯燥的游戏？”秦峻宁不喜欢任何太费脑筋的游戏，他是想消遣享受，不是要锻炼智商。

“我只会玩棋类游戏，如果秦总不擅长，那你们继续玩牌，我可以帮着浇浇花。”唐小爱的态度总是很温柔，语气却永远不卑不亢。

“我是不擅长，但是……有人擅长。”秦峻宁看向一边的英俊男人，“这样，棋类任你挑选，规则我来定。”

他是个能吃闷亏的人吗？唐小爱那种单纯的小妞想和自己玩，还太嫩了点。而且她以为自己不知道，她从小就是各种棋类比赛的冠亚季军？

“我和御卿搭档，你可以挑选一个美女搭档。”秦峻宁微笑，来个二对二的游戏，那群胸大无脑的女人，没有一个人擅长下棋。

而他这边，钟御卿一向都是智力型的“大龄青年”，对任何棋类游戏都有研究，战无不胜攻无不克！唐小爱即便再厉害，面对钟御卿这种国际型对手，也会溃不成军。

只是棋类游戏太沉闷，秦峻宁看着那黑白子，头就发晕。他干脆不去管两人的对弈，玩着脑筋急转弯的游戏，继续找乐趣。

“小爱，”秦峻宁一边玩，一边不忘刺激唐小爱，“我真的很想知道，你的内衣是不是也是用毛线织出来的，上面绣着‘爱’。”

唐小爱咬咬唇，她必须集中精力在棋局上，和一言不发的钟御卿对弈本来就有心理压力，再加上秦峻宁的调笑，她更有点紧张。

身边的美女模特只顾着偷瞄对面英俊的总裁去了，哪里去看棋局，只有唐小爱，全神贯注地盯着棋局。

钟御卿淡淡瞥了眼对面的小女生，她对待任何事情都非常认真和努力，他很喜欢她认真时的表情。那样专注的眼神很动人。那双水润澄澈的双眸就像白玉盘中的黑宝石，闪动着温润迷人的光泽，随便绑在脑后的马尾，散开在肩膀上，落满了阳光，发质好的让人想伸手摸一摸；捻着黑子的手指，带着书卷气，仿佛这双手，是用来翻阅厚厚古籍和抚琴的手，不沾染一丝红尘烟灰。

钟御卿最后发现，他这几天很想见到她，看见她就觉得心里安稳舒服。那张无论面对到什么事情，都不惊不慌的淡定面容，让他不由自主想到“岁月静好”这个词。

如果一定要形容她给自己的感觉，那就如同冬日的阳光，似乎很平常，几乎每天都能看到，但是一旦阳光消失，就会感觉整个世界都黯然失色，变得寒冷。

唐小爱突然抬起眸，看向钟御卿。为什么？他刚才明明可以困死自己，却手下留情？

身边的美女模特，哪里看得透棋局内的玄机，更不知道钟御卿落下的最后一个子，将自己送入绝路。

钟御卿对她微微一笑：“我们输了。”

他从一开始，就没打算赢她。

秦峻宁听到这四个字，立刻从身边的温香软玉里回过头，惊叫道：“什么？”

“等等，平局！”唐小爱刚才从秦峻宁惊愕的神色中，意识到一件事情，如果她真的赢了这两个顶头上司，以后还怎么混下去？秦峻宁就是个锱铢必报的小人，而秦峻宁又曾对她说过，真正的小人是看似君子的钟御卿。钟御卿如果被惹到，后果也非常严重。但是围棋怎么可能有平局？唐小爱真后悔没有选择下象棋！

“唐小爱，你以为我们都是没文化的人嘛？围棋平局？”秦峻宁本来就不相信自己输了，现在更不高兴，原本一脸灿烂的笑容被阴郁代替，冷哼着问道。

“确实……现在的棋面上我赢了半个子，可是如果继续下，这样……”唐小爱抓起对方的白子，和黑子交替落下，速度快得让周围人都眼花了，“还是可能出现平局。”

“三劫循环。”钟御卿眼里泛着点点笑意，她果然是高手，这种结果只有在顶尖的职业对手间才可能出现。

“是。”唐小爱额上冒出汗来，她刚才下棋时也没有这样紧张。

“那我更输了。”钟御卿从从容容地说着“输”字，低笑，“你刚才双手博弈的技术，令人叹为观止。”

“别别别！”唐小爱一连几个“别”，那表情就像快哭了，“是钟总手下留情，不是我的本事。”

“钟御卿，你刚才不会真的手下留情了吧？”秦峻宁斜眼看着钟御卿，磨着牙问道。

钟御卿没有回答，只是侧过脸，盯着秦峻宁的眼睛。

“好了，那她没赢，我们也没输，不准玩这种无聊的游戏，换其他的。”秦峻宁对智力游戏本来就没多少兴趣，现在对这样不痛不痒的结局更不喜欢。

“你们玩，我想休息一会。”钟御卿说着走到一边，又陷入沙发里，含笑看着众人。

“你真的不参加？”秦峻宁在玩某些特定游戏上面，可是高手。

“嗯，不参加。”钟御卿一向说到做到。

“到时候不准伸援手，不准……”

“不会。”钟御卿笑着打断秦峻宁的话，他知道好友的意思。言下之意等一会疯起来，如果唐小爱吃不住，也不准他帮忙。

钟御卿根本不担心唐小爱，她的 IQ 非常高，虽然情商低了点，不过应付秦峻宁的游戏，应该没多少问题。

从围棋上可以看出，这个学习天才真有大将风度，当明星确实可惜，如果去从事技术或者科研类的行业，一定会很快崭露头角，成为一个对社会很有贡献的人。

将红酒瓶扔在桌上，秦峻宁微笑着说道：“我们来玩个一点都没有技术性的游戏。”

钟御卿抚着唇，眼里闪过一丝笑意，秦峻宁有时候真是个聪明的家伙，明显想针对唐小爱，竟然玩这种和智力没任何关系的游戏。

桌子边围着一群美女转酒瓶，酒瓶口指到谁，谁就要听从对方的话，做他所说的事。

唐小爱根本不喜欢这样的游戏，她只想快点回到公司，工作赚钱还债。对这种有钱人的无聊享受，她很反感。

“小爱，你如果觉得无聊，可以当做工作，一局十万。”秦峻宁像是看到她的想法，笑眯眯地说道。

唐小爱无法理解这些人的休闲方式为什么这么低俗，当酒瓶指到自己的时候，她有种想死的冲动。谁知道秦峻宁那个变态会提出什么样的要求？

“跳段脱衣舞。”秦峻宁笑眯眯地说道。

唐小爱咬咬牙，端起面前的高脚杯，一口气将里面的红色液体全部灌入肚子里。这个游戏唯一的可爱之处，就是如果做不到对方所要求的，必须喝光面前的那杯酒。今天，她最讨厌的两件事都遇到了，第一是赌，第二是喝酒。

因为父亲，唐小爱从小就讨厌这两种东西，但是相比脱衣舞，喝酒显然容易接受点，至少她喝完酒之后，不会撒酒疯，不会乱来，最多滑到桌下睡觉。

“真爽快，该你了。”秦峻宁很热衷这种游戏，立刻说道。

这次换成被指到的人转酒瓶，唐小爱胃很不舒服，面对这么好的红酒，她无福消受，只想快点回去休息。

随便拨弄一下酒瓶，唐小爱问向那个被点中的美女：“你……说出自己的名字。”

钟御卿转着中指的戒指，太可爱了，唐氏问题果然不出他所料，那么忠厚实诚。如果都是这么温柔友善的要求，只怕秦峻宁早就厌烦了这样的游戏，他要的是惊险刺激，对唐小爱的温柔很不满。

而在场的美女很显然非常会玩这种游戏，很快场面又变得热闹起来，大家提出的要求一个比一个刺激，甚至要求秦峻宁吻自己。

唐小爱撑着额头，她想离席，受不了这种场面，虽然并没有实质发生什么，但是听着那种热吻的声音，已经够让她难受。

酒瓶又指到了自己面前，唐小爱这一次没听到对方的要求，就端起高脚杯，又灌进口中，然后更晕沉地撑着额头，很快就变成趴在桌上，一动不动。

“不是吧？她醉了？”身边的女孩轻轻戳了戳了唐小爱，听到呢喃的声音，立刻说道。

“才两杯红酒就醉了？”秦峻宁顿时扫了兴致，他还没开始玩重头戏呢，“拿点解酒药过来。”

“让她睡一会，别忘了她身上还有伤，喝太多酒，会引起伤口感染。”钟御卿突然开口。

“你说过不参与游戏。”秦峻宁脸色更不爽起来，他就知道，钟御卿肯定会护着唐小爱。

果不其然，他真的为唐小爱开口。

“我什么时候参与游戏了？”钟御卿反问，脸上依旧带着盈盈笑意，“话说回来，如果我参加这种游戏……”

“好啦，让她去睡！”秦峻宁突然烦躁地挥挥手，他和钟御卿那么多年的朋友，当然知道他的性格。

不玩就算了，要是玩起来，绝对会出人命。尤其是这种游戏，他可不想当着这么多人的面，被钟御卿刁难。

钟御卿缓缓踱进客房，靠在门口，看着女仆将烂醉如泥的唐小爱抬到床上。

直到女仆离开，钟御卿点燃一支烟，才伸手关上门，走到床边，淡淡说道：“不用装了，人都走了。”

唐小爱心里一咯噔，他怎么知道自己是装的？

“红酒的后劲很慢，没有人刚喝了酒就一头倒下，你的演技需要磨砺。”钟御卿吐出烟圈，在床边站定说道。

骗骗秦峻宁那样的人还可以，但是想骗过他的眼睛，根本不可能。

“对不起……我害怕玩那样的游戏……”唐小爱被他看破了一切，只能不好意思地睁开眼睛，她确实有几分醉意，只是还没到不省人事的程度。

“为什么和我说对不起？”钟御卿微笑着看着她。

“因为……欺骗了你们。”唐小爱紧紧抓着被子，有些紧张地说道。

奇怪，只要单独和他在密封的环境里，她就会如临大敌。明明是个如同天使般的男人，她也十分尊敬他，为什么会有莫名的紧张？

“你的棋艺很好。”钟御卿眼里似乎有一丝笑，她真是个纯良可爱的人，只是木讷了点。

转移让她不安的话题，唐小爱也轻松多了。

“谢谢，承让。”唐小爱也坐起身，不好意思在床上躺着。

“我没有让你，最后那几招妙极了，简直是顶尖职业级选手才能展现的才华。”钟御卿毫不掩饰自己的欣赏。

他也极为细心，发现她对烟味有些敏感，立刻将刚刚点燃的烟，掐灭在床头的烟灰缸里。

“那是因为知道自己下一步会走什么，所以……并不是什么才能，只是外人看上去有些惊奇而已。”唐小爱谦虚谨慎，她现在一点也看不清钟御卿，不知道他后面一句会出现什么话。

“伤好了吗？”钟御卿并没有丢出什么爆炸性的话题，温柔地问道。

“好多了，伤痕都淡了。”唐小爱立刻撸起袖子，给他看自己胳膊上的痕迹，现在呈现淡淡的粉紫色，在洁白如玉的肌肤上，格外令人气血浮动。

白玉般的肌肤上，有着纵横交错的条状伤痕，钟御卿伸出手，修长的手指抚上她胳膊的伤痕。

唐小爱身上猛然一麻，被他手指碰到的地方，如同带着细小的电流，让她有种晃荡的醉意。果然喝多了……或者是酒劲开始上来，唐小爱竟然没有收手，只傻傻地任他抚着自己的胳膊。

钟御卿突然俯下身，薄薄的唇带着烟草的味道，轻轻落在她的伤痕上。只有他心里清楚，这些伤，不是沈墨打的，而是他赐予的。如果不是那天太过生气，他不会让人安排媒体把沈墨堵在机场。

钟御卿知道沈墨只要逮住唐小爱，就一定会有折磨。不仅是心理上的痛苦煎熬，还有身体上的碰撞，可没想到会严重到这个地步。

钟御卿的心理学太好，从唐小爱冷静理智的性格上，就清楚她不可能和沈墨“私奔”，而沈墨虽然看似成熟，可早就被身边的人宠坏，典型的冲动型性格，顺我者昌逆我者亡，怎么可能允许唐小爱拒绝他？

所以，两个人的冲突，一定会上升到很严重的地步，钟御卿早就做好唐小爱身心俱伤的准备，只是没想到沈墨下手那么重……

唐小爱哪里知道这些“内幕”，她只傻呆呆地看着钟御卿轻吻着她的伤痕，赶到体内的醉意越发浓烈，竟然有种晕眩感。

“很疼是不是？”钟御卿将她僵硬的手，放到自己肩膀上，吻住她微张的红唇，“以后听话点就不会受苦。”

唐小爱胸口剧烈地起伏着，她真的醉了，她甚至没有任何的躲避，只傻乎乎地僵直着身体，耳中轰鸣，听不到钟御卿的声音。

“我喜欢你乖乖的样子，很温柔……”钟御卿见她竟然一动不动任自己亲吻，心中竟有种欢喜，他低低地说道，“不是那些女人装出来的温柔，你更像不会背叛主人的宠物……”

唐小爱听不到，什么都听不到，只觉得眼前的一切都是幻境。

“以后，如果有男人比我更有钱，如果有男人比我更会骗女人，你也不会跟他走，对不对？”钟御卿见她傻傻地忘了呼吸，更欢喜起来，温柔得像是要把她淹没。

他喜欢她，更重要的一点，是她身上有种古代女子的娴静和忠贞，似乎只要她爱上一个人，就永远不会背弃。

“钟御卿，你不会在潜规则我的人吧？”果然，外面的扩音器里，传来秦峻宁的声音。

他玩了两局游戏，还没有等到钟御卿出来，已经很不爽。不喜欢唐小爱和钟御卿太过亲密，非常不喜欢。

“你觉得这么短的时间可能吗？”钟御卿打开门，问道。

“说不准。”

“别玩了，去看那份策划。”钟御卿挡住他的狼爪，适时搬出工作来，“明天我就会按照策划书来安排工作，如果你今天晚上没有提出意见，那就来不及了。”

果然，秦峻宁立刻泄了气，他今天一点也不想工作！可是钟御卿这个魔鬼，说是新春来拜年，其实就是来监督他工作的！